刻まれない明日

三崎亜記

祥伝社文庫

目次

序章

歩く人

鳩が平和の象徴だなんて、誰が言い出したんだろう？

公園のベンチに座った沙弓《さゆみ》は、集まってきた鳩たちの、餌《えさ》をねだるでもなく自分を見上げる虚無《きょむ》的な表情に少しいらだつ。

乱暴に足をぶらつかせると、鳩たちはいち早く意図を察し、攻撃範囲から遠ざかった。その絶妙なる距離の取り様《よう》は、自分の方が適当にあしらわれているようで、なんだか気に入らなかった。

やがて鳩たちは沙弓への興味を失い、一様に首を胴《どう》にうずめるようにして動きを止めた。なんだか自分まで仲間に入れられた気分になり、ため息をついて周囲を見渡す。

この街の玄関口である、広軌軌道の終着駅から程近い公園だった。オフィス街のためか遊ぶ子どもの姿もなく、取り留めなく並んだ遊具が木漏《こも》れ日に鈍《にぶ》く輝いていた。無人の広場は不釣合いに高いフェンスに囲まれ、開放感と閉塞《へいそく》感とが相まって沙弓を混乱させる。

街に着いてからもう一時間も、ベンチに座り込んだままだ。

もちろん六時間の汽車旅の疲れもあった。だがそれ以上に、自身の奥深くに抑《おさ》え込んだ小さな嵐のような感情の渦《うず》が、いつ制御できないものになって暴れだすかという不安で、立ち上がることができなかったのだ。

「やっぱり、まだ早かったのかな……」

思わず口をついた独り言が、いっそう弱気にさせた。

ベンチ脇の街灯には、手の届かぬ高みに青い蝶の姿が描かれていた。飛び立つ瞬間を捉《とら》えたような躍動感あふれる姿が、なぜだか沙弓の心をざわつかせた。

◇

足音が響く。

まるで自分の心を直接ノックされたようで、思わず振り向いた。歩いてきたのは、沙弓と同年代らしい男性だった。

今までに見た誰とも違う、特別な歩き方だ。

どこかへ向かう「手段」ではなく、その行為自体が目的であり、結果でもある。かといってウォーキングや散歩といった、自由で、散漫で、奔放《ほんぽう》な行為では決してない。

純粋で、完成された「歩行」だった。重厚かつ軽妙なシンフォニーを思わせる、ストーリーと叙情《じょじょう》性とを兼ね備えた歩行の一場面に遭遇《そうぐう》したのだ。

彼は、公園の駅側の入口から西に向けて広場をまっすぐに横切り、沙弓の座るベンチの前を通り過ぎていった。

鳩たちは、彼の靴がすれすれを通り過ぎても、身じろぎ一つしなかった。絶対に踏まれないと確信しているかのように。

歩行が大地と調和し、風や光と共に、自然を構成する一部と化している。だからこそ鳩たちは逃げもせず、たじろぐこともないのかもしれない。

視界が開けるような思いで、後姿を見つめる。かすかな勇気を与えられた気がして、ベンチから立ち上がっていた。

「歩く人……か」

◇

ウィークリーマンションは、港からほど近い繁華街《はんかがい》の裏通りに建っていた。とりあえず一ヶ月の契約で借りた、沙弓の仮住まいだ。

手続きを済ませて鍵を受け取り、部屋に入る。生活のための最低限の設備を備えた部屋は、何もないよりもいっそ物寂《ものさび》しかった。ベッドにボストンバッグを投げやり、エアコンの室外機に占拠された狭いベランダに立ってみる。

八階の部屋からは、街の風景が見渡せた。雑居ビルやマンション、倉庫や送電線が雑然と建ち並ぶ。都市高速の高架が、街を囲む城壁のように延《の》び、車が数珠《じゅず》つなぎとなって気忙《ぜわ》しげに往来していた。背後の山へと続くなだらかな丘陵は、規則正しく建ち並んだ住宅街に半《なか》ばまでを侵食《しんしょく》されている。

着陸態勢に入った飛行機が、ゆっくりと降下してゆく。

どこにでもある都市の風景だった。それが「どこにでもある風景」としか感じられないことに、焦燥《しょうそう》が湧き上がる。

——どこかに、私につながる風景があるんだろうか？

何かを探し求めるように、沙弓は初めて見る街の姿を、いつまでも眺め続けた。

◇

「歩く人」を再び見かけたのは、三日後だった。

その日、沙弓は街の中心街西部にある文教《ぶんきょう》地区を訪れていた。

文教地区は、かつてこの地を治めていた領主の居城の跡地に整備されている。掘割《ほりわり》によって周囲と隔《へだ》てられたエリアに、大学をはじめ、図書館や美術館、歴史博物館などの施設が集められていた。緑が多く配され、街の人々の憩《いこ》いの場にもなっているようだ。

図書館を覗《のぞ》いてみる。大学時代の友人である藤森《ふじもり》さんが勤めていると聞いていたからだ。この街で、唯一の知り合いといえる人物だ。

二階の貸出カウンターに、エプロンをつけ、長い髪を束《たば》ねて立ち働く彼女の姿を見つけた。階段を半ばまで上った場所で沙弓は足を止め、そっと見守る。利用者と本についてのやりとりをしているようだ。声は聞こえなかったが、その様子から充実した仕事ぶりが察せられた。

彼女の姿を心にとどめ、沙弓は踵《きびす》を返した。仕事中に声をかけるのもはばかられたし、この街に来ていることを、今はまだ知らせたくなかった。

藤森さんの働く姿を見たことで、沙弓の心は少し軽くなった。この「見知らぬ街」で、自分の知る誰かが地に足をつけた生活をしている。そのことに、少しだけ勇気づけられた気がしたからだ。図書館を出て、煉瓦《れんが》造りの建物を振り返り、大きく背伸びをした。

五月の陽光が、間近な夏を知らせるように強く降り注《そそ》ぎ、楠《くすのき》の若葉ごしにくっきりとした陰影を道に描く。光を踏み分けながら歩き、城門を頂く重厚な石畳《いしだたみ》の階段を下りると、ぐるりと石垣に囲まれた広場に出た。

「歩く人」は、そこにいた。

日時計の指時針《しじしん》であるかのように、午後の太陽に影を伸ばして広場の中央に立つ姿は、アスリートが競技に向けて集中を高めるのにも似ていた。

「あの……」

その姿に引き寄せられるように、声をかけていた。

「突然すみません。あなたは、歩くことの専門家ではないですか？」

男性が驚いた様子で振り返る。怪訝《けげん》そうな表情が浮かぶのを見て初めて、自分がずいぶん突拍子《とっぴょうし》もないことを言っていることに気付く。

「あの、三日前にも駅前の公園で見かけて。歩く姿がとても印象的で。ごめんなさい、いきなり……」

説明のしようもなく、しどろもどろになってしまう。男性はようやく合点がいったのか、頷《うなず》いて微笑《ほほえ》んだ。

「私の仕事を初対面で言い当てたのは、あなたが初めてですよ」

「じゃあ、やっぱり？」

「ええ。あの日私は街に着いたばかりで、ならし運転のつもりで歩いていましたから」

「ならし運転って……、どういうことですか？」

「初めて歩く街の雰囲気をつかむため、そして仕事として歩く調子を整えるためです」

彼は、「よかったら座りませんか」と、木陰《こかげ》のベンチに誘った。

「お察しの通り、私は歩行の専門家です。仕事は、この街のすべての道を『歩く』ことなんです」

果たしてそんな仕事が実際にあるのか、外まわりの営業などの仕事について、比喩《ひゆ》的な表現をしているのか判断がつかず、沙弓はあいまいに頷いた。

戸惑《とまど》いを察し、彼は名刺を差し出した。

国土保全省　道路局
道路維持係　主任歩行技師

「主任歩行技師……。歩行技師って？」

肩書きからは、仕事の内容は想像もつかなかった。

「歩くことによって道路を守る技術者です」

折り目正しい口調を崩《くず》さず、彼は仕事を説明してくれた。

道路の「維持」には二つの考え方があるという。

一つめは、沙弓にもなじみがある、道路の陥没《かんぼつ》やひび割れなどの補修を行う、物理的な側面での維持。

そしてもう一つは、彼のような「歩行技師」と呼ばれる技術者が行う、道路の「概念の維持」だ。

「道路というものは、そこに『ある』というだけでは、道路たりえないのです」

道路維持係には、彼のような歩行技師が十数人存在するそうだ。全国に散らばった彼らが、国内すべての道を歩くことによって、道路という概念を固定化しているという。

それ故《ゆえ》、彼らにとっての「歩く」という行為は、特別な意味を持っている。歩く姿が特別に見えたのも、無理からぬことなのだろう。

改めて彼と向き合う。歩く姿ばかりに気を取られ、きちんと顔を見るのは初めてだった。

柔らかな前髪の下の、涼しげな瞳が印象的な男性だった。笑みを湛《たた》えた口元は、秘められた意志を表すように引き締まっている。職業における専門性は、多少なりとも人となりに反映されるものだろう。けれども、穏《おだ》やかに笑う彼は、どう見ても普通の男性だった。

「なんだか、そんな珍しい仕事をしている人には見えませんね」

「歩行技師というのは特殊な技能ですから、その専門性を外見から探るのは難しいのではないでしょうか」

丁寧な口調は、性格からくるものだろう。沙弓にとっては新鮮で、それでいてしっくりくる響きだった。

「そうですね。歩行技師って言われても、実際に歩く姿を見ていなかったら、歩くぐらい誰でもできるじゃない、としか思わなかったでしょうね」

さもありなんというように彼は頷いた。

「あなたも、私たち歩行技師の『歩く』とはどんなものか、感じてみますか？」

立ち上がった彼に導かれ、広場の外れの分かれ道まで歩く。

「イメージとしては……、そうですね、自分を地面から生《は》えた木だと思ってみてください。大地と一体化し、大地からエネルギーを得るイメージです。その上で感じてくださはずです。私は道の一部だ、と。そうすると、集合体としての道の意思を感じ取ることができるはずです。もちろん道というものはそれ単体で有意識体というわけではありませんから、実際は道を歩いてきた人々のさまざまな思いが蓄積《ちくせき》されたものを導《しるべ》として辿《たど》っていくわけです。ですから、歴史の長い道や、人々の思いのこめられた道ほど、強く『道の意思』が立ち現れることになります」

後ろに立った彼が、沙弓の両肩にそっと手を置く。

「まず、落ち着いて深呼吸してください。そしてゆっくりと……、そうです。一歩ずつ、先人たちの歩みに自らを重ねるように」

「歩く」という単純な行為に、未《いま》だかつてそんなにも意識を集中したことはなかった。

初めは何もわからなかった。だが、道と、肩に置かれた彼の手の両方から伝わってくるものを受け止めようと意識して歩くうち、ぼんやりとコツをつかめた気がしだした。

「なんだか、右の道よりも、左の道の方が、道の意思が濃いような気がする」

彼は、感心したように沙弓を眺め入った。

「驚きました。その通りです。左の道は、かつてこの場所が領主の居城として機能していた頃からの古道《こどう》、右の道は比較的最近つくられた道ですから」

「私、才能あるのかな？」

「そうかもしれませんね」

見合わせた顔が、同時にほころんだ。

「明後日から一ヶ月かけて、この街のすべての道を歩く予定です」

「この街の……すべての道」

その言葉に閃《ひらめ》くものがあった。沙弓はうつむいて、自らの内に浮かんだ衝動を伝えていいものかと煩悶《はんもん》する。偶然の出逢いだった。だからこそ、「出逢ってしまった」と思いたかった。

「お願いがあるんです」

彼に向き直る。突然のことに、彼は戸惑いながらも先を促した。

「あなたが歩くのに、私もご一緒させてほしいんです」

「何か、理由があるようですね」

道を見極める彼も、話の行方までは見通せないようだ。

「だけど今は、理由は話せない……。そんな様子ですね」

「この街すべてを歩き終えることができたら、お話しできると思います」

歩き終えたら、その時にはこの街とのつながりを見つけ出せるかもしれない。だが、今の沙弓には、一人でやり遂《と》げることはできそうになかった。

彼は、どうしたものかというように腕を組み、空を見上げた。

「歩行技師というのは、比較的自由度の高い仕事ですが、だからといって仕事に関係のない人間を連れて歩くわけにはいかない。それはわかってもらえますね」

当然すぎる反応に、沙弓は言葉に詰まってしまう。足元に舞い降りた鳩が、砂の上に足跡をくっきりと残して、二人の周りを一周する。

「ですが助手としてなら……」

思わず彼に詰め寄る。慌《あわ》てて飛び立った鳩に釣られたように、他の鳩も一斉に空に羽ばたき、上空を旋回しだす。

「歩行技師は、歩行期間中、一人の助手を雇《やと》う予算の自由があります。もっとも、今まで私は必要としてこなかったのですが。幸いあなたは、『歩く』のに必要な資質は充分に備えていますし、この街は初めてのようですから、道に対して変な癖《くせ》や先入観がついていることもないでしょう。助手としては適任です」

「どうして、私がこの街が初めてってわかるんですか？」

彼は、歩行技師の矜持《きょうじ》を示すように胸に手を置き、沙弓の姿に眼を細めた。

「私は歩行のプロです。歩く姿を見れば、街の空気になじんだ人間かどうかはわかります」

案内された彼の部屋は、国土保全省の宿舎の一室だった。独身者向けの二間の小ぢんまりとしたつくりだ。

◇

街から街へと渡り歩く旅人のような生活らしく、荷物といえるものはほとんどなかった。だが、二つの部屋のうち一つは、広げられた大きな地図で一面を覆《おお》い尽くされていた。この街の地図のようだが、見たことのない特殊なものだった。

地図上にあるのは道路のみで、地名や、施設を表す記号などは一切なく、海との境界線すらない。唯一記《しる》された道路も、沙弓の感覚からすれば違和感があった。通常なら国道などが大きく示され、奥まった路地などは省略されるものだ。しかしこの地図ではどんな細い道であろうが省略されることはなく、ともすれば国道より路地の方がよほど太く記されている箇所もある。

「記されている道の太さは、現実の道幅に対応したものではありません。先ほどあなたも感じた、道の意思の濃さによって決まっています。代々の歩行技師が自らの足で歩いて作ってきた地図なのです」

地図を指し示しながら、彼はこれからの計画を話してくれた。街の周縁部から一区画ごとにすべての道を歩きつぶし、次第に中心部へと戻ってくる、一ヶ月にわたる行程だ。網《あみ》の目のように広がった道が、街という一つの生命の息吹《いぶき》を伝える毛細血管にも思えてくる。地図を見下ろし、沙弓はそれらすべてを自分の足で歩くことを想像した。

「私の助手になるということは、一日三十キロ以上を歩くことになります。心の準備はできていますか？」

自らの覚悟を確認し、沙弓はゆっくりと頷いた。

◇

街の中央を南北に貫《つらぬ》いて流れる遠羽川《とおのはがわ》の河口で、彼と待ち合わせていた。沖合いの島へと延びる砂嘴《さし》によって外海から隔てられた湾は波静かで、海鳥が風に向かい気ままな航跡で飛び交う。

海と川とを隔てる突堤《とってい》の小さな灯台にもたれ、音に耳を澄ます。一つ一つを聞き分けられない、雑多で取り留めのない街の音が、周囲を満たしていた。

待ち合わせの二分前に、彼の姿が遠く現れた。沙弓はふと思いついて腕時計を確認する。今朝の時報で合わせてきたので、正しい時刻を刻《きざ》んでいるはずだ。

秒針の動きにつれ、彼の姿が大きくなる。沙弓の前で立ち止まったのは、まさに八時半ちょうど。一秒たりともずれることはなかった。そんな技術も自然に身についているのだろう。

「おはようございます」

改めて彼の姿を眺め、自分とのあまりの違いに驚く。

歩きやすい服装で、と言われていたので、沙弓は薄手のパーカーにジーンズ、足元はジョギングシューズ、という格好だった。対する彼はスーツに革靴、アタッシェケースまで携《たずさ》えている。

「その格好で歩くんですか?」

「いけませんか?」

「いえ、いけなくはないですけど。長い距離を歩く服装には思えなかったから」

彼は気にする風もなく、海風に髪をなびかせ、眼を細めた。

「ここは川が役目を終える場所、そして海の始まりの場所です。私は、一つの街を歩くときには、人々が住む大地をつくった川に敬意を表して、いつも河口から歩き始めることにしています」

彼にならって沙弓も海に向き合い、振り返って街を見渡す。

薄い大気のベールに包まれ、輪郭《りんかく》をぼやけさせたビルが港近くまで迫り、都市高速の橋脚がビルの隙間《すきま》を縫《ぬ》うように連《つら》なる。背後には、遠羽川の源《みなもと》であろう山々を一望することができた。

自分にとっての「見知らぬ街」の姿を胸に刻んだ。これからの歩く日々で、街は沙弓にどんな姿を見せるのだろうか。

――大丈夫だ。きっと歩ける――

そう自らに言い聞かせ、胸に去来する恐怖を抑えこんだ。

彼は舞い飛ぶ海鳥を見上げ、長い旅の始まりを予感させる厳《おごそ》かな声で言った。

「それでは、歩き始めましょう」

◇

街の東端の山際《やまぎわ》に広がる丘陵地は、大手私鉄によって開発された新興住宅街だった。「朝日《あさひ》ヶ丘《おか》」や「涼風台《すずかぜだい》」と名付けられた「街」の道を、一本ずつたどってゆく。

斜面の傾斜に沿って碁盤《ごばん》の目状に区画された分譲地の最も高い場所に立ち、なだらかな下り坂となった道路を見下ろした。

「歩きやすいけど、なんだか単調すぎて、かえって疲れてきちゃった。私は下町の路地みたいな道の方が好きだな」

「道に貴賤《きせん》はありません。どの道にもつくられた意味があり、歩いてきた先人たちの意思が残されているのですから」

足のストレッチをしながら汗を拭《ふ》く沙弓を、彼がたしなめる。スーツに革靴の彼は、疲れた様子もなかった。住宅街の中では、営業まわりをしている会社員にしか見えない。

「もっとも、確かに新興住宅街の道は、道の意思も希薄で均一化されがちですから、歩く上での面白みにはかけますけれどね」

高校の制服を着た男の子が、一心に自転車のペダルをこいで上ってきた。急な坂ではないが、何しろ距離がある。途中で押して歩き出すかと思ったが、さすがに若いだけあって、一気に登り詰める。二人の立つ場所までたどり着くと、自転車を降り、息を切らしながらも達成感を見せて坂を振り返った。

聡明そうな瞳が印象的な男の子だった。何だか少し制服が窮屈そうだ。顔立ちにはまだ幼さが残っていたが、これからどんどん背が伸びて、精悍《せいかん》な青年の顔になっていくのだろう。

男の子の見下ろす先には、海と、境界を定かにしない空とが、夏の兆《きざ》しを含ませた青で広がっていた。

ふとふり返ると、歩行技師の彼が道端にしゃがみこんでいる。立ちくらみでも起こしたのかと思って駆け寄るが、そうではなかった。アスファルトの上についた手を通じて、道の記憶に「耳を澄まして」いるようだった。

「これは……」

「どうしたんですか?」

立ち上がった彼は、伝わったものを読み取ろうとするように、感慨深げに自らの掌《てのひら》を確かめている。

「道が何かの音に共鳴して、私の前に昔の風景を呼び覚ましました。何か、道の記憶を揺さぶる音がしているようです」

「歩行」時に時々起きる、「フラッシュバック」と呼ばれる状態らしい。沙弓は耳をそばだててみたが、注意を引く音は何もなかった。

気が付けば、男の子が同じように耳に手をあてていた。

「何か聴こえるの?」

彼の耳には「何か」が響いているように感じて、つい声をかけてしまった。

「いえ……、何も。何も聴こえません」

男の子は首を振った。屈託のない笑顔だが、少し寂しそうにも見える。

「高校生だよね? 何年生?」

「二年生です」

「じゃあ、十六歳……かな?」

「はい」

その表情に、少年から大人へと移り変わろうとする頃に特有の、揺れ動く影を見た気がした。彼と同じ十六歳だった頃、自分は何を考え、何をしていたのだろうか。

しばらく三人で、街の上空をゆっくりと流れる雲の行方を見守り続けた。

◇

仕事として「歩く」だけあって、歩きながら彼が話すのは、もっぱら道やこの街のことで、無駄《むだ》話をすることはなかった。それでも二時間置きに公園で取る休憩の際には、沙弓自身に話が及ぶこともあった。

休憩といっても、ベンチにへたり込む沙弓とは対照的に、彼は座ろうともしない。歩くリズムを崩したくないのか、その場で足踏みをしていることさえあった。

「沙弓さんは、お住まいはどちらなんですか？」

ベンチの周りをゆっくりと旋回《せんかい》するように歩きながら、彼が尋《たず》ねる。

「首都に住んでいます。今は旅行でこっちに来ているんです」

「首都での暮らしはどうですか？」

「話すようなことは何もないです。ほどほどの大学を卒業して、普通の会社に入って三年くらい仕事をして。まあ、平凡な人生ですよ」

「平凡な人生、というものはありませんよ。平凡な道というものがないように。では、今はお仕事は?」

そのまま話していると、なぜこの街に来たかを尋ねられそうだった。沙弓は慌てて話題を変える。

「あなたはどうなんですか? ご家族はいらっしゃらないんですか?」

彼は、寂しげに笑って首を振った。

「一処《ひとところ》に生活の場を定めえないこの仕事を続ける限り、一生を共にする相手に出逢うことは難しいようです。これからもずっと、こんな生活なのでしょうね」

◇

街の西部の海沿いの地区は、「異邦郭《いほうかく》」と呼ばれ、他の地域とは大きく趣《おもむき》を異にしていた。

古くからの建物が多いこの一画は、かつての西域《さいいき》の内乱で逃れてきた難民により形成されたコロニーを、その起源としている。

今でこそ二本の大通りは整備され、カラー舗装と大陸様《よう》の極彩色のネオンとが観光客を呼び寄せている。だが裏通りを覗くと、それ以上をよそ者に踏み込ませぬ雰囲気を醸《かも》し出していた。

奥へと入り込むと、地元の人間だけが訪れる市場が形成されていた。強い香辛料の匂いと、呼び交う異国の言葉とが相まって、まるで大陸の雑踏《ざっとう》のただ中にいるような錯覚に陥《おちい》る。

薄暗いアーケードと思っていたのは、道を挟《はさ》んだ家々が精一杯軒《のき》を伸ばして空を覆《おお》ったもので、わずかな隙間《すきま》から漏《も》れ落ちる光が、道標《みちしるべ》のように一筋の線を形作る。光に沿って二人は歩き続けた。

入り組んだ路地の奥で行き止まりになった。生活雑貨を扱う小さな店が行く手を塞《ふさ》ぐ。引き返そうとしたが、彼は前方を見つめたままだ。

「どうやら、この店は道の上につくられているようですね」

店の前に座るのは、ランニングシャツにゴムのエプロンといういでたちの屈強《くっきょう》な若者で、隆々とした筋肉を持つ腕には、伝説上の双頭龍《そうとうりゅう》の刺青《いれずみ》が施《ほどこ》されている。胡散臭《うさんくさ》げに二人を見やる視線には、あからさまな敵意が含まれていた。

「ここはあきらめて、次に行きましょうか?」

及び腰になった沙弓の提案も、仕事を全《まっと》うしようとする彼に届くはずもなかった。

刺青の若者に説明を試みるが、言葉が通じないようだ。のっそりと立ち上がった若者は、圧倒する巨体で彼を見下ろし、異国の言葉でののしった。騒ぎを聞いて周囲に人が集まる。いずれも沙弓たちを冷ややかに眺めるか、いい気味だといわんばかりに薄ら笑いを浮かべるばかりで、助けてくれそうもない。

進退窮《きわ》まったその時、嗄《しわが》れた声が、叱責《しっせき》するように響いた。声に裂《さ》かれるように割れた人垣から、片足を引きずった一人の女性が歩み出た。灰黒の蓬髪《ほうはつ》に粗末な衣服を着た、小柄な老婆だ。長く人をまとめる立場にあった者ならではの威厳と、古木を思わせる風格とを備えた姿で、二人を見据《みす》える。

「道守《ミチモリ》ダネ、アンタハ」

たどたどしい発音には、異国の言葉の名残《なご》りが感じられた。彼は居留地風の胸に手を当てた格好でお辞儀をする。

「あなたの国では、そう呼ばれております」

老婆は刻まれた皺《しわ》をいっそう深くして彼に頷いた。そうして、老婆の出現で見違えるように従順になった若者に指示して、店の裏口を開けさせる。そこから再び道が通じていた。

お礼を言って先へ進みかけると、老婆は、伝え忘れたことがある様子で、不自由な足を操《あやつ》り、彼のもとに近寄る。

「ナッテシマッタヨ。バラバラニ。私ノ家族ハ、戦争デネ」

部族をまとめる長《おさ》のような威厳は影を潜《ひそ》め、そこにいるのは、一人の弱々しい老婆でしかなかった。

「ダケド、イツカ逢エル。キットネ。守ッテクレテルカラ、アンタタチガ。道ヲ」

「はい。それが私たちの仕事であり、使命ですから」

老婆は皺だらけの顔をさらに皺くちゃにして、満足げに微笑んだ。

「モウスグヤッテクルネ、孫ガ。海ヲ渡ッテ」

遠く、老婆が渡ってきた大地を吹く風を、沙弓は確かに感じた。

彼の仕事は、単に道を守るだけではない。道を守ることによって、人々の出逢いやつながりすべてを守っているのだ。

自分が失ってしまったつながりも、彼と歩くことで取り戻せるのだろうか？　沙弓は、老婆と同じ願いを込めて、彼の歩行に自らの一歩一歩を重ねた。

◇

沙弓の足は、一週間で限界に達していた。

大学生の頃はスポーツをやっていたし、今もジョギングの習慣は欠かさないので、体力には自信がある。それでも、毎日四十キロ近い行程には無理があった。

彼は沙弓を気遣《きづか》って一人の時より速度を落としてくれているようだったが、仕事として歩いている以上は一定のノルマがある。当然歩き終える時間も遅くなり、翌日まで疲れが残るという悪循環だった。

「だいぶひどい状態ですね。痛かったでしょう?」

一日が終わると、彼は沙弓の部屋で足のテーピングを換えてくれた。つぶれてしまったマメに顔をしかめる沙弓を、労《いたわ》るように見上げる。

その後は、これもすっかり恒例《こうれい》となってしまった足のマッサージ。

「かなり疲れが溜《た》まっています。まだ、歩き方に不必要な力が入っているようです」

足元に跪《ひざまず》いた彼が、筋肉の奥まで凍《こお》りついたような疲れを解きほぐしてくれる。歩くことを熟知しているだけあって、彼のマッサージは確実にこりを取り、痛みを軽減してくれた。とはいえ、心地良さはすぐに、仕事を終えてまで負担をかけてしまっている罪悪感にすり替わる。

「もう……やめようかと思います」

自然にその言葉が口をつく。彼は顔を上げ、怪訝そうな表情を浮かべた。

「歩くのがつらくなりましたか?」

「そうじゃないんです。痛みぐらいいくらでも我慢できます。だけど私のせいで仕事が遅れているんでしょう? これ以上迷惑はかけられません」

マッサージを続ける彼は、沙弓の足に向けて語りかけるようでもあった。

「沙弓さんはきっと、この街を歩くことで新しい一歩を踏み出そうとしているのでしょう？　そんなあなたが、『歩く』ことを使命とした私と出逢ったのもなにかの運命でしょう。それに……」

いつもの穏やかな笑顔の中に、揺るがない真剣さを覗かせる。

「この街を歩くことで、変わっていくあなたの姿を、私も見てみたいんです」

◇

明くる日も、沙弓は痛む足を引きずりながら、彼と歩いた。

目の前を、白い姿がよぎる。

「鳥？」

振り仰《あお》いだ沙弓は陽光に手をかざし、姿を追った。二つのマンションに挟まれた谷間のような場所だった。その姿は不自然に旋回しながら高度を落とし、視界から消えてしまった。

「今のは、紙ひこうきのようでしたね」

「海鳥かと思っちゃった」

消えた方角を眺めていた彼は、顎《あご》に手をあててしばらく考えていた。

「案外、そうかもしれませんよ」

「でも、海はずいぶん遠いでしょう?」

「このあたりは、昔は海の底だったといわれています。わかりますか?」

閑静な住宅街だった。庭から幹の太い樹木が枝を伸ばす家もあり、海の面影《おもかげ》を見出すことはできない。バス停の「野分浜《のわけはま》」という表示だけがわずかに、海だった頃の名残りをとどめていた。

「実は、街を歩く前に、歴史博物館でこの街の昔の形を見てきたんです。昔の海岸線や街並み、今とは違う道の有り様《よう》を。もちろんそれを知らなくとも、歩くのに不都合はありません。ですが、役目を終え、今は地面の下で眠りにつく道も数多くあります。彼らの長きにわたる働きを称《たた》え、安らかな眠りの時を与えることも、歩行技師の仕事なのです」

眼を覚まさせられた思いで、沙弓は彼を見つめる。

「そんな努力をして道を守ってくれている人がいるなんて、今まで考えたこともなかった。改めて、歩行技師って尊《とうと》い仕事なんだって実感しました」

素直な称賛の言葉を向けると、慣れていないのか、彼は顔を赤くして、珍しく足をもつれさせるようだ。

人々に存在を忘れられた、地面の下に眠る道。彼の歩みが、それらを慰撫《いぶ》する姿が見えるようだった。

遠い昔の、波の音が聞こえた気がした。

◇

畑の中の一本道で、突然彼が立ち止まる。あまりに急で、後ろを歩いていた沙弓は反応できずぶつかってしまった。

「ごめんなさい！　どうしたんですか？」

彼は答えることなく、道路沿いの畑を見据えていた。何の変哲《へんてつ》もないキャベツ畑だ。

いきなり畑に下りた彼は、あぜ道に沿うこともなく奥に踏み入る。沙弓はキャベツを踏まないよう気をつけながら後を追った。

畑の中には不釣り合いなガードレールが、行く手を阻《はば》んだ。乗り越えると、その先に片側二車線の道路が忽然《こつぜん》と姿を現した。緩《ゆる》やかなカーブを成した道路は、百メートルほどで再び途切れてしまった。

寸断された道路を塞ぐ形で、一軒の家が立ちはだかる。見上げると、地軸が歪《ゆが》むような違和感に襲われる。家が大きく傾いて建っているせいだ。

「何だか、今にも倒れそう」

蔦《つた》に壁の半ばまでを侵食され、屋根からも雑草が顔を覗かせている。いつ崩壊して自然の一部に姿を変えてもおかしくなさそうだ。

「沙弓さん。少し離れましょう。危ないですよ」

傾いた屋根からせり出した瓦《かわら》が、今にも頭上に落ちてきそうだ。

「こらっ！　人ん家《ち》のことを倒れそうだの危ないだの、火をつけて燃やしちまおうだの、物騒《ぶっそう》なこと言ってるのは誰だ！」

人が住んでいるはずがないと思っていた家の中から、居丈高な怒鳴《どな》り声が聞こえた。立てつけの悪そうな扉を押し開けて、住人が姿を見せる。無精《ぶしょう》髭をはやした男性だった。

「火をつけるなんて誰も言ってません」

沙弓が反論すると、男性は唇の端に皮肉そうな笑いを浮かべて、手にしていたスナック菓子の袋に腕を突っ込んだ。スナックとピーナッツが混じった中からピーナッツを選んで地面に弾《はじ》き飛ばし、スナックだけを口に入れる。

「お騒がせしてすみません。実はこの道路を調査している最中でしたので」

「調査だと？　どこにもつながってないこんな道、調べたってしょうがないだろう」

ぶっきらぼうな物言いで道をけなされ、沙弓は少しむっとした。歩行技師の助手として歩くうち、自然に道を尊ぶ心が芽生《めば》えていたからだ。

道路の上に手を置いてみる。人が、何かが途切れることに悲しみや痛みを感じるように、道もまた、途切れることに痛みを覚えるのだろうか。

「本来なら、この道は既《すで》に完成しているはずだと思うんですが」

彼はアスファルトの途絶えた場所に立ち、戸惑ったように足元の砂利《じゃり》を踏みしめる。男性は、値踏みするように彼を見据えた。

「あんたらは、この街の人間じゃないのかい?」

「はい」

「この街には、他の場所とは違うことがいろいろあるんだよ。あんたらじゃわからないこともあるさ。それに……」

男性は、スナックを口に放り込みながら振り返った。

「道路が途切れてるおかげで、この家も生き残ってるしな」

愛おしげなまなざしが、廃屋《はいおく》に向けられる。

「一人で住んでいるんですか?」

「生活」ができそうな建物ではなかったが、中に男性以外の気配を感じた気がして、沙弓はさりげなく玄関を覗いてみる。

「ああ、そうだ……。いや、そうじゃない」

男性は、肯定とも否定ともつかないあいまいな答えを返し、むやみにピーナッツを弾き飛ばした。

「でも、あなたみたいに愛情を持って住んでくれる人がいたら、家もうれしいでしょうね」

「ああ、あんたもそんな場所が見つかるといいな」

「え？」

心を見透かされたように感じて、思わず男性を見つめ返す。なぜか男性が、癒《いや》しや慰《なぐさ》めが決して届くことのない、悲しみの影を背負っている気がした。

「行きましょう、沙弓さん」

「うん。あれ？　ちょっと待って」

おかしな感覚に振り返ったが、既に男性は家の中に姿を消してしまっていた。

「どうしました？」

「ううん、気のせいかな……」

たった今しっかりと見つめたばかりの男性の顔が、どうしても思い出せなかったのだ。

◇

歩きだして、二週間が経過した。

月曜日は国土保全省の地方事務所がスタート地点だった。先週の歩行履歴と、今週の歩行計画を提出するためだ。

別室に呼ばれた彼は、しばらく戻ってこなかった。手持ち無沙汰《ぶさた》な沙弓は廊下に出て、なんとはなしに彼の入った部屋に近づいた。漏れ聞こえる声からは、彼が叱責《しっせき》されている様子が感じ取れた。

やがて扉が開き、彼が出てきた。中から皮肉めいた声が追いかけてくる。

「君の仕事は歩くことだろう。それでなくとも歩行技師が入っている間は通常の道路維持に支障を来《きた》しているんだ。助手までつけて、計画通りに歩くぐらいどうしてできないんだ。何なら私が代わってやろうか？」

「期限までには終わらせます」

「そう願いたいものだね」

扉を閉めた彼は、振り向きもせず、足早に歩きだした。今の会話を蒸《む》し返されたくないのだろう。何も尋ねられず、ただその背中に従うほかなかった。

◇

街の南西に位置する小高い丘は、中腹に動物園が配され、周囲には敷地を広く取った高級住宅街が広がっていた。緑を濃くした街路樹の影を踏みしめるように、二人は無言で歩き続けた。

「休憩しましょう」

見晴らしの良い小さな公園で、彼はその日初めて立ち止まる。動物園が近いためか、ベンチや遊具はいずれも動物を模した独特の形状で、二人はフタコブラクダ型のベンチに、コブを隔てて座った。

「動物園にヒノヤマホウオウを展示中とありましたね。どんな動物なんでしょうか?」

鳴き声が賑《にぎ》やかに聞こえてくる背後を、彼は興味深げに振り返った。

「あの……」

「どうしました?」

「朝のことです。やっぱり私のせいで遅れているんですよね?」

表情をうかがうが、穏やかに街の景色を見下ろすばかりで、心の内は覗かせてくれなかった。

「やっぱり、明日からは一人で歩いてください。私、助手って言っても足手まといになるばっかりで」

「そんなことはありません。沙弓さんは、私の立派な助手です」

「でも、迷惑かけてばっかりで、お返しは何もできないし」

「お返しは、充分に受け取っていますよ」

予想外の返事に、沙弓はぽかんとして彼を見つめるしかなかった。

「今朝の様子を見ていただいてもわかる通り、私たち歩行技師の地位は、決して高くはありません。国土保全省の中でも、いわばお荷物的存在とみなされる場合もあります。たかが歩くぐらい、誰でもできると」

事務所での皮肉のこもった声がよみがえる。

「ですがあなたは、私の『歩く』技術や思いをきちんと理解し、尊敬してくれている。一緒にいると、忘れかけていた歩行技師としての誇りを取り戻すことができるんです。仕事に私情を挟んではいけませんが、あなたと歩くのは私にとって、あなたが思う以上に大切でかけがえのないことなんです」

幾分照れを含んではいたが、真剣なまなざしが向けられた。受け止めきれないほど大きなものをもらってしまった気がして、沙弓は胸がいっぱいになる。

その日も夕方七時過ぎまで歩き、ようやくノルマを終えることができた。

「では、明日も頑張りましょう」

「はい……」

沙弓は別れを告げがたく、つま先で意味もなく地面に文字を描いた。「本当の理由」を告げていないのに、何も聞かずに一緒に歩いてくれる彼に、何かのお礼をしたかった。

「どうしました？」

「いえ……、ちょっと」

言葉をあいまいにして、沙弓は彼に近づき、頰にそっと口づけた。

「ありがとう。おやすみなさい。また明日」

どんな反応をされても顔が真っ赤になりそうだった。かろうじてそれだけ言って、彼の前から走り去る。

マンションの玄関で一瞬だけ振り返ると、外灯《がいとう》の光の下、頰に手をやって呆然《ぼうぜん》と立つ彼の姿が見えた。

◇

「散歩でもしませんか」

恒例の夜のマッサージの後、突然彼に誘われた。歩きだして三週間が経ち、最近はすっかり歩くのに慣れてしまった沙弓だったが、こうして毎晩来てもらっているのは、お礼代わりに晩御飯を作って食べてもらうためだった。

「一日歩いたのに、まだ歩き足りないんですか?」

思わず呆《あき》れた声を出してしまう。

「煙草《たばこ》の銘柄《めいがら》を管理する『ブレンダー』という職種をご存じですか?」

歩行技師と同様、その職業も沙弓にはなじみのないものだった。

「彼らは、仕事として毎日何百本もの煙草を吸うわけですが、休憩時間にはやはり、休憩としての喫煙をするんですよ」

「だからあなたは、『歩く』ことの休憩に、散歩をするわけ？」

「その通りです」

夜の街は、昼間とは違う装《よそお》いで二人を迎《むか》えた。考えてみれば、こうして夜一緒に歩くのは初めてだ。カジュアルな私服姿の彼も新鮮だった。

彼の歩行はいつも通り、道と調和していた。と言っても、仕事の時に感じる、重厚な音の調べを思わせる端正さは影を潜めていた。今夜の歩行には、道と共に即興《そっきょう》のセッションに興じているような心安さが感じられた。

「ホントだ。違う」

足元を見ながら笑いかけると、彼は不思議そうに沙弓を見返す。

「どうしたんですか？」

「ううん。本当に仕事の歩行とは違う、『散歩』なんだなって思って。あなたも道もリラックスしてる」

二人は、古びた煉瓦《れんが》倉庫が軒を連ねる港を歩いた。居留地との交易が盛んだった頃には活況を呈《てい》しただろう倉庫街だ。今は使われていない倉庫も多いようで、いくつかはライブハウスやレストラン、雑貨店などに改装されていた。灯《とも》された明かりが石畳に控《ひか》えめな光を落とす。

倉庫街を抜けると、港の風景が広がった。居留地への定期船が岸壁に舫《もや》われ、静かな波に赤い船体をゆっくりと揺らしながら眠りについている。

遠く、灯台が規則正しく明滅する。振り返ると、街は夜空の下に光の帯となって輝いていた。

弦楽器の音が聴こえてくる。錆《さ》びたドラム缶の上に座って、一人の青年が奏琴《そうきん》を弾《ひ》いていた。

使い込んだ青い奏琴から音が弾き出される。湧き上がる衝動をそのまま叩きつけるような激しさに惹《ひ》きつけられ、二人同時に足が止まってしまう。

——なんだろう、これ?

荒々しさの背後に、青年の言葉にならない思いを読み取る。求めるべき相手に届かないもどかしさや、目指す先を定められないいらだち、そして……。

彼自身すらもわかっていないのかもしれない、見守る何者かの存在を感じてしまう。

それは、沙弓の思い出せない記憶ともつながっている気がする。だがそれをたどることを、無意識のうちにためらってしまう。湧き上がってくる恐怖と、音の根源を突き止めたい衝動とが、激しくぶつかり合う。

青年の背負う、形を伴《ともな》わぬ影に翻弄《ほんろう》されるうち、音が止まった。

拍手をすると、青年は初めて沙弓に気付いたように一瞬肩を揺らしたが、顔を上げようとはしなかった。

「すごいね。ただで聴いちゃったのが申し訳ないくらい」

「ああ、ありがと」

青年は押し殺した声で言って、それきり無視を決め込むつもりのようだ。

「何か、他の曲も聴かせてくれない？」

尚《なお》も前から離れずにいると、青年は舌打ちをして立ち上がった。

「人に聴かせるために奏《や》ってるわけじゃねえんだよ。消えな」

結局一度も視線を合わせないまま、青年は奏琴を担《かつ》いで倉庫の中に消えてしまった。

「いろんな人がいるもんだね」

立ち去りながら、沙弓はため息混じりに言って、倉庫を振り返った。

「そうですね。だからこそ街は面白い。さまざまな人に、この道がつなげてくれますからね」

道と彼との信頼関係を示すように、足音が確かな響きで街にこだまする。「歩行」も終盤に入ったからか、彼の表情も明るかった。

「残すは街の中心部だけですね。何とか期限内に終えることができるようです」

内海の静かな波が堤防《ていぼう》にひたひたと迫る。波音に彼の柔らかな声が溶け込むようだ。

このまま最後まで歩くことができるだろうか。沙弓は波静かな水面《みなも》に無数に切り分けられて輝く街の光を見つめた。未だその光の中には、自分につながる何かを見出すことはできなかった。

◇

首を傾《かし》げながら、彼は何度も右足を踏み出す。その一歩は、眼前に立つ壁に空《むな》しくはね返された。

「おかしいな」

その日、彼はあきらかに戸惑っていた。

歩く日々で、彼が道に迷うことは一度もなかった。もちろん完璧に道を覚えているからだったが、それ以上に、彼と道との信頼関係による「迷いのなさ」が感じられた。

それなのに、今日は何度も道を見失っている。確信を持って踏み出した一歩が、建物や障害物に理不尽《りふじん》に遮《さえぎ》られるのだ。

「私にとっては、ここは道なんですが……」

動揺は押し隠しようもなかった。沙弓は黙って電柱の表示を指差す。

開発保留地区

都市開発アセスメント中につき、しばらくの間、開発を保留する。

―国土保全省―


「そうか、ここが十年前の……」

彼はようやくこの場所を理解したようだ。

「すべてをつくり変え、事件の痕跡《こんせき》すらも消し去ってしまった。それでも道の記憶は消えていない、というわけですか」

アスファルトに覆われた道路の下深くに意識を向け、彼は沈痛な面持ちで首を振った。

沙弓は額《ひたい》に浮かんだ脂汗《あぶらあせ》を気取《けど》られぬように拭《ぬぐ》いながら、周囲を見渡した。整備された道路沿いに、真新しい建物が並んでいた。過去につながる一切を塗り替えようとするように整然と。

ビル風が髪を不規則に揺らす。太陽が、音を圧するような光を投げかけ、周囲は不自然なほどにしんとした空気に包まれていた。

「態勢を立て直さなければなりません。この地区は最後にしましょう」

振り向いた彼は、沙弓の変化に気付いたようだ。

「どうしました？　先ほどから口数が少ないようですが。なんだか顔色も……」

「いえ、何でもありません」

心配をかけまいと歩調を早めて追いつくと、彼はめったに見せない険しい顔になり、歩みを止めてしまった。

「どうしたんですか？」

訝《いぶか》しげな視線が、沙弓の足元に向けられる。

「いえ、歩き方が先ほどまでと違っているように感じましたので」

「またマメがつぶれちゃったのかな？　でも大丈夫です。早く行きましょう」

尚も疑念を残した顔の彼の背を押して、歩行を再開する。

ようやく保留地区を通り抜け、沙弓は彼の背後で大きく深呼吸した。

そこに油断が生じた。

都市高速の橋脚の下、陰鬱《いんうつ》に覆われた視界と、多重に響く車の走行音とが、沙弓の平衡《へいこう》感覚を揺るがす。不安定な心に襲い掛かるように、着陸態勢に入った飛行機が間近に影を落とし、爆音を響かせて上空を通過していった。

――来る！

沙弓は本能的に、自分の状況を悟《さと》ってうずくまった。さまざまな、消えたはずの記憶の断片が一気に押し寄せる。

それは、巨大で鋭利な刃物の先端であり、降りかかる一陣の紅蓮《ぐれん》の炎であり、そして容《よう》赦《しゃ》なく沙弓を圧しようとする凶悪な何者かの意志そのものの塊《かたまり》でもあった。

破壊と崩落、そして絶望とが奔流《ほんりゅう》となって襲ってくる。沙弓は、激しい逃避の衝動と共に、意識を失った。

◇

残像のようにいくつかの暗い影が行き交う。やがてそれらが薄らいだ視界に、見知らぬ白い天井が映った。どんよりとした倦怠《けんたい》感を拭い去れないまま、沙弓は寝かされていたベッドから半身を起こした。

「まだ、休んでいた方がいい」

枕元には、彼が座っていた。

「近くの病院です。もう落ち着きましたか?」

「すみません、すっかり迷惑をおかけしてしまって。もう大丈夫です」

頷いたものの、彼は別の思いに沈んでいるようだ。躊躇《ちゅうちょ》するような沈黙の後、ゆっくりと切り出した。

「私は思い違いをしていたようです。沙弓さんはこの街を歩くのは初めてではない。そうですね?」

問い詰める風ではない。物事を見定めようとする冷静なまなざしが向けられる。もう秘密にしておくことはできなかった。

「半分だけ、正解」

「半分?」

「私は昔、この街に住んでいたんです」

彼は、信じられないというように、何度も首を振った。

「沙弓さんの歩き方には、この街に慣れ親しんだ癖や、刻まれた記憶がまったく感じ取れませんでした。私の感覚が狂っているのでしょうか。住んでいたというのは、いつ頃のことですか?」

「ここは?」

「十年前までです」

彼の眼が見開かれた。沙弓は、覚悟と共に口にする。

「私は『あの事件』で、一人だけ消え残ったんです」

「あの事件」は、十年前にこの街で起こった。

三千九十五人の人々が、理由もなく消え去った。だがその理由は未だに不明のままだ。テロとも、自然災害とも、人為的な事故ともいわれている。

事件が「起こった」ことでさえ、正式には表明されておらず、今では、起きた日時もあやふやになってしまった。名称すら定まっていないので、人々は「あの事件」と呼ぶしかない。

事件の起こった場所は、真相解明も進まぬうちに再開発が決定し、整然と区画された道路とガラス張りの高層ビルとが、事件の痕跡すべてを消し去った。

開発が途中で止まったその場所には、地名すら存在しない。便宜《べんぎ》的に「開発保留地区」と呼ばれ、街の人々は単に「保留地区」と呼んでいる。

人々は、事件を忘れることも、怒りをぶつけることもできぬまま、記憶の中にとどめ続けている。まるで感情すらも「保留」されてしまっているかのように。

そして沙弓にとっても、事件は十年間「保留」されたままだ。

「私はあの場にいて、すべてを見ていたはずなの。だけど、恐怖を抑え込むために、事件の記憶を封じ込めてしまった。この街での十六年間の思い出も一緒に」

本来なら、歩き終えてから告げようと思っていたことだった。

「私はこの街に住んでいた。でも街の記憶は存在しない。だから、半分だけ正解」

「そういうことだったんですね」

「私は何も覚えてない。両親のことも、友達のことも、この街でどんな生活を送っていたのかも……。失った記憶を取り戻したいし、消え残ったことの意味も知りたい。そう思って十年ぶりに戻ってきたんだ」

「では、沙弓さんがこの街を歩く理由というのは……」

「この街すべてを歩き通せば、事件の恐怖を克服して、記憶を取り戻すことができるかもしれないって思って。だけど何かのきっかけで、あんな風に発作《ほっさ》が始まってしまうの。心の奥底に封じ込めた恐怖が一気に襲い掛かってくる。ダムが決壊するみたいに。そのたびに私はああなっちゃうの」

ままならぬ感情に支配されるもどかしさに、きつく胸を押さえた。

「事件の場所もすべてつくり変えられて、当時の面影も、記憶を呼び覚ますものも何もない。だけど、だけど……、やっぱり駄目だった」

再び恐怖に襲われる予感に、身震いして身体を固くする。ふいに、暖かく柔らかな感覚に包まれた。彼の腕の中だった。

「すみません。気付いてあげられなくって。つらかったでしょうね」

「いえ。黙っていた私が悪いんです」

彼の腕に力が込められる。

「もうやめますか？」

背中を撫《な》でてくれる。優しい動きだったが、同時に告げていた。決めるのは沙弓自身だと。

「今やめたら、きっと私は一生、この街を思い出すことを避けて生きることになる。歩かなくちゃ、歩き終えなくちゃならないのに……」

腕の中で眼を開けた沙弓は、ようやく気付いた。彼の様子がいつもと違うことに。

「その足は？」

ズボンの右足が膝《ひざ》まで切り取られ、彼の臑《すね》は包帯で覆われていた。彼は気にさせまいとしてか、不自然な笑みを浮かべるばかりだ。

「もしかして、私のせいで？」

「大した怪我《けが》ではありませんから」

「答えて！」

思わず身を乗り出し、沙弓は彼の肩をつかんだ。根負けした彼が重い口を開く。

「あの時沙弓さんは、何かから逃れようとしてか、道路に飛び出してしまいました。ちょうどそこに車が……」

彼が身を挺《てい》して沙弓を守ってくれたのだ。

「歩けるの？」

「……歩かなければなりません」

自らを奮《ふる》い立たせようとする口ぶりが、困難さを物語っていた。

「他の歩行技師の方に代わってもらうことはできないんですか？」

彼は瞳の力を失い、弱々しく首を振った。

「私にも、歩行技師としてのわずかな誇りは残っています。途中で仕事を放棄《ほうき》してしまえば、最後の誇りすら失ってしまいます。そうなれば、もうこの仕事を続けることはできません」

変わらぬ穏やかな声だったが、込められた意志は痛いほどに伝わる。沙弓は、思いに沈む彼を、今度は自分から強く抱き締めた。

「私が……私があなたの足になります」

◇

篠《しの》つく雨が、街を錆《さび》色に沈めていた。

沙弓は彼に肩を貸し、開発保留地区の舗道を歩いていた。焦《じ》れるほどに遅々《ちち》とした歩みだ。一歩ごとに、彼の体重が肩に食い込む。

「沙弓さん。大丈夫ですか？」

「はい。今日は百キロだって歩けそうです」

やせ我慢だということは彼もわかっているだろう。だが沙弓は有無を言わさず、重みを一身に受けて歩いた。それは沙弓自身にとっての、この街を歩き遂げ、過去を取り戻すことの重みでもあった。

ガラス張りのビルが、雲に覆われた空を映し込み、陰鬱《いんうつ》な姿で立ちはだかる。湧き上がってくる不安を必死に抑えながら、沙弓はただひたすらに前に進み続けた。

「沙弓さん。自分の足元と、目の前の道だけを見て歩くんです」

「はい」

雨は勢いを増し、周囲を音で満たした。雨具はもはや用を為《な》さず、二人とも身体の芯《しん》まで濡れそぼっていた。疲労と激しい雨とで朦朧《もうろう》とした意識の中、沙弓は救いを求めるように空を見上げた。厚い雲が視界に覆いかぶさる。

あの日見上げた、炎と黒煙に満ちた暗黒の空。事件の記憶の断片に重なる。恐怖が黒雲のように膨らんだ。

沙弓はたまらず道端でうずくまる。支えをなくした彼もまた、地面に倒れ込んだ。

雨で滲《にじ》んだ視界に、赤と青のコントラストが飛び込んでくる。

ポストの側面に青い蝶が描かれていた。風雪に晒《さら》され、消えかかりつつも、蝶は飛び立つ直前の躍動を失うことはなかった。励まそうとも、慰めようともせず、超然と見下ろしている。飛べない者、飛ぶことをあきらめた者には興味がないと言わんばかりに。孤高な姿が、沙弓を打ちのめす。

「やっぱり……、無理かもしれない」

彼は、足の痛みに顔をしかめながら、沙弓の肩を揺さぶって励《はげ》ました。

「沙弓さん。道を味方にしなければ、最後まで歩くことはできません。あなたは一ヶ月かけてこの街のすべての道を歩いてきたんです。道の記憶を感じてください。きっと後押ししてくれるはずです」

再び発作の前兆が襲い来る。沙弓は逃げ場を失い、車道の真ん中で四つんばいになった。濡れた路面に映った高層ビルが、哄笑《こうしよう》するように姿を歪めた。

――お願い、力をちょうだい……

かすかな救いを求めて、アスファルトについた手に力を込める。道の向から先は驟雨《しゆうう》でかき消され、見通すことすらできない。

――それでも、つながっているんだ――

この道は、歩く日々で巡《めぐ》り合った人々と、確かにつながっている。あの悪夢のような事件に直面し、苦悩に打ちひしがれながらも乗り越え、この街で生き続けた人々に。彼らと出会えただけでも歩いた意味はあった。そう思いたかった。

不思議に、発作はいつまでも訪れようとしなかった。恐怖が遠のくと共に、自分の状況がつかめてくる。発作を寄せつけないように、何かがすっぽりと包み込んでいるのがわかった。

沙弓はようやく気付かされた。掌から伝わってくるのが、アスファルトの凸凹の感触ばかりではないということに。

――もしかして……？

沙弓は確かに道に守られていた。歩行技師の彼の足となって歩くことで、道が味方してくれていたのだ。アスファルトのずっと下、使命を全うすることなく埋められた過去の道が、沙弓に何かを語りかけていた。道に刻まれた、街の人々のさまざまな思いが、沙弓にダイレクトに伝わってくる。

あの日歩いていた、もう「ここ」には存在しない人々のことも、道はしっかりと記憶していた。決して風化させないという意志を持って。そして、十年の時を経て再び歩く自分のことも……。

――私は確かにいたんだ、この街に――

たとえ自分に記憶は戻らなくても、道は覚えていてくれる。そのことが沙弓を勇気づける。過去からこの道を歩き続けた無数の影なき姿に後押しされるように、立ち上がることができた。

「歩きます、私。歩かなきゃ」

「はい」

沙弓は、彼と互いを支えあうようにして、新たな一歩を踏み出した。

◇

海と風とが織り成す優しい響きの背後に、街の音が聞こえる。一つ一つを聞き分けることはできない。雑多で取り留めのない、いくつもの音の重なりだ。時にやるせなく、時に猥雑《わいざつ》で、それでも愛おしく胸に迫る、愛すべき街の鼓動だった。

沙弓は突堤の小さな灯台にもたれて眼を閉じ、周囲に広がる音に耳を傾けていた。

待ち合わせの二分前に、彼の姿が突堤の先に現れた。少しずつ大きくなってくる姿を見つめ、胸に刻む。自分に向けて響いてくる足音と共に。

きっかり二分後、彼は沙弓の前に立っていた。二人で街を歩き終えて二週間が経った。

今日は、新たな街へと彼が旅立つ日だ。

「いよいよ出発ですね」

無理に言葉にすることで、沙弓は寂しさを紛《まぎ》らわそうとしていた。

「沙弓さんは、これからどうするのですか？」

スーツにアタッシェケースといういつものスタイルの彼は、傷もすっかり癒《い》えて、以前の歩きを取り戻していた。

「この街に残ろうと思って」

舞い上がる髪を押さえる沙弓の姿に、彼は眩しげに眼を細める。

「私はまた次の街を歩きます。今度はこの街より大きな東の街です。それが終われば今度はずっと北の街へ。ですが、いつかきっとこの街に戻ってきます。その時まで……」

彼は一旦言葉を切り、緊張を露《あら》わにして唾《つば》を飲んだ。

「私が再びこの街に戻るその時まで、待っていてもらえますか？」

彼の歩みにも似た、まっすぐな瞳が向けられる。沙弓はしっかりと想いを受け止めながら、大きく首を振った。彼の表情が寂しげに翳《かげ》る。

「私は『待つ』んじゃない。離れていても、この街であなたと違うやり方で、歩き続けるんだよ」

彼の背後に、街の風景が広がっていた。彼に向けて、街に向けて、沙弓は告げた。

「あなたが歩き続けるように、私はこの街で自分の人生を歩き続けます。失った記憶を取り戻せるかどうかはわからない。だけどどんな時も、この道が必ずあなたにつながっている。そうでしょう？」

「その通りです。それでは……」

彼が一歩を踏み出す。今までにないぎこちない歩みだ。それは歩行技師としてではない、彼自身としての、沙弓へ向けての一歩だからなのかもしれない。

「離れていても、私と一緒に、歩いてくれますか?」

沙弓は、言葉にならない想いを込めて、今度はゆっくりと頷いた。

海は千々《ちぢ》に波立ち、波濤《はとう》に光がきらめいた。海鳥が風を受けて舞い飛び、白い軌跡《きせき》を描く。

沙弓は、彼の姿が見えなくなってもなお突堤に立ち、少しずつ移り変わってゆく街の姿を眺め続けた。

第一章

第五分館だより

雨は、三日に渡って降り続いていた。初めて迎えた梅雨《つゆ》だった。

藤森さんがこの街に来て、初めて迎えた梅雨だった。


「よく降るね。うっとうしいけど、来館者が少ないのは仕事がはかどっていいね」

同じ貸出カウンター担当の鵜木《うのき》さんが、棚に戻す返却本をいっぱいに抱えて笑いかける。図書館に勤めて二十年という、四十代の小柄な女性だ。きびきびとした様子で楽しげに立ち働く姿は、言葉とは裏腹に梅雨の陰鬱《いんうつ》さなど寄せつけようとしない。

中央図書館は、かつてこの街を治めた領主の居城跡に建っていた。建物を取り囲む樹齢百年を超える大きな楠《くすのき》も雨に濡れ、若葉の緑もくすんで見える。

髪をゴムで束ねながら、藤森さんは雨雲に覆われた空を見上げた。首都を離れた日もこんな雲が空を覆っていたことを思い出す。

「静かな雨ですね。いつまで続くんでしょうか」

鵜木さんは、雲に隠された青空を思い出そうとするように、眼を細めた。

「この雨は、長く続きそうだね」

◇

午後はカウンターを離れ、内部事務に従事する。四月からここで働きだして二ヶ月半、ようやく仕事の流れもつかめてきた頃だった。

回覧されてきた統計資料も、ようやく見方がわかるようになってきた。月締めの貸出統計を確認していて、おかしな点に気付く。

「鵜木さん。区分99での貸出って、何かのエラーなんですか?」

区分01が中央図書館、区分02が第一分館……と、各館ごとの利用者数と貸出冊数の一覧が表示されていた。一番下の「区分99」、つまり「貸出館不明」の記録が気になったのだ。

各図書館を結ぶオンラインシステムから抽出《ちゅうしゅつ》されたデータだ。もちろん多少のエラーは考えられる。けれどもその件数は五月の一ヶ月間で、のべ利用者数で三千人、貸出冊数で一万二千冊にも上っていた。一つの分館での貸出と同規模だ。

鵜木さんが、新刊の選本作業の手を止めて、統計資料を一瞥《いちべつ》する。

「ああ、それはいいんだよ」

「でも……」

鵜木さんは、藤森さんの不満顔に、ああ、と合点がいったように頷《うなず》いた。

「そうか、あなたはこの街に引っ越してきたばかりだったね」

「ええ、それが何か？」

「この街ではね、少し他の街と違うことも起きるんだよ」

納得できずにいる藤森さんの肩を、「やっぱり几帳面《きちょうめん》だね」と言いながら鵜木さんがたたく。

「とにかく、私たちは何もできないし、何もする必要はないんだよ。担当者の仕事だからね」

「担当者？」

耳慣れぬ言葉に聞き返すものの、鵜木さんは背を向けて作業を再開してしまっていた。

◇

雨は、月曜日も降り続いた。

月曜は休館日、図書館員にとっては特別な休日だ。それこそ、空気の色さえも違って見えるほどに。

藤森さんは、瀬川《せがわ》さんの家を訪れた。彼はこの街に来て初めてできた友達だった。年齢は五十歳以上離れてはいたが。

図書館利用統計　(05月)

1. 館別利用統計

区分	館名	開館日数	貸出人数			貸出冊数	(一人あたり)	新規登録件数	予約受付件数
			一般	児童	合計				
01	中央館	25	20,493	4,936	25,429	96,706	(3.8)	339	745
02	第一分館	25	3,257	1,129	4,386	14,035	(3.2)	48	25
03	第二分館	25	2,759	632	3,391	13,903	(4.1)	23	49
04	第三分館	25	2,054	898	2,952	9741	(3.3)	35	22
05	第四分館	25	2,629	1,048	3,677	12,869	(3.5)	26	30
11	団体貸出	9	15	22	37	2,516	(68)	0	0
21	移動図書館	17	758	532	1,290	5,028	(3.9)	28	23
99	その他	25	2,649	376	3,025	12,011	(4.0)	0	25
	合計	-	34,614	9,573	44,187	166,809	(3.8)	499	919

2. 登録状況

	2 月	3 月	4 月	5 月
市内人口 ※1	432,895	432,927	432,955	433,005
市内登録者総数 ※2	219,322	219,593	219,666	219,965
市民登録率 ※3	50.7%	50.7%	50.7%	50.8%
市外登録者数	9,835	9,839	9,852	9,861

※1　市内人口については、前月末の住民基本台帳データによる
※2　市内登録者総数=全月末総登録者数+新規登録者数-市外転居・死亡・カード返却による登録抹消者数
※3　但し市民登録率の実際値については、市内人口より3,095人を差し引いて再計算すること

3. 新規受入状況

区分	館名	購入受入冊数	寄贈受入冊数	除籍数	蔵書総数
01	中央館	2,435	36	235	429,363
02	第一分館	350	4	22	49,604
03	第二分館	293	12	16	33,225
04	第三分館	331	2	32	41,926
05	第四分館	287	9	28	39,651
11	団体貸出	0	0	0	0
21	移動図書館	225	2	17	32,575
99	その他	0	※1 5	※2 23	※2 22,672
	合計	3,921	70	373	649,016

※1　区分99における寄贈受入冊数は推定値(10年前の受入実績を据え置き)
※2　区分99における除籍数、蔵書総数は推定値(10年前の蔵書総数から、年間除籍率2.8%で推算)

「ああ、藤森さん。雨の中よく来てくれました。さあさあ、どうぞ上がってください」

瀬川さんは、藤森さんの借りているマンションの大家さんだ。不動産会社の仲介で入居したし、家賃も口座振込みだったので、本来なら関わることもないのだが、妙に律儀《りちぎ》なところのある藤森さんは、菓子折りを持って挨拶《あいさつ》に行ったのだ。その時に家に上げてもらって以来の茶飲み友達だった。

瀬川さんが暮らす古い一軒屋は、板塀で囲まれ南に面して小さな庭がある、趣《おもむき》のある家だ。表札には奥さんらしき女性の名前もあったが、いつ訪れても瀬川さん一人のところを見ると、奥さんには先立たれているのだろう。

庭に設《しつら》えられた池の上に、雨粒の小さな斑紋《はんもん》が途切れることなく描き出される。そんな風景を眺めながら、二人でお茶を飲んで世間話をする。雨の月曜日の過ごし方としては、なかなか悪くなかった。

ちゃぶ台の上に見慣れた「図書館」の文字を見つけて、つい眼が行ってしまった。自分もいっぱしの図書館員になったものだと思う。

「図書館　第五分館だより」

図書館の分館が、利用者向けに定期的に発行しているらしいお知らせだった。中央図書館よりも地域住民との結びつきが強い分館では、独自にそうした「お知らせ」を発行していると は聞いていた。

気になったのは、「第五分館」という名前だった。この街には東西南北に一つずつ、合計四つの分館がある。「第五分館」は存在しないのだ。

「ねえ、瀬川さん。これって?」

不思議に思いながら手を伸ばす。最近入った新刊の案内やリクエストの多い本の紹介、お話し会のお誘いなど、ありきたりな内容だ。「雨が続きますね……」で始まる、図書館員のコラムめいた記事もあった。

「ああ、第五分館はねえ、家内が利用していましてねえ。それで担当者さんが毎週持ってきてくださるんですわ。ありがたいことですなあ」

奥さんが一緒に住んでいるような口ぶりだ。昔のことを言っているのかとも思ったが、分館だよりの発行日付は一週間前になっている。

またしても「担当者」だ。いったい何者なのだろう。

◇

土日に出勤していたため、月・火と連休のシフトになっていた。火曜日の午前中を、藤森さんは部屋の掃除と洗濯に費《つい》やした。

明日から図書館で使うエプロンをアイロンがけする。しわを伸ばし、形を整え、折り畳む。自分の新しい一週間にきっちりと折り目をつけていくようなその行為が、藤森さんは好きだった。

ようやくひと息つき、午後は読書をして過ごすことにした。窓際に椅子を置いて座り、図書館で借りたものの読めずにいた本を開く。文字を追うのに疲れると、雨に濡れた街の風景を眺めた。

「そうだ。せっかくだから」

いつもとは違う、とっておきのお茶を飲むことにした。かつて居留地との交易が盛んだったこの街では、今も良質なお茶を手に入れることができる。引き出しの中のお茶の包みを手にする。公共料金の領収書や、「思念抽出地変更のお知らせ」の葉書の背後の、出さずにいる二つの封筒が眼に入り、慌てて引き出しを閉めた。

お茶のカップを手に、ほど近い場所に建つ瀬川さんの家を見下ろす。「第五分館だより」を届けている人物が毎週火曜日の午後に来ることは、瀬川さんから聞き出していた。

三時を過ぎた頃、それらしき男性が訪れるのを見て急いで部屋を飛び出し、傘を手に階段を駆け下りた。瀬川さんの家の前にたどり着くと、その人物がちょうど門を出てくるところだった。確かに「第五分館だより」の束《たば》を手にしている。

「あの……」

振り向いた男性は、藤森さんより十歳ほど年上だろうか、三十代半ばを思わせる風貌《ふうぼう》だった。どう言ったものかと考えているうちに、彼の方が先に口を開いた。

「確か、この春から図書館に配属された……藤森さん、だったね」

見知らぬ人物に名前を言い当てられ、一瞬警戒してしまう。

「あなたは？」

「私は、担当者です」

簡潔すぎる返事だ。藤森さんの疑念を解消しようという気はないらしい。街には、彼自身が引き連れてきたかのような、音の無い寡黙な雨が降り続けていた。

「……あなたは、図書館の担当者なんですか？」

彼は異国の言葉で話しかけられたように、不思議そうだ。

「いや、図書館の、というわけではないけれど」

「じゃあ、いったい何の担当者なんですか？」

知らずのうちに、詰問口調になっていた。瀬川さんが騙《だま》されているのでは、との不安もよぎる。

「そうだね、この街では、ただ単に担当者と呼ばれているよ」

また、「この街では」だ。引っ越してきて何度も、その言葉でうやむやにされてきた。ため息をつきながら、彼が手にした「第五分館だより」に追及の矛先を向ける。

「どういうつもりなんですか？　ありもしない第五分館のお知らせなんか配って」

詰め寄ったが、彼は動じる様子もなかった。それどころか、何か懐《なつ》かしいものを見るかのような表情すら浮かべていた。

「あるんだよ」

「え？」

瞳の静けさに吸い込まれそうになる。光すら届かない深い海の底を覗いた気がした。

「第五分館は、今もあるんだよ。この街に」

◇

待ち合わせの店「ウエストフィールド」には、藤森さんの方が先に着いた。

何度か訪れたことのある、民家をリノベーションしたカフェだ。看板も出ていないので外見からは普通の民家としか思えず、静かに寛《くつろ》げるお気に入りのカフェだった。「学生服での入店禁止」の張り紙がしてあるので、常連らしき部活帰りの高校生たちは、私服に着替えてやって来ているようだ。

五分ほど遅れて到着した沙弓さんが、笑顔で駆け寄ってきた。

「麻衣《まい》さん、お待たせ！」

下の名前で誰かに呼ばれたのはひさしぶりだ。数年ぶりの再会を喜ぶと共に、少しの違和感に、見つめ合って同時に吹き出してしまう。

「なんだか、変な感じだね」

首都の大学で友人として過ごした二人が、時を経て違う街で再び巡り合ったことが、とても不思議に思えた。

沙弓さんの目鼻立ちのはっきりした顔立ちとカジュアルな服装は、学生の頃と変わらない。それでもメイクは昔よりもずっと大人びているし、服装も、カジュアルながらバッグやアクセサリーで要所がきちんと締められ、ラフな印象ではない。

——あれから四年も経ったんだな……

彼女の変わった部分、変わらぬ部分が逆に、藤森さん自身の四年の月日を顧《かえり》みさせた。

無為に過ごしてきたようにも思える日々は、自分をどう変えていったのだろう。

「だけど、沙弓さんがこの街の出身だったなんて知らなかったな」

ひさしぶりの連絡にも驚いたが、同じ街に住んでいるとは思いもよらなかったので、喜びもひとしおだった。ひとしきり、大学の思い出や、卒業してからの同級生の消息話で盛り上がる。

「沙弓さんは、これからもこの街で暮らすの？」

「うん。ウィークリーマンションを借りてたんだけど、今月からきちんと部屋を借りて住むことにしたんだ。仕事も見つかったしね」

「じゃあ、これからも会えるんだね。仕事は何をするの？」

「この街だけで放送してる小さなラジオ局に雇ってもらえたんだ。局長に偶然出会って誘われてね。ちょっと変わった放送局なんだけど」

「変わった放送局って？」

沙弓さんは、少し考えるように天井を見上げた。

「うん……説明するのは難しいな。よかったら聴いてみて」

渡された名刺には、「ひかりラジオ」と、放送局の名前と周波数が記されていた。

新しい仕事や生活を前にして、沙弓さんは希望に満ち、輝いて見えた。

「何だか沙弓さん、以前と違う感じがする」

大学生の頃の彼女は、突然理由なく長期の休みを取ることもあり、不安定な影が時折差すのが気になっていた。

「私はね、この街で十年前に起こったあの事件で、一人だけ消え残ったんだ」

「あの事件……？」

しばらく考えてようやく、事件のこと、そして事件の現場がこの街だったことを思い出す。

ためらいのない瞳で、沙弓さんは自らの生い立ちを話してくれた。

「ずっと、事件のことを隠して生きてきたし、心の奥底に封印してきたんだけど」

そういえば彼女が、家族のことや、高校生の頃の思い出について語ることはなかった気がする。この街の出身だということも秘密にしていたのだろう。

「ごめんなさい、沙弓さん。気付いてあげられなくって」

沙弓さんは屈託《くったく》なく笑って首を振った。

「以前の私は、こんなこと絶対話さなかったからね。違って見えるのは、私が変わろうとしてるから、かな？　変わりたいって思える相手に出逢えたから」

今は離れた街を歩く、「歩行技師」という職業の男性のことを教えてくれた。

「約束したんだ。彼が歩き続けるように、私も彼とは違うやり方で、自分の人生を歩き始めるって」

友人が人生の転機を迎えていることを、素直に祝福したい気分だった。

「この街のことは、思い出せたの？」

沙弓さんは、肯定とも否定ともつかず、あいまいに頷いた。

「少しだけね。事件につながるものに出くわすと、記憶と同時に、事件の恐怖もよみがえっちゃうの。だから、一進一退なんだ」

昔の不安定な影が舞い戻りそうになったのか、彼女は慌てて首を振り、笑顔を取り戻した。

「ところで、麻衣さんこそ。どうしてこの街で働くことにしたの？」

「うん……。まあ、いろいろあってね」

藤森さんは、つい言葉を濁《にご》してしまった。

ひさしぶりに友人と会った気持ちの高揚を残したまま、部屋に戻った。カーテンを開け、雨に濡れた街の風景を見下ろす。

遠羽川を挟んだ対岸に、高層ビルの林立するシルエットが見える。

開発保留地区、十年前の事件が起こったとされる場所だ。すぐそこに見えているのに、行ってみたことはなかった。なぜかしら人を遠ざける雰囲気があり、散歩の際にも足が向かなかったのだ。

「事件のことって、すっかり忘れてたな……」

首都から移り住む先をこの街に決めたのは、理由あってのことではない。誰も自分のことを知らない街に住みたいと候補地を探すうち、居留地や大陸への航路を持つこの街のエキゾチックな雰囲気に惹《ひ》かれたというだけだ。

高層ビルの屋上で明滅する赤い光をぼんやりと見つめながら、記憶の中の「あの事件」に思いをはせる。だがすぐに、ほとんど何も知らないということに驚かされる。いつのまにか、他の多くの事件と同じ、「過去の出来事」になってしまっていた。

そんなこともあって、沙弓さんの告白を受けても、今ひとつピンとこない所があった。

自分はそんな薄情な人間だったのかと憤《いきどお》ってしまうが、まるで何か見えない枷《かせ》がはめられているかのように、事件を自分の身に引き寄せて考えることができない。

「開発保留地区か……」

その便宜的な名称には、事件そのものが、解決にも忘却にも至らぬまま「保留」されてしまっているかのような響きがあった。

◇

金曜日には、来週の勤務のシフト表が壁に貼り出される。確認していておかしなことに気付いた。休館日である月曜日に、藤森さんだけ出勤の表示がしてあるのだ。

――どういうことだろう？

首をひねっていると、館長が通りかかった。

「ああ、藤森さんには来週一週間、西山《にしやま》係長と一緒に仕事をしてもらいますよ」

「西山係長というのは？」

シフト表の中にいつも「外勤」と記され、一度も顔を合わせたことのない人物だ。

「あなたはこの街に来たばかりですから、彼のような仕事があることを知っておいた方がいいと思いましてね」

「どんな仕事をするんでしょうか？」

「月曜日に、四階の作業室に行ってください。西山係長が待っています。仕事の詳細は、彼が教えてくれますよ」

館長は鼻歌を歌いながら去っていった。仕事の中身はわからずじまいだ。

月曜日、いつもより遅い十時からの出勤でいいと館長から言われていたので、図書館まで歩いて行ってみることにした。「地下鉄で四駅」という距離感を、自分の足で確かめてみようと思ったのだ。

相変わらずの雨だった。レインコートを着て、駅ごとに広がる繁華街を横切っていく。細い通り沿いの小さな商店街や、古くからの住宅と最近建ったマンションとが混在する雑多な街並みを見渡す。自分と関わりのなかった場所での見知らぬ人々の日々の営《いとな》みが、異国の街を歩いているように遠い気分にさせる。

昔ながらの乾物屋の前で、ラジオ局らしい取材クルーが機材の撤収《てっしゅう》をしていた。その中に沙弓さんの姿があった。リポートを終えた直後らしく、何やら叱責を受けているようだ。相手は彼女の上司だろうか。ラジオ局の人間というより、どちらかというと研究者風の初老の男性だった。

彼女は最後に大きく頭を下げて謝《あやま》り、撤収作業に加わった。その様子から、不慣れな仕事に戸惑いながらも、充実した日々を送っているだろうことが察せられた。

藤森さんは、レインコートで姿を隠すようにして、彼女の前を通り過ぎた。

声をかけ辛《づら》かったのは、彼女が仕事中だったからでも、叱《しか》られていたからでもない。この地にしっかりと足をつけて歩き出そうとしている友人の姿に、ほんの少し気後れを感じてしまったのだ。

――私は、どうしてここにいるんだろう?

踏みしめる一歩が宙に浮いているように、この街とのつながりを見つけることができなかった。

◇

月曜日は博物館や美術館も休館のため、文教地区には人影もなく、ひっそりと静まっていた。音もなく降る雨が景色から色を奪い、モノクロ映画の一場面を歩いている気分になる。

作業室は、もともとはボイラー室だったと聞いていた。働き出した頃、館内をひと通り案内してもらったが、今は使っていないということで、中を見ることはなかった。第一、ずっと鍵がかかっていた。

ドアノブを回すと、中から古い音楽が聴こえてくる。雑音混じりの曲は、どうやらラジオから流れているようだった。

初めて覗く内部は、使われていない巨大なボイラーが場所を占め、申し訳程度の作業台と図書館の情報端末が、壁際に置かれていた。

一人の男性が、端末機に向かい黙々と入力作業を行っている。藤森さんが入ってきたのにも気付かないようだった。

男性の頬を伝う一筋《ひとすじ》の涙に、藤森さんの足が止まる。

声をかけることができずにいると、ややあって彼は作業の手を止めた。呆然とした表情で藤森さんを見つめ、頬の涙を拭う。「第五分館だより」を配っていた、「担当者」と名乗る男性だった。

「西山係長……でいらっしゃいますか？」

男性が黙って頷く。あまりのそっけなさに、一度会っていることを忘れられているのかとも思ったが、とりあえず先日の非礼を謝りたかった。

「先日は、失礼なことを言って申し訳ありませんでした」

頭を下げたが、彼はあまりそんなことには興味がないようだった。

「いや、この街に来たばかりであれば、そう思うのも仕方のないことだから……」

そう言ったきり、しばらく沈黙が続く。寡黙《かもく》な人なのだろうか。

「それにしても、館長に言われたからOKしたものの、やってもらう仕事は特にないんだけどな」

独り言のような呟《つぶや》きは、藤森さんではなく情報端末に向けられているようだ。

「かといって、適当に座ってて……ってわけにもいかないし」

ぞんざいに扱われているようで、どんな顔をすればいいのかわからなくなる。取り繕《つくろ》うように、係長は藤森さん用の仕事の段取りを整えた。

「じゃあ、貸出リストでも作ってもらおうか」

指示された作業は、情報端末の統計情報から、先週一週間の、「貸出場所99」での貸出データだけを抽出し、貸出者ごとの個別データを出力する、というものだった。

「じゃあ、もしかしてこのエラーって？」

「ああ、第五分館での貸出のことだよ」

ようやく一つの謎が解ける。だがそれは、新たな謎につながっていた。

「この間も仰《おつしや》ってましたけど、第五分館って、いったいどこにあるんですか？」

係長は、新しい「第五分館だより」を整えながら、簡潔に答えた。

「詳しいことは、一週間の仕事が終わってから説明するよ。今は、言われたとおりの仕事をしてもらっていいかな」

「……わかりました」

髪を束ね、作業を開始する。係長はずっとラジオをつけていた。古い型のラジオだ。お便りが紹介され、一昔前の音楽ばかりがリクエストされている。時が巻き戻されたような気分になりながら、藤森さんは作業を続けた。

◇

「休憩しようか」

係長が、お茶のカップを二つ持ってやってきた。図書館の給茶器の紙コップではなく、西域由来の蒸燻茶《じょうくんちゃ》用の蓋《ふた》のついた正式な磁杯《じはい》だった。

お茶の好きな藤森さんにはすぐにわかる。きちんとした手順を踏んで供されたお茶だ。蓋を開けると馥郁《ふくいく》とした薫《かお》りが広がった。

「おいしいです。すごく」

「そうかい。よかった」

係長が初めて顔をほころばせる。穏やかな表情に、首都に置き去りにしてきた記憶が呼び覚まされそうになる。慌てて思いを打ち消し、作業室内を見渡した。

旧型の錆《さび》ついたボイラーが、今もこの部屋の主《あるじ》は自分だと言わんばかりに中央に鎮座している。コンクリート剝《む》き出しの殺風景な部屋は、六月だというのに寒々しかった。小さな事務机と情報端末、そして古いプリンタだけが取り残されたように並ぶ様からは、彼以外の人が出入りしている気配は感じられない。

「ずっと、お一人でこの仕事を続けていらっしゃるんですか?」

シフト表にたった一人記された「外勤」の文字が、彼の孤独な作業を物語るようだ。

「まあ、一人が性《しょう》に合ってるしね」

聞き取りにくい声で言う係長は、むしろ孤独を望んでいるようで、他人を深く入り込ませようとしない。その分、自分のことも詮索されないのは、藤森さんにとっては好都合でもあったが。

途切れがちの会話に、気まずい思いで分館だよりの最新号を手にした。「貸出の多い本」という欄《らん》を見ると、一昔前の本ばかりが並んでいた。もちろん地域によって貸出の傾向は異なるが、最新のベストセラーがまったく入っていないのは珍しい。

「古い本が人気なんて変わってますね」

磁杯を置き、係長は分館だよりに目を落とす。深い海の底に沈めてしまったものを覗き込むようだ。

「そういう図書館なんだよ。第五分館はね」

◇

翌日からは、外まわりの仕事に従事した。係長と一緒に傘を差して、雨の街を歩きだす。彼は月曜日に図書館でデータを整理し、火曜日から金曜日までは、こうして外に出ているらしい。

外まわりというのも、通常の図書館にはない特殊な業務だ。それは、月曜日に作成した貸出者データの住所をたよりに家を訪れ、貸出リストを渡すというものだった。

「第五分館での、先週の貸出記録です」

貸出記録をプリントしたものを、分館だよりと共に手渡す。貸出データは個人情報なので、通常は家族であっても知らせることはない。おかしな業務だが、それもきっと何か理由があるのだろう。口出しはしなかった。

リストを渡される家庭も、反応はさまざまだった。「いつもありがとうございます」と深々とお辞儀《じぎ》をして受け取る家庭があれば、インターホンごしに「ポストに入れておいてください」とそっけない家庭もあった。

係長の言うとおり、藤森さんがついて行ったからといって、手伝うべき仕事は特になかった。せめて荷物持ちでもと思ったが、荷物は貸出リストと分館だよりだけだった。

どう手伝ったらいいものかさっぱりわからないまま、わずかな荷物を持って、係長につき従って街を歩く。

数日を共に過ごしたが、係長は一定以上に打ち解けようとはしなかった。かといって邪険に扱うということもなく、年上らしい気遣いはきちんと見せてくれた。

そんな飄々《ひょうひょう》とした様子は、今までに接した誰とも違って感じられた。

◇

金曜日の朝、きちんとした説明もせず、係長は歩き出した。

「今日は何をするんでしょうか?」

月曜日に作成した貸出リストの分は、昨日までに配り終えていた。

「分館だよりだけを配る家があるので、今日はそこをまわります」

そっけないのは相変わらずだったが、昨日までよりもいっそう分厚い壁の向こうにいるように、感情が伝わってこない。

一軒の家の前で、係長の足が止まる。中に入るのかと思いきや、扉を見つめるばかりで動こうとしない。

「どうかされたんですか」

「いや……」

しばらく立ち尽くしていた係長は、意を決したようにチャイムを鳴らした。玄関に立った四十代の女性が、係長の姿に顔色を変えて詰め寄る。

「どうでした？」

勢い込んで尋ねてくる。係長は受け止めきれないのか、不自然に視線を逸《そ》らした。

「……先週も、貸出はありませんでしたので、分館だよりだけをお持ちしました」

女性の動きが止まる。唇だけが何かを求め、わなないていた。係長はうなだれ、視線を合わせようとしない。

「そんなはずはありません！」

堰《せき》を切って溢れ出したかのように、女性は感情を爆発させた。

「どういうことなんですか？　もう三週間も貸出がないじゃないですか」

あまりに理不尽な物言いに、藤森さんは思わず割って入った。

「貸出がないのはこちらの責任ではないように思いますが」

「藤森さん！　いいんだ」

係長は強い口調で制し、深く頭を下げた。

「申し訳ございません。今日も、貸出リストをお届けすることはできませんでした」

頭を下げ続ける彼の姿に、女性はようやく気持ちが鎮《しず》まったようだ。

「すみません、取り乱してしまって。……そうですよね。担当者さんを責めても仕方のないことですものね」

女性は、やっとのことで声を搾《しぼ》り出した。藤森さんは、肩を震わせる彼女の姿から眼を逸らすことができなかった。

その後も係長は、今までに輪をかけた寡黙さで、分館だよりの配布を続けた。何軒かの家では、先ほどの女性ほどではないにしろ、感情を昂《たか》ぶらせる場面があった。そのたびに係長は、まるで自分の責任であるかのように、深く頭を下げて謝罪した。

お昼近くになって、通りがかった河川敷のあずまやで、係長は糸が切れた人形のように、ベンチに座り込んでしまった。

「今日の仕事は、つらいな。相手の気持ちが痛いほどわかるからね」

「でも、係長のせいじゃないんだし……納得できません」

藤森さんの言葉も、何の慰めにもならないようだった。

「どこかで食事を取っておいで。私は食欲がないから、しばらくここに座っているよ」

あまりの憔悴《しょうすい》ぶりに、放っておくことはできなかった。かといって食事に誘っても断られるだけだろう。

「ちょっと待っててくださいね」

幸い藤森さんのマンションの近くだった。急いで部屋に戻り、ありあわせのもので用意して、河川敷に舞い戻った。

「はい！　急だったから、こんなものしか用意できませんでしたけど、一緒に食べましょう」

膝に置かれた包みをぼんやりと見つめていた係長は、ゆっくりと包みを開いた。大きなおむすびが三つ、転がりだす。一つを手にした係長は、ようやく頑《かたく》なだった表情をゆるめ、口に運んだ。

「……ありがとう。すまないね、気を遣わせて」

「いえ、こんなことぐらいしかできませんけど。元気を出していただければ」

雨の河川敷には人影もなく、霧雨《きりさめ》が周囲の景色を遠ざける。対岸の保留地区のビル群が、薄墨《うすずみ》のシルエットとなって浮かんでいた。

係長が、手にしたおむすびを見つめ、ふと思いついたというように尋ねてきた。

「君は、どうしてこの街に来たんだい？」

いきなり質問が自分に向けられて、思わず笑ってしまう。

「どうしたんだい？」

「いえ、初めて私に興味を持ってくれたから」

「そうだったかな」

自覚していなかったのか、彼は申し訳なさそうに頭をかいた。

この街に来た理由には触れられたくない……。だけど、たった今、弱さを見せた係長の前では、自分をさらけ出してもいい気がしていた。

「実は私、この街に逃げてきたんです」

「逃げてきたって？」

不穏な響きが、係長を怪訝な顔にさせる。

「ありきたりなことですよ。同じ職場の妻子ある上司といろいろあって。奥さんに知られてひと騒動あって。会社にいられなくなって……」

言葉にすると、まさに「ありきたりなこと」になってしまうことはわかっている。

「それで、誰も自分のことを知らないこの街に、か。ずいぶん思い切りがいいんだね」

「そうでもないんですよ」

藤森さんは、うつむいて自嘲《じちょう》するように笑った。

「今も机の中に二つの手紙が入っているんです。今までありがとうって、すべてを終わりにする手紙と、この街での住所を知らせる手紙。忘れるために首都を離れたはずなのに、追いかけて来てくれることをどこかで期待してる。来てくれるはずなんかないのに」

「忘れたいのかい？　忘れたくないのかい？」

「わからないんです。自分でも」

ベンチに座ったまま、子どものように足をぶらつかせた。

「結論は自分で出すしかないのに、誰かが結論を出してくれるのを待っている。そんな中途半端な気分のままだから、この街に住んで三ヶ月も経つのに、どこにも居場所がないように感じてしまうんでしょうね」

「この街に居場所がない、か」

係長は心の奥底の思いを掘り起こす風に、藤森さんの言葉を繰り返した。

「係長のことも聞いていいですか」

これ以上打ち明け話をして、首都に置いてきた相手が係長と同年代と知られたら、余計な気を遣われそうだった。係長は黙って頷いた。

「係長は、この仕事は長いんですか」

「ああ、もう十年になるかな」

「十年も。どうしてずっと一人で続けているんですか」

理不尽な相手に対する姿や、消耗《しょうもう》ぶりを見ていると、単なる仕事以上の何かがあるようだった。係長はしばらく黙って、遠羽川にかかる橋を見つめていた。橋脚には、手の届かぬ高みに巨大な青い蝶が描かれている。

「君と一緒だよ」

「え？」

「忘れたいこと、忘れたくないこと。自分でもわからない両方の気持ちの間で、結論を出すことができずにうろうろしているだけだよ。私もね」

　係長は手を伸ばし、あずまやの屋根から規則正しく落ちる雨だれを受け止めた。遠く置き去りにしてきた何かを思い出そうとするように、対岸のビル群を見上げる。

「さて、午後の仕事を始めようか」

「はい。頑張りましょう」

　同時に大きく伸びをして、指先が触れ合う。二人とも慌てて手を引っ込めた。

　午後にまわった家でも、やはり感情的になる相手はいた。理由はわからないままだったが、藤森さんは係長と一緒に頭を下げ続けた。あずまやで話をしたことで、少しだけ近づけた気がしていたからだ。

　サイレンが物憂《ものう》く響き渡る夕暮れ時に、最後の一軒をまわり終えた。

「今日はありがとう。助かったよ」

「いえ、何もできませんでしたけど。お疲れ様でした」

「お疲れ様。あー……藤森さん。このあと、時間はあるかな?」

　どう切り出したものかと考えあぐねたような、迷いを含んだ声だった。

「はい。特に何もありませんけど」

「どうして図書館にこんな仕事があるのかも説明していないし、よかったら……」

「よかったら、何ですか?」

係長の言うことの予想がついた気がして、少し意地悪く反復してみせた。もちろん、いたずらっぽい笑顔を添えて。

係長は、鼻の上をぽりぽりとかいた。そんな顔もできるんだ、と思うほどの、照れたような優しい表情だった。

「いや、よかったら夕食でも一緒にどうかな、と思って」

◇

係長が連れて行ってくれたのは、地元の人々で賑わうレストランだった。

落ち着いた調光が、老舗《しにせ》ならではの使いこまれた家具に輝きを与え、白いテーブルクロスを引き立たせていた。

「建物はガタがきてるけど、味の方は保証するよ」

「左様でございます」

係長とは顔なじみらしい店主が、厭味《いやみ》にならぬ笑顔を浮かべて、メニューを差し出す。

係長おすすめのロブスターと、仔牛の煮込み料理を頼んだ。

「お疲れ様」

二人、ワイングラスを掲《かか》げて、小さく乾杯する。

「五日間、説明もせずに付き合わせて申し訳なかったね」

「いえ……」

「実際に、私が何をしているかを見てもらわなければ、説明しても理解できないだろうと思ってね」

確かに、五日間わからないまま従うことで、おぼろげにわかってきた。でもその分、新たな謎が出てきたのも事実だ。

「第五分館って、十年前の事件に関わっているんですね」

「ああ。第五分館は十年前まで事件の場所にあって、今は存在しない図書館なんだ」

「だけど係長は、今もあるって仰いましたよね」

「そう。確かに存在する。しかし、それがどこにあるのかは、誰にもわからない」

謎かけのような言葉だった。

「つまり、存在しないはずの図書館での貸出が、今も続いているんだ。理由はわからないけれどね。私はその貸出データを抽出し、家族のもとに届けるんだ。『第五分館だより』と一緒に。その仕事を、もう十年もやっているよ」

存在しないのに、存在する図書館。そこでは、いないはずの人々が今も、変わりない日常の続きであるかのように、本を借り続けているらしい。分館だよりだけを配られた家々での反応を思い出す。姿の見えない存在をつなぎとめるただ一つのもの。それが第五分館での貸出だったのだ。

担当者とは、事件を機に置かれたこの街だけの職掌《しよくしよう》で、残された人々の心のケアを「担当」しているのだそうだ。係長以外にも、幾人もの担当者が存在するという。

「だけどあの事件って、言ってはなんですけど、もう十年も前のことなんですよね？　どうしてこの街の人は、いつまでも忘れようとしないで、事件を引きずり続けているんですか」

「確かにそうだろうね。他の街から来た君にとっては……」

係長はフォークの先で、ロブスターのはさみをつついた。

「今もこの街の人口統計は、あの事件の犠牲となった三千九十五人を含んだままなんだ。行政機関だけではなく、街のあらゆる場所で、消えてしまった三千人以上の人々があたかもいるかのように、社会が動き続けている。バスターミナルには、今もあの場所へのバス乗り場が残され、来もしないバスと、乗りもしない乗客を待ち続けている。それにこのレストランだって……」

係長の視線が、答えを示すように店の中の一点に定まる。

週末のレストランには、味を守り続けた老舗らしく、雨にもかかわらず客が引きもきらず訪れていた。

「あいにく満席でございまして」

　店主が、申し訳なさそうに新たな客に頭を下げる。お客は店内をぐるりと見渡し、あきらめたように首を振って、店主に笑顔を見せた。

「満席じゃ仕方がないね。楽しみにしていたんだけれど。今度は予約してから来ることにするよ」

「申し訳ございません。お待ちしております」

　そのやりとりを視界の隅に置きながら、藤森さんは係長と同じ場所を見つめた。「予約席」の表示もないのに、空いたままのテーブルが二つあった。

「あの二席は、十年前から一度も使われていないんだ。どんなに店が混んでいてもね」

「それは、事件で失われた人のための席ってことですか？」

　新たにやってきた客もまた、空席を目に留めながら不平も言わず、残念そうに去っていく。

「どうして、誰も文句を言わないんですか？」

「文句？　どうしてだい」

「だって、使いもしない人たちのために席がとってあるなんて」

「この街では、それが自然なことだからだよ」

「……よくわかりません」

「理解する必要はないよ。受け入れればいいんだ。街の人々がそうしているように」

納得できずにいると、係長は再び、懐かしいものを見るような寂しさを含んだ笑顔で藤森さんを見つめた。

「一瞬で忘れられることもあれば、何十年経っても忘れられないこともある。人の気持ちってのは、そんな単純なものじゃないさ。そうだろう?」

藤森さんは心の内を見られている気分になり、さりげなく話題を変えた。

「月曜日、図書館でお会いした時、係長は涙を流していらっしゃいましたよね」

「そうだったかな」

「覚えてないんですか?」

隠そうとするそぶりを感じたが、じっと答えてくれるのを待つ。

「減っているんだ。貸出が……」

根負けした係長が、ポツリと呟いた。

「この十年、第五分館での貸出は、横ばいで推移してきた。だが今年になって、今まで借りていた人が少しずつ、本を借りなくなってきているんだ」

「何を意味しているんでしょうか?」

「わからない……。だけど、見えないけれど存在し続けた第五分館に、何らかの変化が起きていることは確かのようだ」

担当者は今、相次いでその任を解かれているのだそうだ。係長は抗《あらが》いようのない現実を噛み締めるように言った。

「もうすぐ、この仕事も終わりかもしれないね」

◇

西山係長との仕事は、その五日間だけだった。

だが、それから藤森さんは、月曜日に図書館を訪れ、仕事を手伝うようになった。

「せっかくの休みなのに、職場に来なくってもいいだろう」

相変わらずの愛想のない言葉だったが、喜んでくれているものと解釈して、気にしなかった。

いつものようにラジオからは古い音楽が流れてくる。

表示された周波数が眼に入り、あることに思い当たって手帖《てちょう》の中を見た。挟んだままだった沙弓さんの名刺に、同じ周波数が記されていた。「ちょっと変わったラジオ局」と言っていたが、聴いているかぎり、リクエストが懐かしい曲ばかりという他は、特段変わった所は感じない。

相変わらず、時が巻き戻されたような気分になりながら、貸出リストを作成し、分館だよりを印刷する。三ツ折りのズレが気になって何度も折り直す藤森さんの様子を、係長は微苦笑を浮かべて見守る。

最初はそっけなくも感じた係長の態度だが、一緒に過ごすうち、年齢差を感じずに寛いだ気持ちになれる相手だと思えるようになっていた。

「この街に、居場所は見つかったかい?」

お茶の磁杯を手渡しながら、係長が尋ねる。藤森さんはあきらめ顔で首を振った。

「気付かないうちにそこが居場所になっているってことも、あるかもしれないよ」

係長はお茶の湯気ごしに、藤森さんの姿に笑いかける。

――また、あの表情だ……

係長が時折、懐かしいものを見るように自分を見つめることが気になっていた。

ラジオの音楽が終わり、男性パーソナリティの声が流れてくる。

「では、街の情報をお届けします。図書館、第五分館からのお知らせです。今月の本の特集は、児童室は雨にまつわるおはなし、成人室では、夏を前にしたヘルシー料理特集です。児童室、おはなしの時間は第二、第四土曜日午後二時から、第一、第三日曜日の午後二時三十分から……」

藤森さんは思わずラジオに駆け寄り、ボリュームを上げた。図書館についてのお知らせはそれっきりで、再び古い曲が流れだす。

「このラジオ局は、事件で姿を消した人々と、その家族に向けての放送を流し続けているんだ。十年前からずっとね。第五分館の図書館員が作った分館だよりが、毎週土曜日に、中央図書館と、このラジオ局に郵便で届けられる。それを、図書館では私が残された家族に配り、ラジオ局ではこうして電波に乗せて届けているんだ」

「でも、第五分館の図書館員って……」

疑問を呑み込む。存在しない第五分館で本を借りる人がいる以上、図書館員もまた存在する、ということなのだろう。手元にあった分館だよりをもう一度見返してみる。

「分館だよりって、係長が書かれてるんだとばっかり思っていました」

係長が静かに首を振る。編集後記の欄には、確かに「滝川《たきがわ》」と署名があった。

「滝川さんか……」

「当時第五分館で勤務していて、あの事件に巻き込まれた女性だよ」

その人のことを知っているような口ぶりだ。

「係長、その女性のこと、ご存じなんですか？」

係長は、言葉にせずにあいまいに頷くだけだった。

◇

「沙弓さん？　麻衣です。今、大丈夫？」

携帯電話を持ったまま、ベランダに立つ。降り続く静かな雨の向こうに、保留地区のビル群がシルエットで浮かんでいた。

「うん、ちょうど仕事終わって帰ったところ」

「ラジオ、聴いたよ」

「あ、聴いてくれたんだ。ありがとう」

「どう？　仕事はもう慣れてきた？」

「ぼちぼちね。最近少しずつ、リポートの仕事も任せてもらえるようになったんだ。失敗続きだけどね」

「頑張ってるんだね。ところで沙弓さん、ちょっと変わった放送局って言っていたけど、それってもしかして、十年前の事件に関わることなの？」

受話器の向こうで、彼女が一瞬口ごもるのがわかった。

「そう。この放送局にはね、十年前のあの事件で姿を消した人々からの葉書が今も届き続けるんだ。まるで今も変わらずこの街で暮らしているみたいにね」

「どういうことなの。彼らは死んでしまったわけじゃないの？」

電話の向こうの沈黙に、藤森さんは口を押さえた。沙弓さんが、あの事件の「消え残り」であることを思い出したからだ。

「ごめんなさい。無神経な言い方をしてしまって」

「ううん。気にしないで。もう十年も前の出来事なんだから当然だよ」

気にさせまいとする言葉に、いっそう罪悪感が募《つの》る。事件が「過去のこと」でしかない自分と、「今に続くこと」である彼女とでは、「十年の月日」の意味はまったく違うのだから。

「はっきりしたことはわかっていないんだ。彼らは、まるで何ごともなかったかのように葉書を送ってくるの。今もすぐ隣で暮らしているみたいにね。そして、リクエストするのは十年以上前の古い音楽ばかり」

「彼らは存在する、だけど時は十年前のままとどまっている。そういうこと？」

「わからない。だけど、一つだけ言えるのは、放送局に届く葉書が、今年に入ってどんどん少なくなってきているってこと」

第五分館の貸出と同様、ラジオへの葉書も減っている。そのことと彼らの存在には、何か関係があるのだろうか。

窓の外のビル群は、闇をまとって夜空に溶け込み、答えを与えようとはしなかった。

◇

仕事から帰り、ポストを開ける。住所はほとんど誰にも知らせていないので、入っているのはチラシばかりだ。そんな瞬間にも、この街での自分はまだよそ者なんだと感じてしまう。

うんざりした気分でチラシの束を抱えると、封筒が一通だけ混じっていた。消息を知らせている、数少ない首都の友人からだ。手紙をもらう心当たりがないまま、玄関に立って封を開ける。

首都で別れを告げた男性の名前が記されているのを見て、時が止まった。心臓の音だけが支配する閉ざされた世界で、気ばかり焦《あせ》って何度も文章を読み直す。

――藤森さんと連絡を取りたい、もう一度話し合いたいので連絡先を教えてほしい、という電話がありました――

レインコートを脱ぐことも忘れ、玄関にたたずむ。

首都での日々、彼の笑顔、温かな抱擁《ほうよう》、人目を忍ぶ逢瀬《おうせ》、逡巡《しゅんじゅん》と惰性《だせい》、限られた時だからこその想い、置き去りにしてきたいざこざ……。忘れられないこと、忘れてしまいたいこと、両方が一度に襲い来る。

彼に連絡先を教え、再び会ったところで、根本的な解決になるはずもなく、関係が修復されるだけなのは自明だった。

――それなのに……、わかってるのに……

唇を嚙み締める。愚《おろ》かしさに呆れてしまうが、心が揺れるのをとどめることができない。手紙には、事情を知る友人の藤森さんを諫《いさ》める文章が続いていたが、眼は上滑《うわすべ》りしてしまう。

水滴が床の上に広がっていく。意味もなくそれを眼で追っていた藤森さんは、ようやくレインコートを脱いで部屋に入り、机の引き出しを開けた。二通の手紙が入ったままだ。どちらを出すか、自分では結論を出すことができないとわかっていた。持って行き場のないため息をついて、その場に座り込む。

何を求めるでもなく、誰もいない部屋の中に視線をさまよわせる。図書館から持ち帰っていた「第五分館だより」が眼に入った。

◇

次の月曜日を待って、藤森さんは図書館の西山係長のもとを訪れた。

作業室の扉には鍵がかかっていた。その感触が予想以上に硬く腕に伝わってきて、拒絶された気分になる。

後ろ髪を引かれる思いがしたが、のろのろと帰路につく。地下鉄の車内で、窓に映る自分をぼんやりと眺めながら、係長と過ごした作業室での時間を思い起こしていた。音もなく雨が降る月曜日の、係長との取り留めのない会話、供されるお茶、そしてラジオから流れてくる少し懐かしい音楽。

今になって気付く。自分はもうとっくに、「居場所」を見つけていたことに。

そのまま部屋に戻る気にもなれず、瀬川さんの家に足が向かう。

「ひさしぶりですねえ、よく来てくれました」

最近は、月曜日には図書館で西山係長の仕事を手伝っていたので、瀬川さんの家もご無沙汰だった。

ちゃぶ台の上には、いつものように「第五分館だより」が置かれている。西山係長が届けたものだ。会ってはいないけれど、こうして彼の手を介したものを目にするだけで、温かな気分になる。

手に取ろうとして動きが止まる。小さく「最終号」と書かれていたからだ。お茶を持ってきた瀬川さんは、藤森さんが分館だよりを手にしているのを見て、悲しげに顔を歪めた。

「瀬川さん。最終号って……」

「ええ、ええ、担当者の方が持ってきてくれました。最近は分館の利用者も減ってきているようでしてね、第五分館も閉鎖されると書いてありました」

「え？　閉鎖って」

分館だよりに眼を走らせる。確かに「第五分館閉鎖のお知らせ」と記されてあった。

「家内は本が好きでしてねえ。図書館に行くのをそれは楽しみにしておりました。ですから担当者の方にも、毎週のように来ていただいておったのです。ですが、先週から家内も図書館には足を運んでいないようで、分館だよりだけをお届けいただくようになっておりましてねえ」

「そうなんですか。寂しくなりますね」

「ええ。ですが、もういいんですよ」

瀬川さんは、不思議に沈んだ様子はなかった。

「もう十年も経ちましたし、いつまでも担当者の方に負担をかけるわけにはいきませんからね。それに……」

小さな湯飲みを愛おしむように掌《てのひら》で包んだ瀬川さんは、穏やかに笑った。

「忘れるわけじゃないんですよ。つながっておるんです。これからもずっとね。そう信じております。私は」

「そうですね。……きっと、そうですよね」

係長が十年もの間、たった一人で続けてきたこと。それは決して無意味ではなかった。想いはきっとつながっている。

瀬川さんは、雲に隠された青空を見はるかすように、眼を細めた。

「この長い雨も、もうじきやむようですなあ」

◇

それ以来、西山係長の姿を見ることはなかった。

一日の仕事を終え、藤森さんは結んだ髪を解き、エプロンを丁寧に畳んだ。作業室の扉に立ち、いないことはわかっていながらノブを回す。鍵のかかった硬い感触に、相変わらず小さな痛みを覚える。

通りかかった館長が、不思議そうな顔で見ていた。

「そこはもう使わないから、鍵を締めてしまったよ」

藤森さんは、ノブから手を離し、取り繕うように首を振る。

「いえ……西山係長、もう来ないのかな、と思って」

館長は、知らなかったのか、というように少し驚いた様子だった。

「彼は図書館を辞めてしまったよ。ずいぶん引き止めたんだがね」

「どういうことですか？」

突然のことに、藤森さんは語気を強めて館長に詰め寄った。

「彼のことは、詳しく話していなかったね」

館長は、藤森さんの動揺を推し量るように、ゆっくりと話しだした。

「彼は十年前、第五分館に勤務していたんだ」

そんな予感はしていた。あの事件に、係長は何らかの形で関わっているのだと。

「事件の日、彼はたまたま休みを取っていてね。巻き添えにならずに済んだんだ」

「そうだったんですね」

「だが……」

館長は、腕組みをして窓の外に眼をやる。

「その時、彼とシフトを交代して第五分館にいたのは、彼の恋人だったんだよ」

「そんな……」

残酷すぎる運命の仕打ちに、言葉を失ってしまう。もちろん係長に罪はない。だが、恋人を犠牲にして自分が助かったという現実が、彼を絶望の淵に追い遣ったことは、容易に想像できた。

「この図書館で二人は知り合ってね。もうすぐ結婚という時期だったよ。事件の後、彼は自ら担当者に志願した。そうして、あの仕事を続けてきたんだ。十年間たった一人でね。図書館に復帰しなかったのは、彼なりに人生のけじめをつけたかったのかもしれないね」

それでは、あの日係長が涙を流していたのは……。

「係長の恋人だった方って、お名前は？」

「そうだな……確か、滝川さんだったかな。ちょうど今の君と同い歳ぐらいの女性だったよ」

館長が立ち去ってからも、その場を動くことができなかった。

街の人々は、第五分館での貸出によって、姿を消した人々とのつながりを求め続けた。係長もまた分館だよりを配ることで、自らの望みをつなぎとめていたのだ。

藤森さんの「この街に居場所がない」という言葉を、係長は繰り返した。彼もまた、求める者を失った街に自らの居場所を失っていたのだろう。担当者として、彼はこの街をどんな気持ちで歩いていたのだろうか。

分館だよりを配り、どんなに理不尽な相手にも頭を下げ続けた姿がよみがえる。係長はそうすることで、この街との結びつきを取り戻そうとしていたのではないだろうか。今初めて、その気持ちをわかることができた気がする。

溢れ出しそうな涙をこらえて、窓ごしの空を見上げた。

「雨が……」

一ケ月、音もなく静かに降り続けていた雨がやんでいた。この街にとっての、一つの区切りを象徴するかのように。

「係長……、今、どこにいるんですか？」

◇

降り続いた雨がやみ、何ごともなかったように日常は続いてゆく。

毎日地下鉄で図書館に向かい、一日の勤務を終え、スーパーで買い物をして、部屋に戻る。変わりない生活の中でも、ふと気付くと係長の姿を探している自分がいた。逢いたい誰かがいるというだけで、どうして街はこんなにも表情を変えるのだろう。この道の先のどこかで係長とつながっている。そう思いながら、変わらぬ街の風景の中を歩き続けた。

そんなある日、藤森さんのもとに小包が届いた。差出人の欄に目を見張った。

「係長から？」

もどかしい思いで梱包を解いた。出てきたのは、係長が聴いていた古い型のラジオだ。それ以外、手紙も何も入っていない。

スイッチを入れてみる。周波数はひかりラジオのままだった。十年以上前の古い音楽がかかっている。係長が、何を求めてラジオを送ってくれたのかはわからない。それでも、雑音混じりのラジオを聴いていると、彼と一緒にいるような気持ちになれた。

「続きまして、お便りをご紹介します。瀬川美智子《みちこ》さんというご婦人からです」

男性パーソナリティの声に、藤森さんはラジオを振り向いた。瀬川さんの家の郵便ポストに記された名前だった。

「初めてお便りいたします。図書館の第五分館が先日閉鎖されました。毎週のように利用していた私にとっては思い出深い場所ですので、閉鎖のお知らせは残念でなりません。ですが、あれからもう十年も経ちましたので、仕方のないことかもしれませんね。私も最近はもう分館に行くことはできなくなっておりますので、最後に立ち会うことはできませんでしたが、第五分館の皆様、長い間お疲れ様でございました」

瀬川美智子さんのリクエストは、藤森さんが高校生の頃よく聴いていた曲だった。歌詞を口ずさみながら、閉鎖された第五分館に思いをはせる。その図書館はどこにも存在しない。それでも確かにあったのだ。失われた人々と、残された人々をつなぐ場所として。

「長く、この街に降り続いた雨がやみました」

聞き覚えのある声がラジオから流れてくる。沙弓さんだった。

「この十年間、さまざまな形でこの街の人々を支えてきてくれた担当者たちが、今、役目を終えようとしています。今日のスタジオには、十年間、第五分館だよりを配布し続けた担当者の方をお招きしています」

急いでラジオのボリュームを大きくする。

「……こんにちは」

そのひと声を聞いただけで、自分が思っているよりもずっと強く、彼を求めていたことがわかった。

「担当者のお仕事、お疲れ様でした」

「ありがとうございます」

「十年という長い間、続けてこられてどうでしたか?」

考え込むように、声が途絶える。藤森さんにとって、それは饒舌《じょうぜつ》なる沈黙だった。十年の時を振り返る係長の姿がありありと浮かぶ。

「長かったとか、短かったとか、そんな感慨はないですね。いろんな人に支えられて、一日一日をやってこれた。それが積み重なって、いつのまにか十年経っていたんでしょうね」

ゆっくりと、確かな言葉で、係長はこの十年の「担当者」としての日々を語った。

「担当者とは、人々の思いをつなげる仕事です。ですが、実際に私に何ができていたのかはわかりません。何もできなかったのかもしれません。私がしてきたのは、思いをつなぐお手伝いだけで、その思いをどうするかは、それぞれが決めなければならないことですから」

まるで自分に向けて語りかけられているように、その言葉は藤森さんの心に刻まれていった。

「担当者の仕事を終えられて、これから、どうされますか?」

沙弓さんの最後の質問に、係長は「そうだなぁ」と考えを巡らせている様子だった。

「しばらくは川原に寝っころがって、のんびりするかなぁ」

今までとは打って変わって、のん気な声だ。担当者という重い任を果たし、ようやくのぞかせた、彼の素の姿なのかもしれない。

「ピクニックみたい。いいですねえ」

沙弓さんがうらやましそうに言うと、係長はいたずらっぽい声で付け加えた。

「おむすびのお弁当でも、誰かつくってくれないかな」

◇

図書館員にとって、月曜日は特別な休日だ。藤森さんは、平日の街の静謐《せいひつ》な空気を大きく吸い込んだ。

夏に向けて日差しの強まる街を、日傘を差して歩く。陽炎《かげろう》揺れるアスファルトの上に、影が短くとどまる。街の風景に影を刻み込むように、道路を踏みしめた。これからこの道は、どんな人々に自分を結びつけてくれるのだろうか。

封筒を手にして、ポストの前に立つ。小さく頷いて手を離した。あっけなく、封筒はポストの中に吸い込まれた。

「さて」

藤森さんは眩《まぶ》しい太陽に手をかざし、次の目的地に向けて歩き出した。

遠羽川の川原を見渡す堤防に立つ。長い雨が終わり、草木すべてが、夏に向けて息吹を強めていた。

日傘の影に、寝転んでいた係長がゆっくりと眼を開ける。見上げる表情に驚きはなかった。

「ラジオ、聴きましたよ」

「うん」

寝ころがったまま係長は大きく伸びをした。今までにないのんびりした様子に、藤森さんの顔もほころぶ。

「終わったんですね」

「ああ、終わったよ」

短い言葉だった。だが、言葉に込められた思いは充分に伝わっていた。

「はい。どうぞ」

手にした荷物を、係長のお腹の上に置く。彼は心得た風に包みを解いた。大きなおむすびが三つ、顔を出した。

「私も終わりました。いえ、終わらせました」

「そうか……」

二人で時の移ろいを感じながら、風に揺れる夏草を見つめていた。時はこの十年間を変わらず刻み、それは今からも続く。街は移ろい、人もまた移ろう。それでもきっと変わらないものもある。それをこの街で見つけることができるように感じていた。

「これから、どうするんですか？」

「さぁーて、どうするかなぁ」

係長は、草の上で大の字になって大きく伸びをする。藤森さんもそれに倣《なら》い、草の上に倒れ込んだ。伸ばした手が、彼の手に触れる。

今度は、二人とも逃げなかった。

「これからは、何かをつくる仕事をしたいね。一から職探しだ。しばらくは貧乏暮らしだなあ」

「そうですか」

係長の手の温かさを心に刻む。いつかこの手を、しっかりと握り締める時がくるのだろうか。

「じゃあ、仕方ないですね。しばらくはお弁当つくってあげます」

「よろしく頼むよ」

新しい季節を告げる南風が、夏草を揺らす。青空にひこうき雲が幾筋も描き出されていた。藤森さんは、草いきれを含んだ空気を大きく吸い込み、対岸の風景に眼を細めた。保留地区のビル群が、柔らかな光に包まれていた。

第二章

隔ての鐘

涼風台の中央を南北に貫くメインストリート。

その頂に立ち、駿《しゅん》は坂を上り来る風を思い切り吸い込んだ。遠く大陸に源を発し、海の息吹をはらんだ風だ。見晴らす海には、まだ小さめながら、くっきりとした輪郭の入道雲が湧き上がり、夏の到来を告げていた。

夏休みだ！　なんて、小学生の頃のように飛び上がりたくなるほどの高揚が襲うわけではない。一応進学校に通っているので、午前中はほとんど課外授業で埋まっている。

それでもなお、夏の訪れは、両手が空に届きそうな伸びやかな気分にさせた。今年は梅雨の時期に一ヶ月にわたって雨が降り続いたせいもあって、解放感もひとしおだったのだ。

夏の強い光に手をかざし、街の中心街を見渡す。

古くは大陸との交易港に端を発するこの街の、新旧の建物が入り混じった雑多な街並みが広がっていた。湾岸を走る都市高速道路が、城壁のように縁取《ふちど》りを添える。街の南東の丘陵を切り開いてつくられた新興住宅街「涼風台」に三歳から住む駿にとっては、見慣れた、そして見飽きない風景だ。

見下ろす風景の中に、ひときわ高く新しい高層ビルが林立している地区があった。

「開発保留地区……か」

その無機質な名称は、便宜的なものとはいえ、どうしてもなじめなかった。そこは十年前の「あの事件」の地であり、駿にとっては父の最期《さいご》の地でもあったからだ。

自転車に乗り、ペダルに足をかける。海からの向かい風が一瞬だけ駿を押し戻そうとするが、すぐに重力が勝《まさ》り、ゆっくりと坂を下りだす。加速する自転車が夏風を切り分け、涼風台のメインストリートを駆け下りる。時を同じくして建ち、同じように歳月を経てきた家々が、駿の目の前に現れては消えていく。

家々ごしに見下ろしていた街の風景が、次第に近まってくる。保留地区のガラス張りの高層ビルが陽光を反射し、鈍く光った。

――最近聴こえないな。鐘の音《ね》……

昔は頻繁《ひんぱん》に耳にしていた鐘の音は、今年に入ってめっきり聴こえなくなっていた。

◇

その音は、街の何処《どこ》にいても、同じ大きさで、方向も知れずに響いてくる。

正確に言えば、「響く」わけではない。街のほとんどの人には認識できないのだから。

駿は十歳になるまで、自分にしか聴こえていない音だとは思っていなかった。当然のように聴いている音を、周囲の人に「この音、聴こえる?」などと尋ねることもなかったからだ。

様子がおかしいことに気付いた母親に病院に連れて行かれ、幻聴や耳の病気などではなく、この街のごく一部の人々だけに起こる現象であることを知らされた。

駿以外にも街の何人かは、十年前の事件以来、鐘の音が聴こえ続けているということだった。それが数人なのか数十人なのか数百人なのかははっきりしなかった。駿自身も誰にも話さずにきたので、母親以外、駿に鐘の音が聴こえることを知る者はいない。

——どうして僕なんだろう?

そう思うことがある。

鐘の音が聴こえるのは、消えてしまった人々に強く想いを残している者に特有の症状だとも言われている。

三千人以上の人々が消えたのだ。街に住む人々のほとんどは、多かれ少なかれ自分に関わる「誰か」を失っている。最愛の恋人を失った人もいれば、自分以外の家族全員を失った人もいるだろう。

駿とて、父を失ったことが悲しいか? と問われれば、もちろんと答える。だが如何《いかん》せん当時はまだ六歳で、別れの切実さと向き合うこともなかった。

そんな駿になぜ、鐘の音が聴こえるのだろう。

◇

鐘の音のことを考えていたからか、中心街の大型書店を目指していたはずの駿の自転車は、保留地区に入り込んでいた。

いつもどおりその場所は、街のなかであることを忘れるほど静まり返っている。街路樹からの蟬《せみ》の鳴き声すら、一枚層を隔てた場所から聞こえてくるように、奇妙に遠く響く。オフィスビル棟、商業棟、マンションと、それぞれの役割を担《にな》うべく建てられたビルが並んでいる。ガラス張りの壁面が雲を映し込む。少しだけずれた景色をまとい、建物そのものが歪んでいるかのような錯覚を生じさせた。

再開発地区らしく、緑が多く配されたゆとりを持った街づくりがなされている。それなのに、そこには働く人も、生活する人も一人もいない。整った街の風景に人々の生活の息吹がまったく感じられないのは、廃墟《はいきょ》以上に寒々しかった。

――いつまでここは止まったままなんだ？

意図的かと思える程に放置され続ける姿に、持って行き場のない憤《いきどお》りを覚えてしまう。各所に掲げられた「開発保留地区」の表示だけは、定期的に交換されているのか、まだ真新しかった。

片側二車線の整備された道路があるにもかかわらず、車はほとんど通らない。地区の外には通じていないからだ。通るのは、駿のような自転車やバイク、そして周辺の入り組んだ狭い路地をうまく潜《くぐ》り抜けてきた軽自動車ぐらいのものだ。バスの停留所が、来るはずのないバスを待ち続けるようにぽつんと立っていた。

「供給センター」と側面に記された白いバンが、マンホールを開けて何かの作業をしている他は、人通りもない。

頭痛がする気がして、頭を押さえる。

——まただ……。

この場所をめったに訪れないのは、来るたびに決まったように不快な気持ちに襲われてしまうからだ。立ち去りたい衝動に抗《あらが》って、駿は再び自転車をこいだ。

中央に設けられた広場には、教会を模したような、煉瓦造りの新しい建物があった。尖《せん》塔《とう》の突端には、いかにも鐘が置かれそうな空間が口を開けていたが、収まるべき鐘は存在しなかった。

「やっぱり、ここじゃないんだよな……」

事件の前にも、この場所には同じような煉瓦造りの古い建物があったそうだ。そこで鳴らされる時を告げる鐘は、街の人々に親しまれていたという。

見上げるうち、違和感に襲われる。かつて自分は、同じこの場所で、こうして空を見上げていたことがある。そんな漠然とした既視感が湧き上がる。

それから起こることが、なぜか駿にははっきりとわかった。

「鐘が……鳴る！」

◇

奇妙な空白感の後、急激に現実に引き戻される。周囲を満たす深い霧が、突風に一瞬で吹き飛ばされるのにも似て、視界がクリアになる。

ひさしぶりに聴こえた鐘の音に、随分と長い間その場にたたずんでいたように感じた。

右手の腕時計を見て、駿は愕然《がくぜん》とした。

「三十分。嘘だろ？」

時の経過への驚きは、左手の温かく柔らかな感触で消し飛んだ。隣に立つ見知らぬ少女の手を、しっかりと握り締めていたのだ。

「え？　あれ。ご、ごめん」

慌てて手を離そうとするが、お互いよほど長い時間握っていたらしく、うまく指が動かない。無理やり引き剝《は》がすようにして離し、少女と向き合う。異国の民族衣装を着た、中学生くらいの女の子だった。

「君は、誰？」

顔を上げた少女の面立《おもだ》ちに、駿は思わず息を呑んだ。

長い髪を両耳の脇で丸く結《ゆ》い上げているため、輪郭のはっきりとした顔だちが美しく際立つ。黒目がちの瞳が深い色を湛《たた》え、夏の暑さを寄せつけぬように涼しげだ。芯の強さを物語るように引き締まった唇は、幼さを残しながらもほのかな色がさし、可憐《かれん》な印象だ。

駿以上に事態がうまく呑み込めていないようで、彼女は周囲を不安げに見渡す。自分がいる場所がわからないようだ。何かを口走るが、駿には理解できぬ異国の言葉だ。

着ている服からすると、少女は異邦郭から来たのだろう。二人の身にいったい何が起こったのかはわからなかったが、今は彼女を元いた場所へ連れて帰ることが先決だ。

「連れて行ってあげるよ。異邦郭に」

駿に促され、少女はためらいながらも一歩を踏み出した。

◇

異邦郭までの道のりを、少女を自転車の後ろに乗せて走る。少女は駿を信用した様子で、心細げな表情も見せず、周囲を不思議そうに見渡していた。自転車が揺れるたびに、腰に添えられた手に力がこめられ、どぎまぎしてしまう。

二人乗りなので、車の少ない裏通りを選んで走った。少女が何かを呟く。「海」を表す異国の言葉だった。不思議に思い振り返ると、少女は何かを聴き分けようとするかのように、耳に手を当てて空を見上げていた。駿は、この場所「野分浜」が、昔は海だったと言われていることを思い出した。少女には、遠い昔の波の音が聞こえるのかもしれない。

異邦郭の楼門が見えると、少女は眼に見えて安堵《あんど》した様子だった。もう大丈夫だな、と思って駿は自転車を止めた。別れを告げる意図を少女は察したものの、ついて来てほしいと懇願《こんがん》するような瞳を向ける。従わざるをえなかった。

夏休みに入ったため、異邦郭は観光客で賑《にぎ》わっていた。赤や金を多用した大陸様《よう》の装飾が夏の熱気と相まって異国情緒をいや増し、違う国に来たかのような錯覚を生じさせる。

少女は、商店の隙間の路地へと駿を導いた。道幅が狭くなり、地面の感覚も、アスファルトから土を押し固めたものに変わった。

いくつかの角を曲がるうち、駿は完全に方角を見失った。部外者の侵入を防ぐため、敢《あ》えてそうした造りになっているのかもしれない。路地を挟んで建ち並ぶ商店の伸ばした庇《ひさし》がアーケードのように空を覆い、ランプの薄暗い光が影を揺らめかせる。自分の住む街の中の風景とは思えぬほどの異世界だった。

異邦郭には二つの顔がある。

一つは、表通りの賑わいに象徴される、この街の代表的な観光地としての側面。もう一つは、かつての大陸での戦争の影響で、西域や居留地から渡来してきた人々のコロニーとしての側面だ。

異邦郭に住む人々は、今も居留地の公用語を話し、独特の文化を維持している。一種の治外法権的な場所として知られ、知らずに迷い込んだ者が行方不明になり、遠く大陸の貧民街で発見されただのというまことしやかな噂も流れるほどだ。周囲を満たす言葉は紛《まぎ》れもなく居留地の公用語だ。駿の姿は、たちまち無遠慮な視線にさらされた。

一軒の店が、道を塞ぐように建てられていた。店の前で、半ば怒声混じりに携帯電話で話していた男性が、少女の姿を見て呆然として電話を取り落とす。ランニングシャツにゴムのエプロンといういでたちの屈強な若者だ。隆々とした筋肉を持つ腕には伝説上の双頭の龍の刺青が浮かんでいた。

つかみかからんばかりの勢いでやってくる若者に、駿は思わず身構えたが、すんでのところで少女が鋭い声で制した。しばらくのやりとりの後、若者は申し訳なさげに頭をかき、白い歯を見せた。

「すまない。坊主。お前が鈴《リン》を導いたか」

打って変わって打ち解けた様子で、男は駿の肩を抱くようにして店の奥へと招《しよう》じ入れた。裏口から出ると、再び道が通じていた。どうやら道を塞ぐこの店が、奥への関所としての役割を果たしているらしい。

◇

周囲の人々が口々に、男と鈴という少女に声をかける。言葉はわからなかったが、親しみを込めたものに感じられた。

一人の老婆が進み出て、安堵を露わにして鈴を抱きとめる。鈴の祖母だと男が教えてくれた。神隠しのように姿を消してしまったため、総出で捜していたのだそうだ。

刺青の男は、その表す模様のままに「双龍《そうりゅう》」と名乗った。居留地由来の人々が決して本名を名乗らず、いくつもの名前を使い分けることは駿も知っていた。そうした名前の一つなのだろう。

鈴が、祖母を手伝ってお茶の準備をする。「お茶」とはいっても、駿が日ごろ飲むものとは違い、居留地の生活様式に根ざした、きちんとした手順と様式とを備えたものだ。大振りな磁杯に注がれた青錆《あおさび》色をした液体は、駿の感覚でいう「お茶」とはまったく異なっていた。

見た目に反し、一口含むと複雑に調合された味わいが口中に広がり、心地良く鼻腔《びくう》に抜ける。材料を吟味《ぎんみ》してじっくりと煮詰められたスープを思わせる、深いコクと熟成された「葉立ち」とが感じられた。

不思議な味に杯の中を覗き込む様子を、鈴と老婆はニコニコして見つめていた。

老婆が双龍を呼び寄せ、何かを耳打ちした。頷いた双龍が駿に歩み寄る。

「頼んだぞ、駿。鈴を」

唐突に言って肩を叩いてくる。磁杯を取り落としそうになった。

「頼んだって、何のことですか?」

「鈴はなろうとしている。音を統《す》べ、司《つかさど》る者に。修行のためだ。この街に来たのは」

鈴は「共鳴士《きょうめいし》」という、音にまつわる特殊な仕事に就《つ》くための修行中なのだそうだ。

「課題の一つだ。音の歪みを正すことが。この街の。だから来た。鈴は。この街に」

「音の歪みを、正す……?」

意味がわからず、駿は双龍の言葉を繰り返す。

「鐘の音だ」

この世界にさまざまな形で存在する、一部の人だけに聴こえる音や、逆に一部の人だけに聴こえない音。それらの蓄積が「音の歪み」であり、解消するのが共鳴士の使命なのだという。

鈴の国においても、この街の「鐘の音」は歪みとして認識されていた。鈴はその理由を探り、「歪みを正す」べくやって来たのだ。

「じゃあ鈴ちゃんは、鐘の音に共鳴して、保留地区まで無意識に向かったってことなんですか？」

頷いた双龍が、再び駿の肩を強く叩く。

「探してくれ。一緒に。鐘の音がなぜ歪むのかを。明日から。鈴と二人で」

「ま、待ってください。僕は鈴ちゃんと今日会ったばっかりなのに。それに言葉も通じないんだから。無理ですよ」

「鐘の音は聴こえない。鈴にも俺たちにも。お前だけだ。鈴を導けるのは」

助けを求めるように、駿は周囲を見渡した。老婆が眼を細め、定められた運命を読み取ったかのように告げる。

「信ジルコトダヨ。鈴トノ縁《エニシ》ヲ」

異邦郭に住む人々は、「縁」というものをどんなつながりよりも重んじる。駿と鈴が鐘の音に導かれて保留地区で出逢ったのは、まさしく縁だった。

鈴の瞳には懇願の色はない。凪《なぎ》の海のように定まっていた。

決まっていたんだよ、と告げるように。

しばらく忘れていた鐘の音が気になって保留地区に足が向いたのも、この縁を結ぶためだったのかもしれない。駿もまた、導かれていたのだろうか。

駿は知らぬ間に頷いていた。素直に頷かせるだけの力を、鈴の瞳は備えていた。

老婆が、弦楽器を鈴に手渡した。ひと目見ただけで、使い込まれたものであるとわかる。何代にも渡って、奏《そう》じ手から奏じ手へと受け継がれてきた奏器だけが持つことができる気品と、芳醇《ほうじゅん》な古酒のごとき音色を連想させる、つややかな輝きを持っていた。

「古奏器《こそうき》だ」

双龍がその楽器の名を告げた。奏じ手を選ぶ、幻《まぼろし》とも言われる楽器であると聞いたことがあった。

「聴カセテアゲルンダネ、鈴。オ礼ニ」

鈴ははにかみながら、愛おしげに六本の弦を撫でる。その途端、彼女の雰囲気が一変した。幼さは影を潜め、受け継ぐ使命を担う者の厳しさを纏《まと》う。駿は唾を飲み込んで、居住《いず》まいを正した。

その音はゆっくりと、ゆるやかな風が頬を心地よく撫でるのにも似て、周囲の空気を揺らめかせた。吸い込む呼吸の中にすら音の粒子《りゅうし》が存在するかのように、内と外とが調和しながら沸《わ》き立つ感覚に満たされる。

音が入り込むのではない、自分が音の一部分であることを知らされるような、奇妙な心地良さだった。膨《ふく》らんでいくのが音なのか、自分の内面なのかがわからぬままに、駿は陶《とう》然《ぜん》として音に身を委《ゆだ》ねた。

　鈴が奏じるのは、駿にとって未知の曲だった。にもかかわらず、音の導くものがはっきりとわかった。それは望郷《ぼうきょう》と追憶《ついおく》、そして希望だ。

　周囲の人々が鈴と駿を囲んで、円を為《な》して踊り始める。右手をまるで縛《しば》られたように腰の後ろにつけ、左手だけで舞う「軀縛《くばく》の舞」と呼ばれるものだった。

　居留地には、戒律《かいりつ》ともいえるほどに厳格な因習《いんしゅう》の数々が今も残っている。軀縛の舞は、隔てや結びの儀式の場でしか披露《ひろう》されない、特別な舞いだった。

　人々の舞いが、二人を幾重《いくえ》にも取り囲む。決して動かされない右手が隔てられた運命を象徴し、左手の動きが、それを超えてつながる人の想いを表現する。

　舞いは統一されたものではなく、各人で異なっていた。もちろん基本の型は同じだが、それぞれに古奏器の音から感じるままの即興の動きを成しているようだった。一人ひとり独立した動きでありながら、異なるなりにつながった動きとして感じられた。

　そう見えるのは、きっと彼らが「音に合わせている」わけではないからだろう。音がそのままに舞いの形で表出されたように、音と舞いがどこまでも結びついている。

　その不思議な感覚が、次第に駿の中にめまいにも似た揺らぎをつくり出していた。

　軀縛の舞は、自身すら忘れていた、心の内の隔てられた思いを呼び覚ますのだという。眠っていた時を超えて受け継がれた舞いが、遠く、近く、波のうねりにも似て駿に迫る。

思いの覚醒《かくせい》を促そうとするかのように。

――僕の中の、隔てられた思い……

ようやくわかった。鐘の音に導かれ、鈴と出逢った理由が。

――決まっていたんだよ――

再び、鈴の声が聞こえた気がした。

鈴の紡《つむ》ぎ出す音は、駿の「二つ目の記憶」をまざまざとよみがえらせた。

◇

「二つ目の記憶」は、あの事件と、そして父の最期とに深く関わっていた。

幼い駿は、自宅の二階の窓から、街の風景を見下ろすのが好きだった。その日も、海の方角から低空で乗り入れてくる飛行機や、広軌軌道の白い専用列車が終着駅へと滑り込んでいく様を、飽きることなく眺めていた。

突如、閃光《せんこう》と爆煙が湧き上がる。街の空が、夜を迎えたかのように見る間に黒く染まった。六歳の駿は、何が起こっているのかもわからずに、変に静かな気持ちでその光景を眺め続けていた。爆煙の下に父親がいることも知らずに。

それが、駿の「一つ目の記憶」だ。

だが、よみがえった「二つ目の記憶」では、駿もまた父と共にあの場所にいて、事件に巻き込まれていたのだ。

もちろんそれは真実ではない。記憶の中に脚色されたものなのか、後になって加えられたものなのかはわからないが、いずれにしろ今も駿が消えずにいる以上、「間違った記憶」のはずだ。

それなのに、その記憶を否定することができなかった。

襲い掛かる、黒雲のように圧倒的な爆煙。巻き上がる紅蓮《ぐれん》の炎。逃げる術《すべ》もなく呆然と立ち尽くす人々。そして、しっかりとつながれた父の手の感覚……。

空想の中でつくり上げたにしては、あまりにリアルだった。どちらの記憶も真実であるとしか思えないのだ。

一つだけ共通しているものがあった。それは鐘の音だ。

不思議と、二つの記憶のどちらにも、音も声も介在していない。穏やかさすら感じる静寂の中で、定められた儀式の一様式を思わせて崩壊が訪れる。その秩序を際立たせるかのように、鐘の音だけが荘厳《そうごん》に鳴り響くのだ。

記憶の途切れる瞬間、父は屈み込んで駿の眼をじっと見つめ、何かを告げた。だがその声は鐘の音に妨《さまた》げられ、聞き取れない。

──父さんは、僕に何を伝えたかったんだろう？

父に握られた感覚がありありと残る右手を見つめた。

鈴と共に鐘の音の歪みを正すことが、二つの記憶の謎を解くことにつながっているのかもしれない。そして、聞こえなかった父の声を取り戻すことにも。

◇

翌日から駿と鈴は、鐘の音が歪む原因を追い始めた。その第一歩は、鐘の音に呼応する場所や人を探すことだった。

午前中の課外授業を済ませ、異邦郭からほど近い文教地区の広場で鈴と落ち合う。文教地区はかつての領主の居城跡にあり、復元された脇殿《わきどの》の前で鈴は待っていた。弦楽器を携えて心細げにたたずむ鈴は、自転車に乗ってやってくる駿をぎこちない笑顔で迎える。

言葉が通じないのは、なんとももどかしかった。お盆の上に風船を載《の》せて運んでいるような感覚だ。表情と身振りだけの覚束《おぼつか》ないコミュニケーションで、二人は街を歩きだした。

行き先の主導権は、鈴が握っていた。

鈴は時折立ち止まっては両手を耳にあて、空を見上げる。声をかけるまでもなく、意識を集中しているのがわかる。耳を澄ましているわけではないようだ。街の雑多な音に紛れた、手掛かりになる音の残滓《ざんし》をつかもうとしているのだろう。

　何かを求めるように駿の手を握るときもある。

　だがそれは、駿とつながっていたほうが伝わるものがよりクリアになるという、それだけの意味しか持たない接触のようだ。ある意味、駿はアンテナのようなものなのだろう。

　それでも、鈴のような可憐な子と手をつなぐのは悪い気はしない。照れて自分ばかり手に汗をかいてしまうのには困ってしまったが。

　駿の「アンテナ」の役目が、果たしてうまく機能していたのかどうかはわからない。二人の行き着く先は、十年前の事件に、さまざまな形で関わりあった場所や人物だった。

　バスターミナルに今も残る、あの場所へと向かうバスのための12番乗り場。どんなに満員でも席を空けて、消えてしまった人々を待ち続けているレストラン。そして、事件で誰かを失った人々。

　誰もが、それぞれの形で事件を心にとどめ、守り続けていた。語る人により、事件の印象はさまざまに異なってはいたが、幼い頃のおぼろげな記憶しかない駿にとっては、得がたい経験であった。

　だが、肝心《かんじん》の鐘の音についての手掛かりは、何も得られなかった。

　成果が上がらないまま、一週間が過ぎた。歩き疲れた二人は、海辺の倉庫街の一画で足を止めた。倉庫にもたれ、足を投げ出して座り込む。

時刻は夕方五時をまわった頃だった。まだ夕闇が訪れるには遠かったが、一日が徒労に終わりそうな気配に、周囲の景色すらどんよりと暗く映る。

慰めるように、鈴が古奏器を手にした。

細い指が、軽やかに弦を爪弾《つまび》く。その音色が、時や場所によってまったく異なって響くことを、駿は理解しはじめていた。

目の前には、小さな造船所や赤錆びた倉庫が並ぶ、古い港ならではの風景が広がっていた。タグボートが小気味よい発動機の音を響かせて行き交い、貨物船が喫水線《きっすいせん》を下げてゆっくりと横切っていく。そんな港の風景ごしに、街の中心街の建物が薄墨色のシルエットとなって姿を見せていた。

鈴の爪弾きは、優しくしなやかに、そして時にけだるく、夕闇迫る街の風景に溶け込むように響いた。

駿は眼をつぶり、鈴の導く世界へと誘われるに任せた。何処にでもあり、そして何処でもない街の風景の中に心をたゆたわせる。まるで、風に乗って飛翔《ひしょう》する蝶のように。

——蝶……?

見ていたのに見えていなかったものがある。そんな感覚に駿は眼を開け、背後を振り返った。鈴も「何か」を感じ取ったのか、爪弾く手を止めて駿に倣《なら》う。

そこにはまさに、今にも飛び立とうとしている青い蝶の姿が描かれていた。

もちろんそれは元々描かれていたのだろう。だが、駿にはまるで鈴の紡ぐ音に導かれて姿を現したように思えてならなかった。

◇

「ここって、普通の家だよなぁ……」

「ひかりラジオ」とそっけなく書かれた手書きの看板が、駿を戸惑わせた。

動物園に至る丘の中腹にあるその家は、一般の民家の脇に洋館が同居したような造りで、古くからあるらしい洋館の壁には蔦《つた》が絡《から》まり、煉瓦の装いすら覆い隠していた。とてもラジオ局とは思えない。

「導いた」はずの鈴も、建物を見上げながら不安を隠せないようだ。

ためらいが勝って呼び鈴を押せずにいると、坂道を登ってきた女性が慣れた様子で勝手口らしき門を潜った。慌てて呼び止める。

「あの、ここって本当にラジオ局なんですか？」

「まあ、局ってほど大層なものじゃないけどね」

女性の答えは、一応肯定を示していた。彼女はショートカットの前髪をしきりに指先で弄《もてあそ》んでいた。納得いかないように眉間《みけん》に皺を寄せている。

「ねえ、この髪短すぎないかな？　暑いから思い切って短くしてもらったんだけど」

初対面とは思えない気安さに戸惑いながらも、駿は答えた。

「いえ、すごく似合ってると思います」

実際、その髪型は快活そうな彼女に似つかわしかった。短い髪が、陽光を反射して輝く水しぶきのように新鮮な印象だ。鈴も同じ意見らしく、笑顔を見せて居留地の言葉で賞賛する。

それで彼女はようやく自信が持てたのか、アリガトとお礼を言って、駿と鈴を等分に見比べた。

「ひかりラジオにご用ですか？」

駿は沙弓と名乗る女性に、ここを訪れた経緯を説明した。彼女は、少し考え込むように唇に指をあてた。

「そうか……。実は私も、あの鐘には興味があるんだ」

日差しが陰《かげ》るように、快活だった彼女の表情に一瞬の影が差した。

◇

ラジオ局は、洋館部分を改造してつくられていた。駿と鈴は来客用と業務用のスペースが渾然一体《こんぜんいったい》となった一室のソファに招かれた。

沙弓さんは、「ちょっと待っててね」と言って、てきぱきと放送の準備を始めた。別室の扉から初老の男性が顔を覗かせる。微笑みを浮かべ、彼女の手順を見守る様子だった。

「沙弓さんも、だいぶ慣れてきたじゃないか」

「スカウトした甲斐《かい》があったでしょ？　局長」

男性は、どうやらラジオ局長らしい。

沙弓さんが背を向けると、男性の見守るような笑みはすぐに消え去った。まるで観察でもしているかのように冷徹な視線が、彼女に注がれる。そう見えてしまうのは、ラジオ局の人間らしからぬ研究者めいた彼の風貌のせいだろうか。

駿が見つめているのに気付いた彼は、取り繕うようにあらぬ方向を見やり、扉の向こうに姿を消した。

見る物すべてが珍しく、駿と鈴はそれぞれに周囲を見渡した。リクエストに応じてかけるらしい音楽のディスクやドーナツ盤が壁面の棚に並んでいた。

「古い曲ばっかりだ……」

立ち上がってディスクを手にしていると、お茶を載せたお盆を持って、沙弓さんがやって来た。

「こんなラジオ局があるなんて、十六年もこの街に住んでいるのに、知りませんでした」

「まあ、宣伝してないからね」

ラジオ局の周波数や番組表は、新聞にも街の情報誌にも載せられていないという。つまり、この放送を知った人の口コミでしか伝わらないということだ。

窓からは、涼風台とは異なる角度からの街の風景が見下ろせた。なぜだか違う街のように見えてしまう。

「沙弓さん。あの鐘に興味があるって言ってましたよね？」

お茶のカップを置いて、彼女はそっと胸に手をあてた。疼《うず》く痛みを抑えるような仕種《しぐさ》だった。

「私はね、あの事件の消え残りなんだ」

「消え残り……」

噂に聞いたことがあった。事件の影響範囲にいながら、消えることのなかった人がいるということを。

「この街のことは何も覚えていないんだ。事件の恐怖で心が壊れちゃわないように、過去の記憶すべてを封じ込めてしまったんだね」

彼女は失った記憶を取り戻すため、十年ぶりにこの街に戻ってきたのだという。

「最近一つ、事件の記憶がよみがえったの」

わかる？　というように二人を交互に見つめる。

「もしかして、鐘の音？」

駿の答えに、沙弓さんが静かに頷いた。

「やさしい鐘の音だった。あの時の私や、周囲の人々すべての恐怖を洗い流そうとするみたいにね」

癒《いや》しえない恐怖と追憶がよぎったのか、再び胸に手をあてる。ついさっきまでの快活さは、懸命に纏ったかりそめの姿だったことがわかる。彼女もまた、事件を忘れることなく、この十年を生きてきたのだ。

「駿君、あなたには、あの鐘の音が今も聴こえるんだね」

◇

沙弓さんは、葉書の束から一枚を取り出し、駿に差し出した。

「一週間ほど前に、この葉書が届いたの」

消印は確かに一週間前だったが、日に焼けたように変色していた。沙弓さんの手にした葉書は、どれも古びた印象だった。

駿は文面を読み上げる。

「……いつもラジオを聴いています。一ヶ月に渡って降り続いた雨もやみ、ようやく街にも夏らしい日差しが戻ってきました。さて、私は夫と共に鐘の管理をしている者ですが、八月最後の金曜日に、最後の鐘を鳴らすことが決まりました。図書館第五分館も閉鎖され、街もだんだん寂しくなってきましたが、仕方のないことですね。よろしければ、最後の鐘をどうぞご家族揃《そろ》ってお聴きください。願わくは、鐘の音がいつまでも皆さんの心に響きますように……」

横から覗き込んでいた鈴も、自分の使う言葉とは共通の文字も多いため、おおよその判断がついたようだ。

「八月最後の金曜日っていうと、八月二十五日……」

壁のカレンダーを確認して、駿はあることに気付いた。

「そう、この街のお祭りの日。その日に、最後の鐘が鳴る」

街に夏の終わりを告げる祭りだった。夏を惜《お》しみ、そして豊穣《ほうじょう》の秋を迎えるべく、街中の人々が文教地区の広場に集まるのだ。

「でも、この葉書っていったい誰が？」

差出人の欄には、「池上早苗《いけがみさなえ》」という名前が記されていた。

「あの事件で消えた、三千九十五人のうちの一人」

「え？」

駿は思わず消印をもう一度確認した。

「このラジオ局にはね、消えてしまった人々からの葉書が、今も届くんだ」

まるで今もこの街に暮らしているかのように、葉書を送り続けているのだそうだ。

「彼らがリクエストするのは十年以上前の、つまりあの事件より前の曲だけなの。まるでそこで時間が止まってしまったみたいにね」

「だから、ここにある音楽は古いものばかりなんですね」

駿はようやく納得できて、改めて周囲を見渡した。

「だけど、ラジオ局に届く葉書も、今年に入って急激に減ってきているの。彼らのいる場所で、何かが変わろうとしている。最後の鐘の音も、そんな変化のうちの一つなんだろうね」

沙弓さんは、悲しみを封じ込めるように、手にした葉書の束を胸に抱いた。

彼女にとって鐘の音は、記憶を取り戻す一つの鍵だ。同時に、事件の恐怖をよみがえらせることにもつながっているのだ。心の中の葛藤《かっとう》をそのままに、彼女は顔を上げ、窓の外の保留地区の高層ビルを見つめた。

「私ももう一度、鐘の音が聴きたい。ううん、聴かなきゃならないんだ」

◇

「池上早苗」という人物については、沙弓さんは何も知らなかった。その代わり、次なる手掛かりを教えてくれた。図書館だ。

沙弓さんから紹介された藤森さんは、中央図書館に勤めている女性だった。長い髪を後ろで結んで、静かな閲覧《えつらん》室できびきびと立ち働く様は、駿のイメージどおりの「図書館のお姉さん」だった。

あらかじめ沙弓さんから連絡を受けていたらしく、藤森さんは事務所で二人の話を聞いてくれた。

「池上さん……。第五分館の貸出リストで、その名前を見た気がする」

「第五分館、ですか?」

葉書の中にもその単語があったことを思い出した。確か図書館分館は、第四分館までしかなかったはずだ。鈴に文字を書いて示すと、彼女も理解したように頷く。

「第五分館は、あの事件の場所にあった図書館の分館なの。つい先日閉鎖されてしまったんだけれど」

藤森さんは、壁際のキーケースから一つの鍵を取り出し、二人を別室に案内した。そこは図書館の四階で、古びたボイラーが半ばを占拠した、殺風景な部屋だった。

「消えてしまったはずの人たちが、沙弓さんのラジオ局に葉書を送り続けているみたいに、図書館の第五分館でも、彼らは本を借り続けていたの。ここは、残された家族に、彼らの本の貸出が続いていることを伝えるための作業室だったんだけど」

藤森さんは、出力された貸出リストの束を手にした。

「確か、池上さんって名前があったはず」

リストをめくる手を止めて、憂《うれ》い顔で窓の外を見つめる。

「谷本《たにもと》さんってお宅にリストを届けていたんだけど、あの家は……」

◇

「谷本」という表札を確認し、呼び鈴を押してみるが、返事はなかった。

「留守か……」

踵《きびす》を返しかけると、鈴が何かを指差して立ち止まった。谷本鋳物《いもの》工房という小さな矢印のついた看板だった。裏手に回ると、煉瓦造りの小さな工房があり、一人の男性が作業をしていた。

「谷本さんですか？」

男性は駿と鈴とを交互に見つめ、静かに頷くと、作業で汚れた手袋をはずした。

駿の母親よりも五歳ほど年上に見える、物静かな風貌の男性だった。工具や木型が整然と整えられた工房から、彼の仕事ぶりが伝わってくる。手作りらしい小さなテーブルと椅子がしつらえてあり、駿と鈴はそこに座って経緯を説明した。

谷本さんは、相手が子どもだからといってぞんざいに扱うこともなく、誠実な人柄を感じさせた。幸い彼は居留地の公用語が少し話せたので、鈴も会話に参加することができた。

駿が、自分に鐘の音が聴こえることを話し、鈴は、この街に生じている「音の歪み」のことを伝える。

「鐘の音の噂は聞いたことがあるよ。この街の一部の人には今もあの鐘が聴こえているそうだね。それにしても……」

テーブルの上で腕を組んだ谷本さんは、苦笑めいた表情を浮かべた。

「十年も前のことを、今さら蒸《む》し返されても困ってしまうな」

年相応の落ち着いた態度だ。だが駿は、その奥底にある何かを感じ取っていた。

藤森さんが言っていた。谷本さんは、実の娘である早苗さんの第五分館での貸出リストの受け取りを拒否し続けていたと。

谷本さんの年齢、そして娘さんの苗字《みょうじ》が違うことからすれば、十年前、娘さんは若くして結婚していたのだろう。谷本さんがリストを受け取らないのは、そのことが関係していたのかもしれない。

「あの鐘はね、私が造ったんだよ」

鋳物工房の看板を見た時から、ある程度予想できていた。

「じゃあ、娘さんはそれを知っていて？」

谷本さんは答えようとせず、しばらく眼を閉じていた。

「私はね、聴こえなくてよかったと思っているんだ。鐘の音が」

「どうしてですか？」

実の娘が、父親の造った鐘を鳴らしているのだ。あまりに冷たい言葉に、駿は思わず真顔になってしまった。そんな様子を、谷本さんは懐《ふところ》深いまなざしで見つめ返した。

「駿君。忘れないでいることが、必ずしも正しいこととは限らないんじゃないかな？」

まだまだ人生経験が少ない駿にとっては、答えるのが難しい質問だった。戸惑いを察して、谷本さんが瞳を和《やわ》らげる。

「決して戻ることのないものを想い続けてもつらい思いをするだけだよ。忘れてしまうことが必要な場合もあるんだ」

無理やりに自分を納得させようとしている言葉にも思えた。鈴が静かに首を振る。

「だけど娘さんは、今も谷本さんの造った鐘を鳴らし続けているんですよ。そして、その音が受け継がれることを願っているんです。もしかしたら谷本さんに新しい鐘を造ってほしいんじゃ……」

「しつこいな！　君は」

駿の言葉を封じるように声を荒らげた谷本さんは、その声に自分で驚いたかのように狼《ろう》狽《ばい》を露わにして、顔を背《そむ》けた。呼吸を整え、押し殺した声で心の内を吐《と》露《ろ》する。

「あの日、娘はあの場所で結婚式を挙げていたんだ。妻を早くに亡くし、男手ひとつで育てた一人娘の早すぎる結婚に、私は猛反対していた。式に参加するはずもなく、娘はせめて私が造った鐘の前で式をしようとあの場所に……。もっと結婚に反対してさえいれば、それに、私が鐘さえ造らなければ娘があの場所に行くことも、事件に巻き込まれることもなかったんだ」

駿は何も言えなかった。どんな励ましも、慰めの言葉も、うわべだけのものになってしまう気がした。

「決して戻ってくることのない者を想い続けるつらさが、君にわかるかい？　新しい鐘を造って、鐘が鳴るたびに娘を思い出せと、そう言うのかね？」

近くの木で蟬が鳴きやみ、ひと声捨て鳴いて飛び去る。しばらく考え込むようにうつむいていた鈴が、谷本さんをまっすぐに見つめ、彼女の国の言葉で、何かを告げた。古奏器を持った時と同じ、受け継ぐ使命を持った者のまなざしで。

谷本さんは、静かな衝撃を受けたようだ。何かを言い返そうとしたものの、押しとどめるように口をつぐんだ。

「鈴は、何て言ったんですか？」

「……古い海の民のコトバだよ」

彼は、呟くように、そのコトバを口にした。

「海は人を隔て……、隔たりし故に人は強く想いを響かせあう」

◇

「夏休みなのに、最近帰りが遅いぞ。駿」

母親がそんな風に切り出したのは、二人で夕食の準備をしていたときだった。親子二人での生活も十年となり、家事の連携《れんけい》作業も堂に入ったものだった。

「図書館で勉強してるんだよ」

「ずいぶん日当たりのいい図書館みたいだね」

すっかり日焼けした腕をつっついて茶化すが、それ以上追及してくることもなかった。放任ともとれる子育ての姿勢はいつものことだ。

「ねえ母さん。父さんは、いつ帰って来るの？」

その質問をするのは、何年ぶりだろうか。母親はいつも、「いつになったら帰って来るんだかねえ」と、ため息混じりに呟くのだ。それは夫の死を認めない意固地《いこじ》さではなく、本当に、ふらりと旅立ってしまった人を気長に待っている風だった。幼い頃からそんな母親の姿に接している駿もすっかり慣らされてしまい、いつか本当にひょっこり父親が戻ってくるような気がしている。

だから駿の家には、父の遺影もなければ仏壇も位牌《いはい》もない。

子どもがいつしかサンタクロースの現実に気付くように、駿もいつのまにか、尋ねずとも「現実」を知っていた。それでも、親子二人での生活を波風立てずに維持していくために、その「設定」を崩して踏み込むことはなかった。

久々に聞いてみたくなったのは、谷本さんに会ったことが影響しているのかもしれない。

「どうなんだろうね。いつになったら帰って来るんだか。連絡の一つもくれればいいのにね」

母親の答えは、この十年間変わったことはない。ワンパターンとも言えるし、ぶれがないとも言える。

「母さんは、父さんのこと、忘れてしまおうって思ったことはないの?」

重ねての質問にも、料理の手が止まることはなかった。

「無理して忘れる必要があるのかな?」

魚の焼き上がりを見計らい、駿は食器棚から二人分の皿を取り出す。

「駿にはわからないかもしれないけど、お母さんにとって、お父さんとの思い出は、今でもとっても大切なものなんだぞ」

母親が長芋《ながいも》のおすましをお椀《わん》につぎ、駿は焼き海苔《のり》をちぎって椀に散らした。

「だけどさ、十年も連絡がないんだったら、普通は忘れちゃうもんじゃないの?」

初めて母親は手を止めて、たしなめるような視線を向ける。

「駿は、普通とか、普通じゃないとか、そんなことで人の気持ちを測るのかな。君をそんな風に育てた覚えはないんだけどな」

「……まあ、そうなんだけどさ」

駿と母親の関係が、一般的な「母子家庭」の枠《わく》から外れているのかどうかは、比較のしようもないのでわからない。母親の、信頼と放任の二頭立ての馬車の手綱《たづな》の操りが、巧《たく》みなのか気ままなのかは、いまだに判断できずにいた。

食事の準備が整い、二人でエプロンをはずし、テーブルについた。

「いただきます」

◇

課外授業の予習を終えると、時刻は夜中の一時をまわっていた。駿はベランダに立って、大きく伸びをした。この時間になってようやく熱帯夜の暑さも和らぎ、「涼風台」という名に相応《ふさわ》しい風が、頬に心地良い。

街の夜景を見下ろしながら、昼間の谷本さんの言葉、そして夕食前の母との会話を思い返していた。

谷本さんと母親と、どちらが「正しい」わけでもなかった。

そもそも、人を想う気持ちに「正解」などあるわけがない。それぞれのやり方で、決して帰ってこない人への想いを昇華させるのだ。忘れるためであれ、明日へとつなげるためであれ。

――だけど、あの鐘の音は……

谷本さんの娘さんが鐘を鳴らし続けているのは、何かを伝えようとしているからではないのだろうか？　それを彼は拒《こば》み続けている。そのままでいいとはどうしても思えなかった。

八月二十五日を最後に、鐘の音が響くことがなくなれば「音の歪み」は生じようもない。だがそれで本当に「音の歪みを正した」と言えるのだろうか。駿にとっても、父の最後の言葉はわからずじまいになってしまう。

保留地区の高層ビルでは、航空障害灯が規則正しく光っていた。

「……何度でも、行くしかないか」

赤い光の明滅を見つめながら、駿はそう呟いた。

◇

翌日の午後、鈴と共に再び工房を訪ねた。谷本さんは一瞬だけ眉《まゆ》をひそめたが、追い返したりはしなかった。

「何度来ても無駄だよ。私はもう、鐘のことは忘れたいんだ」

それだけを言って背を向け、後は黙々と仕事をするばかりだった。駿と鈴は根気強く、その場に立ち続けた。

工房には他の働き手はおらず、谷本さん一人で鋳物の設計、製作、仕上げの全てを取り仕切っていた。谷本さんの人となりと情熱が伝わる、誠実な仕事ぶりだった。

六歳で父を失った駿は、父の働いている様子を見た記憶はない。そもそも父親の仕事を知らなかった。母親と同じ研究所に勤める研究者だったと聞いているが、母親自体が「守秘義務があるから」と、仕事の内容を教えないのだ。

毎日工房に通ううち、駿は少しずつ、谷本さんの仕事に興味を持ち出した。

通い詰めて一週間も経った頃、彼は根負けしたように駿に言った。

「駿君、どうして君はそんなに鐘の音に執心するんだい？　最後の鐘が鳴れば、君の言う『音の歪み』は解消される。それで終わりでいいじゃないか」

「わからないんです。自分でも」

自身でもはっきりとしない思いを、正直に告げるしかなかった。

「僕は、事件で父を失いました。とは言っても六歳の頃ですから、あまりよく覚えていません。だからはっきり言って僕自身の中では、あの事件は大きな出来事ではないんです。ですが、事件から十年が経って、何かがこの街で大きく変わろうとしているんじゃないかって思うんです。僕は僕なりの形でそれを見極めたいし、そこに僕の力が必要とされるのならば、何かをやりたいし、やらなければならない。そう感じているんです」

「それが、この街に再び鐘の音を取り戻すことだと、そう言うのかい？」

「鐘の音を取り戻すことは、失われた人々と思いをつなげることだと思うんです。それが本当の意味での『音の歪みを正す』ことだと思うし、そのために僕と鈴は出逢ったんです」

谷本さんは腕を組み、考えていた。十年間の自らの思いの軌跡をたどるように、長い間。

「それでは、条件を出そう」

「条件？」

「君たちが、娘の鳴らす鐘の音を私に聴かせてくれたなら、その時は、私は新しい鐘を造ろう」

◇

——後には引けない……

そう思ったのは確かだ。鈴のためでもあったし、自分の中の二つの記憶を確かめるためでもあった。駿は覚悟を決めた。自分ができることなら何でもしようと。

「だからって、なんで舞いの練習をしなくちゃいけないんですか？」

異邦郭の奥まった舞踏場で、居留地の舞踏衣装であるフェザールを着せられた駿は、「覚悟」の方向が定まらずに、憤りを双龍にぶつけた。上半身裸で、盛り上がった筋肉に沿って流れる汗を光らせる彼は、腕組みをしたまま、駿の抗弁に動じる風もない。

消えてしまった鐘の音を、この街に再びよみがえらせるためにやるべきこと。双龍の指示は、突拍子もなかった。八月二十五日、祭りの舞台で、異邦郭の人々による奉納奏《ほうのうそう》と舞いが披露される。そこに入り込んで、鈴の古奏器の音に合わせて、「軀縛の舞」を舞えというのだ。

その案は、鈴が言いだしたらしい。

双龍に、「音を司る者」としての鈴の考えを通訳してもらう。それによれば、本来鐘の音は、街の人すべてに聴こえるはずなのだという。一部の人にしか聴こえないのは、事件から十年を経ても消えることのない、「音の隔て」がこの街を覆っているからだ。人々に鐘の音を聴かせるには、「音の隔て」を超えなければならない。その手段が軀縛の舞なのだそうだ。

「それをやったら本当に、最後の鐘の音を、街の人に聴かせることができるんですか？」

「わからん」

軀縛の舞が、隔てられた想いをつなぐものであることは、駿自身が経験してわかっている。とはいえ開かれた場所で、しかも不特定多数の人々に対してどれほどの影響力を与えうるかは、やってみなければわからないという。

納得できたわけではない。素人《しろうと》の駿が今から習ったところで上達はたかが知れているし、異邦郭にいくらでもいるであろう熟練の舞い手に任せた方が得策だと思えたからだ。

だが、双龍は有無を言わせなかった。

「二人で一つだ。お前と鈴は。世界をつなげる。こちらと向こうの」

そんな答えにならぬ答えを繰り返すばかりで、双龍は顎をしゃくって、再び構えを取ることを強要する。

姿勢や足さばき、そして基本の舞いの型を一から叩き込まれる。軀縛の舞には居留地の歴史やしきたりに裏打ちされた独特の動きが無数にあり、習うべきことはいくらでもあった。

双龍の指導に劣らず、鈴の演奏も容赦なかった。

古奏器の奏律は、一定したものではない。居留地では雲の流れや波のうねりにも喩《たと》えられているように、紡がれる場所や時間、そして聴く者によりさまざまに音色を違える。

運動神経は人並みの駿だが、踊りやダンスの経験はなかった。古奏器に合わせた舞いを要求されることは、翼を持たぬ生物に、気流に乗るための風の流れを読み解けというようなものだった。

夏休み中盤に、課外授業は一週間中断する。駿はそのすべてを費やして練習を重ねた。それでも時間が足りず、ついには後半の課外授業をさぼって異邦郭に通い詰めた。

「駄目だ。鈴の音に合わせては。二人で一つだ。音に従うな。音の一つとなれ」

双龍の要求は、日を追うごとにハードルが高まり、抽象的なものとなる。時間だけが容赦なく過ぎていった。それなのに、上達しているのかどうかすら、駿にはわからなかった。

奉納奏を五日後に控え、駿の体力、気力は限界を迎えていた。鈴の音の急激な変化に対応しきれず、駿は息を切らして倒れ込んだ。

「どうした。駿。もう一度だ」

「……無理です」

すぐには立ち上がれず、汗をしたたらせながら、駿は床に向けて声を吐き出した。

「もう一度だ」

聞こえなかったかのように腕組みをして双龍が見下ろす。傲然《ごうぜん》たる様子に、駿の我慢も限界を超えた。

「できないものはできないんですよ！」

そう言い捨てて、フェザールを脱ぎ捨てた。鈴が悲痛な表情で立ち上がったのが視界の隅に入ったが、かまわず舞踏場から飛び出した。

異邦郭の表通りは、買物を楽しむ観光客でごった返していた。考えてみれば、鐘の音を再びこの街によみがえらせることで、駿が何か得するというわけでもないのだ。すべてが馬鹿らしくなってしまった。

闇雲に自転車を走らせる。汗だくになって背中にシャツが張りつきだした頃、駿はようやくペダルをこぐ足をとめた。

かつて鈴と一緒に訪れた港の倉庫街だった。壁に描かれた蝶の姿が、自分を励ましてくれるように思えたからだ。

「そんな……」

蝶の姿は、跡形《あとかた》もなく消え失せていた。消されたというわけではなく、最初からそこに存在しなかったかのように。

見放されてしまったような気分になって、駿はしばらくそこに立ち尽くしていた。

◇

「山岸《やまぎし》先生とバスターミナルで会ったよ」

いつもどおり二人で夕食の準備をしながら、母親は駿の担任の名を口にした。

「そ、そう……」

授業の無断欠席がばれてしまったのかどうか、母親の様子からは判断がつかず、言葉を濁す。

「お店やってる親戚の叔父《おじ》さんが倒れて、急遽《きゅうきょ》手伝いに駆り出されたってことにしといたから。駿も先生に会ったら話を合わせておいてね」

母親の言っていることを、駿はしばらく理解できずにいた。

「なんだってそんな嘘ついたんだよ?」

「我ながら、うまい言い訳だと思ったんだけどな」

小皿にスープを取り、味を確かめた母親は、何かが足りないというように首をひねる。

「そうじゃなくて。なんで自分の息子が授業さぼってるの知ってて何も言わなくって、しかもそれに加担するようなことするんだよ」

「じゃあ、問い詰めてほしかった？　課外授業さぼって、どんな悪さをしてるんだって」

そう返されれば、駿は首を振るしかない。

「私は自分の育てた息子を信頼してるし、駿も、信頼に恥じないことをやってるって自信があるんでしょう？　だから聞く必要はないよ」

「でも……」

釈然としない思いで口を尖《とが》らせていると、玄関のチャイムが鳴った。母親はフライパンを火にかけたところだったので、駿が玄関に立つ。思いもかけぬ人が立っていた。

「鈴？」

うつむいて玄関に立つ鈴は、いつもの民族衣装とは違い、空色のワンピース姿だった。眼が充血しているのは、ついさっきまで流れていた涙を、無理やり抑え込んだからなのだろう。

「一人で来たのか？」

思わず鈴の背後を探したが、双龍の姿はなかった。どうやら駿のことが心配で、矢も盾《たて》もたまらずに来てしまったようだ。唇を嚙み締めたまま笑おうとした鈴は、うまくいかずにくしゃくしゃな笑顔になり、再び目尻に涙を浮かべる。

「駿、お客様なの？」

母親もやってきて、困惑した顔の駿と、涙を拭いて恥ずかしげにうつむく鈴を見て、顔をほころばせた。

「駿も、隅に置けないね」

「いや、そんなんじゃなくって……」

母親の浮かれぶりに、それ以上何を言っても無駄だとわかったので、駿はため息をついて口をつぐんだ。

「さ、上がって。ちょうどご飯ができたところだから」

鈴に戸惑う暇《いとま》も与えず、手を引いてリビングへと連れて行く。

テーブルの駿の隣の席に座らせると、言葉が通じないことなど気にもせずあれこれ話しかけ、料理を取り分けてやっては「やっぱり女の子も欲しかったなあ」なんてうっとりした表情で鈴を見つめる。

普通の母親だったら、自分の息子が言葉も通じない外国の女の子と何か関係があると知ったら心配が先に立つだろう。気楽なもんだなぁと思いながら、鈴と出逢ったいきさつや、鐘の音の歪みのことを話した。

「この子の楽器と駿の舞いで、鐘の音を再現する、か。面白そうじゃない」

何の疑問も持たぬ母親の様子に、本当に理解しているのか疑わしく思えた。

「ねえ母さん。本当にできるって思ってるのか？」

「できるかどうかじゃなくて、駿がやるかどうか、なんでしょ？　駿がやるって言うなら、私は信じる」

あっけなくはあったが、軽い言葉ではない。この母が駿に大事なことを伝える時は、いつもそんな風だった。

それ以上リビングにいると、母親が何を言い出すかわからなかったので、駿は鈴を連れて二階の自分の部屋に上がった。

「そうだ！」

駿は時計を見て、ベランダに鈴を連れて行った。街の夜景を見下ろす特等席だ。駿は手品師を真似《まね》てハンカチを広げ、目の前の夜景を隠す。鈴は、何が起こるかわからないながらも、笑顔を浮かべて従順だった。

「3・2・1……、0！」

ハンカチを取り去った夜空に、光の華《はな》が広がった。海辺の遊園地で、夏休みの間はいつもこの時間に花火が上がることを駿は知っていたのだ。鈴が小さな歓声を上げる。

音の届かぬ、無音の花火が夜空を彩《いろど》る。

今度はこっちの番だとばかりに、鈴は少し得意げな顔で古奏器を構えた。何かを見極めるように花火の光を見つめ、いくつかの音を紡ぎだす。途端に、聴こえるはずのない遠くの花火の音が、すぐ間近で響く。「音を司る」という意味を改めて知らされる。

古奏器を置いた鈴は、逡巡《しゅんじゅん》を隠しきれぬように、駿の顔を見つめては眼を逸《そ》らす、を繰り返した。

「鈴、どうしたの？」

覗き込むと、鈴は意を決したようにおずおずと両手を伸ばし、駿の頬に触れた。

「え……？」

鼓動が高まる。かすかに震える鈴の指が、いたわるように優しく、駿の顔を包み込んだ。

鈴の瞳が街の光を映し込み、美しく輝く。ためらいと含羞《がんしゅう》の奥に、秘めた思いを覗かせる。言葉では伝わらないこと、伝えようとすれば消えてしまうこと。そんなものを、深遠に見た気がした。

鐘の音を取り戻せるかどうかはまだわからない。数週間前に出逢ったばかりで、言葉も通じない二人が、何かを生み出すことができるのかも。それでも駿は、信じようと思った。そこからしか始まらない、始められないのだと。

――伝わったよ、鈴――

駿はゆっくりと頷いた。鈴の瞳に優しい色がさす。

一転して鈴は、企《たくら》むような少し意地悪な笑みを口許《くちもと》に浮べる。そうして、駿の両方の頬をつまんで、思いっきり引っ張った。

「ガ・ン・バ・レ！」

励ますように、叱咤《しった》するように。発音もイントネーションも違ったが、確かに「頑張れ」だった。鈴が知る、数少ないこの国の言葉の一つだ。

駿は、頬を引っ張られた下膨《しもぶく》れの顔のまま、再び頷いた。

――頑張るしかないなぁ……

◇

奉納奏を翌日に控え、駿と鈴はラジオ局に向かった。

出迎えた沙弓さんは、何かを確かめるように眼を見開いて、意味ありげに笑った。

「どうかしたんですか？」

「ううん。なんだか、前に会った時と二人の雰囲気が違うからさ」

思わず頬を赤らめてしまった駿と、言葉がわからず不思議そうにしている鈴とを、彼女は面白そうに見比べていた。

沙弓さんに、ラジオを通じて「最後の鐘」のことを伝えてほしいとお願いする。「音の隔て」を越えるためには、どうしても必要だったのだ。

「街の人々と、消えてしまった人々の、両方の力が必要なんだね。わかった」

彼女だけでは判断できない内容らしく、ラジオ局長にも同席してもらい、趣旨を説明する。

簡単に許可が下りるかと思えたが、局長は思いがけず難色を示した。まるで何かの制約があるかのように、頑《かたく》なに首を振るばかりだ。

だが沙弓さんはあきらめなかった。街の人々に鐘の音をもう一度聴かせたいという願いを、局長に率直にぶつける。それが「ひかりラジオ」の役割だと。話を打ち切ろうとする局長に食い下がり、駿と鈴も一緒に頭を下げ続けた。

最後には根負けしたのか、局長はやれやれと肩をすくめ、「好きにしなさい」と言い残して出て行った。沙弓さんの局内での立場が危うくならないかと心配になったが、彼女は気にする様子もなく、大丈夫だから、と胸をたたいた。

「いよいよ明日か。私にも聴こえるのかな、鐘の音」

沙弓さんは、記憶の中の鐘の音を思い出そうとするように、静かに胸を押さえた。

その足で、駿と鈴は谷本さんの工房へ向かった。谷本さんは、二人の姿に作業の手を止め、手袋をはずした。

「明日、お祭りの広場に来てもらえますか」

彼は、なぜだか複雑な表情だった。

「私に、鐘の音を聴かせることができるのかい?」

「……わかりません」

駿は正直に答えた。正直に答えるべきだと思った。

「僕は、『夢は必ずかなう』だとか、『信じれば道は開ける』なんてコトバは嫌いなんです。もちろん精一杯の努力はしたつもりですが、結果はやってみなければわかりません。だけど、僕たちがやるべきことをやります」

しばらく考え込むように顎を撫でていた谷本さんの口から、思ってもいない言葉が漏れる。

「君は、立派なお母さんに育てられたようだね」

「なぜ、母のことを?」

「昨日、訪ねてこられたよ」

鈴が家を訪ねてきた時、駿は確かに谷本さんの名を口にした。鐘を造る鋳物工という職業と名前がわかれば、探し当てることは容易《たやす》い。だからってどうして?

「母は、いったい何を?」

谷本さんは、迷うように顔を逸らすが、駿の視線に根負けして、重い口を開いた。

「お母さんは、こうおっしゃっていたよ。『どんなに荒唐無稽《こうとうむけい》なことでも、子どもが信じてやろうとしていることは、自分も信じる。それが親の役目だ』と」

谷本さんは、再び手袋をしながら背を向けた。

「明日、広場で見させてもらうよ」

◇

「ラジオをお聴きの皆さん。どうか、少しだけ力をお貸しください。鐘の音を次の時代へとつなげていくために」

午後八時三十分に、沙弓さんは約束どおりラジオを通じて呼びかけてくれた。街の人々に、そして消えてしまった人々に向けて。

小型のラジオで確認した駿は、スイッチを切って顔を上げた。

薄紅色のフェザールを身につけ、髪をきちんと結い上げて正装した鈴は、唇に鮮《あざ》やかな紅をさし、凛《りん》とした姿で胸に迫った。

祭りのメイン会場となった広場は、街の人々で賑わっていた。控え室となった脇殿の格子窓から見下ろす駿は、人の多さに圧倒された。大勢の観衆の前で、自分が今からすることを考えて、鳥肌が立つような緊張に襲われる。

並んで見下ろしていた鈴が、頭を押さえてうずくまった。

「鈴、大丈夫か？」

肩に手を置くと、小刻みに震えているのがわかる。気弱になっているのではない。おそらく、音に対する思いが集まりすぎて、一人では制御できなくなっているのだろう。この歳で背負うには重すぎるものを担わされているのだ。

「鈴、おいで」

鈴の手を引いて控え室を出る。人混みを避けて歩くうち、掘割に抜ける小道に行き着いた。錆びた鉄柵をくぐり、段差の不揃いな石段を下りる。遠くの街灯の明かりで、水面がぬめるように光っていた。夏の夜の澱《よど》んだ水の匂いがする。

祭りの喧騒から離れ、二人はようやく心を鎮めることができた。闇が互いの距離を縮めてくれるようだった。

あの夜、鈴がしたように、駿は両手で鈴の頬を優しく包み込む。相変わらず言葉は通じない。だけどもう、もどかしさはなかった。それぞれの瞳の中に、互いの不安や恐れ、そして希望や信頼を、手に取るように見出せる気がした。二人はそれを分かち合い、与え合った。

「鈴……、頑張れよ」

「ガ・ン・バ・レ？」

相変わらず発音もイントネーションも違う、その言葉を繰り返す。

「そう。が・ん・ば・れ!」

◇

「捜したぞ、どこに行ってた?」

木賊《とくさ》色のフェザールを身にまとい、面覆《めんおお》いをつけても、双龍の体軀《たいく》は容易にそれと知れた。

「すみません。もう大丈夫です」

鈴の手を強く握り、駿は落ち着いた声で言った。鈴も涼しげな微笑みを浮かべるばかりだ。腕組みをしていた双龍は、そんな二人の様子を見据え、大きく駿の肩を叩いた。

鈴の祖母が、何かを見定めるかのように眼を細めた。

「結ベタネ、縁《エニシ》ヲ」

鈴は頰を赤らめながらも、祖母に向けて力強く頷いた。

プログラムは順調に進み、やがて異邦郭の奉納奏の出番となった。駿も、他の舞い手に混じり、面覆いをつけて舞台に立つ。

大陸由来の打楽器が打ち鳴らされ、花火が空を彩る。華やかな幻獣の面をつけた若者たちが舞台狭しと舞い、原色の飾り布が意思を持った生物のように縦横に翻《ひるがえ》る。駿も幼い頃から観《み》に来ていた、奉納奏のクライマックスだ。

――いよいよだ！

他の奏じ手が基奏音《きそうおん》を司り、古奏器を構えた鈴がひときわ大きく主律を奏じる。駿は、勇んで舞台の中央に踊り出た。

鈴の紡ぎだす音が、夜空を駆け上るように響き渡る。何ものにも遮《さえぎ》られず高く、貫くように求め続ける想いを体現するかのように。

駿は右手を背に縛手《ばくしゅ》の姿勢を取り、左手を高く夜空に掲げた。そのまま左足を軸として円《まど》かに回りながら、下り龍に見立てて左手をしなやかに舞い落とす。双龍直伝の「落《お》ち滾《た》ぎの龍」の型から、駿の舞いは始まった。夏休みを潰《つぶ》して練習してきた成果を発揮する時だった。

定められた型の舞いから次第に、鈴の古奏器に「音乗せ」していき、最終的には音と一体化した舞いを見せること。それが、観る者の隔てられた想いをつなぎ、最後の鐘の音を人々の前に再現するための条件だった。

意識せずに、鈴の紡ぐ音に身を任せよう。そう思うことがいっそう駿の動きをぎこちなくさせた。呼応する鈴もまた駿に負担をかけまいとする意識がまさって、思うように音伸びさせることができずにいる。

悪循環に陥っていた。

駿はあくまで、音の隔てを超えるという目的のために舞いを見せているのであり、技術だけで見れば、他の舞い手とは雲泥《うんでい》の差がある。観る者に違和感を持たせるようでは、隔てを超えることなどできはしない。駿は、観客の冷ややかな視線をひしひしと感じていた。

面覆いごしに、空を振り仰ぐ。舞台に向けられた照明が、何かを暴《あば》こうとするかのように暴力的な光で、駿を照らし出す。

――鈴、ごめん……。やっぱり無理みたいだ……

絶望的な思いに支配される。ついには動きを止めて、舞台でただ一人棒立ちになり、右手の縛手の姿勢すら解こうとした。

「駿！」

鈴の悲痛な叫びが背後で聞こえた。隔てを象徴する右手を下ろせば、それで駿の「舞い」は終わりだった。

その時、背にした右手に、強く何かの力を感じた。温かく、そしてしっかりと守るように、それは駿の掌《てのひら》を包んでいた。

――父さん？

それはまさしく、「二つ目の記憶」の中で、駿の手を握り締めていてくれた、父の手の感覚だった。

十年の時の隔て、そして次元の異なる場所の隔てを物ともせず、こうして父の手が駿を見守ってくれている。駿が、越えられないわけはなかった。

駿の迷いは消えた。

もう、音に合わせる必要はなかった。軀縛の舞は音に縛られるのではない。伸びやかに自由な鈴の紡ぎだす音によって、駿もまた自由であることを知った。自由に、そして無心に、駿は舞い跳んだ。

鈴が駿に託《たく》し、駿が鈴を信じて、音と舞いが紡がれる。「信じている」とコトバにして言うのはなんて容易い。だがこうして二人は、言葉がなくとも信じあい、つながりあえていた。

見上げる夜空に、小さくも確かな存在を見つけた。風に乗り、風と戯《たわむ》れ、風と同化するその姿は……。

——あれは、蝶？

港の倉庫の壁に描かれていた青い蝶が、導くように空を舞う。蝶は、もろく壊れやすい羽で、それでも懸命に風に乗って、時に海すら越えるという。

不意に、鈴が谷本さんに向けた言葉を思い出した。

——海は人を隔て、隔たりし故に人は強く想いを響かせあう——

その蝶の姿は、十年という時と隔てを超えて尚もつながる、人々の想いの結晶のようだった。背負うべきもの、受け継いでいくべきもの、そしてつなげていくべきもの。さまざまな想いが奔流《ほんりゅう》となって駿と鈴とを取り巻く。

相変わらず駿にとって、十年前の事件は遠い出来事でしかない。何かを背負う気も、使命感もなかった。それでも今、自分にも受け継ぎ、語り継ぐべきこの街のストーリーがあると、そう思えた。

駿と鈴が紡ぐ音と舞いによって、次第に観る者の心に揺らぎが生じはじめる。沙弓さんのラジオでの呼びかけにより、今夜この街の空は、人々の鐘の音に託された想いに満たされていた。街の人々と、消えた人々との縁《えにし》が、隔てを超え、眼に見えない形でつながろうとしているのだ。

——あ、谷本さんと……、母さん?

二人が一緒に自分の舞いを見つめているのがわかる。夢幻《むげん》と現《うつつ》の境で舞いながらも、それを変に冷静に受け止めていた。

縁が更なる縁へと連なり、網の目のように広がっていく様が、はっきりと感じ取れる。やがて、二つの隔てられた世界がつながる。鈴と駿を軸として。

奏楽が終わった。だが、見守る人々は拍手をすることもなく、身じろぎもせず立ち尽くしていた。まるで、何が起こるのかがわかっているかのように、一様に空を見上げて。

駿は、心の中でゆっくりと、「時」の訪れを刻んでいた。

――3・2・1……0！

厳《おごそ》かに、そして軽やかに。鐘の音が、夜空に響き渡った。

別れを告げるように。そして、つながっていく何かを生み出そうとするように。

その音は、場所も、そして時すらも越えて、心の内にまっすぐに届けられた。

◇

涼風台のメインストリートを、自転車で一気に駆け下りる。

耳の横をすり抜ける風はかすかな冷気を帯び、夏が終わろうとしていることを過《あやま》たず告げていた。夏の終わりを切なく思うほど歳をとってはいない。それでも駿にとって、今年の夏はこれから先、胸の痛みと共に思い返されることになるだろう。

鈴は、居留地へと帰って行った。船の上の鈴の手から伸ばされた紙テープが千切《ちぎ》れる感覚が、今も駿の胸に痛みをよみがえらせる。次にいつ逢えるかはわからないし、何の約束もしていない。それでも駿はこの夏を、そして鈴との出逢いを後悔してはいない。

離れていく船の上で、精一杯手を振りながら、鈴の口が、こう動いているのがわかったから。

「ガ・ン・バ・レ！」と。

いつかまた、きっと逢える。言葉も通じない二人がこの街で巡り逢い、心をつなぐことができたのだ。海の隔てなど、何ほどのこともない。

街の上空には、晴れ渡った秋空が広がっていた。今はもう鐘の音が響くことはない。そう思うと、街の空がなぜだかとても広く感じられた。

あの日、この街のいったいどれだけの人々に、鐘の音が聴こえたのだろうか？　もしかしたらそれは、再び鐘の音をと願う人々の、心の中だけに生じた錯覚だったのかもしれない。だが、駿にとってはどちらでもかまわなかった。それが明日へとつながっていく想いであるならば。

駿の「二つ目の記憶」の謎は、結局解けないままだ。

けれどもそれでいいと駿は思った。どちらも自分が受け継ぎ、語り継いでいくべき、この街のストーリーの一つなのだ。そう思えた。

それに、あの日の父の言葉は、鐘の音と共に、駿にははっきりと聞こえたのだから。

自転車を止めた駿は、木戸を開けて、工房へと走り込んだ。

「遅くなりました！」

谷本さんが、「来たな」と笑いかけ、駿に真新しい手袋を手渡した。

「さて、それじゃあ始めようか。駿君」

「はい！」

今日から谷本さんは、新しい鐘を造り始める。駿はその手伝いをかって出たのだ。

谷本さんと母親が、あの後も二人で逢っていることを知った時はもちろん驚いたが、嫌な気分ではなかった。祭りの後、谷本さんと約束の握手を交わした。その手は「二つ目の記憶」の父親と同じように、温かく、そして確かだったから。

駿は手袋をはめて、澄んだ秋空を見上げた。

遠く海を隔てて、鈴の紡ぎだす音が聴こえた気がした。

第三章
紙ひこうき

「今日で四十歳……」

坂口《さかぐち》さんは、一人の部屋で、誰に言うともなく呟いた。一人暮らしが長いと独り言も、自然に大きくなる。

錠剤を水で流しこみながら鏡に向かい、映る姿を改めて見つめる。

そんな歳を自分が迎えるなど、思ってもいなかった。

そして、そんな節目《ふしめ》の歳の誕生日を一人で迎えるとも、想像していなかった。

「四十歳。配偶者なし、子どもなし、誕生日を祝ってくれる人……なし、か」

誰かに祝ってほしいわけではない。

一般的な男性がそうであるように、坂口さんも二十代後半頃から、誕生日というものにあまり興味を持てなくなった。下手に「おめでとう」などと言われるのも面倒くさいので、極力人には教えないようにしていた。

根無し草のように生きてきた自分の、「人生」とも言えぬ程の日常がこれからも積み重なっていくことに、そこはかとないやるせなさを覚える日。誕生日とはその程度の位置づけだった。

「まあとにかく、今年も秋がやってきた」

ベランダに出てみる。九月も半ばとなり、昼間は真夏と変わらぬ猛暑が続いていたが、夜になるとさすがに涼しい風が吹く。坂口さんは毎年、自分の誕生日で秋の訪れを実感するのだ。

マンションの三階なので、あまり良い景色は広がらない。ベランダから眺める先には、この街の北方に広がる海が見えるはずであるが、同じような高さのマンションや雑居ビルに阻《はば》まれ、望むべくもなかった。

目の前を、何かが音もなく通り過ぎていった。「落ちていく」とも「飛んでいく」とも取れる動きの白い残像だけが、視界に残る。

「鳥……か？」

ベランダの鉄柵にもたれて夜空を見渡すが、重力に逆《さか》らって飛ぶものは何もなかった。都市高速の高架橋、梢《こずえ》だけを覗かせる木々、明かりを落とした住宅、街路灯、マンションの駐車場……。徐々に視線を落としていくと、駐車場のワゴン車の上に、白いものが「着地」していた。

「紙ひこうきか……」

ベランダから身を乗り出すようにして、上の階を見渡す。いくつかの窓に明かりが灯ってはいたが、紙ひこうきを飛ばすような人影は見えなかった。

「子どもが遊んでる時間でもないしな」

あと一時間で、坂口さんの「誕生日」が終ろうとしていた。

ふと、動くものの気配。屋上だった。白い腕が現れ、しばらく何かに狙《ねら》いをつけるかのように静止した後、新たな紙ひこうきが放たれた。

紙ひこうきは、支えがなくなったことに刹那《せつな》の躊躇をみせたかのように、ぐらりと機首を揺らして落下しかけたが、やがて翼に揚力《ようりょく》を得て、飛行を開始した。

重心が偏《かたよ》っているのか、大きく時計回りに旋回しながら滑空《かっくう》する。ちょうど坂口さんの目の前で、夢潰《つい》えたかのように失速し、落下していった。

もう一度屋上に眼をやる。白い姿が行方を見定めるように半身を乗り出し、そして消えた。

坂口さんは、Tシャツの上にジャケットを羽織《はお》ると、部屋を出てエレベーターのボタンを押した。エレベーターは無聊《ぶりょう》を託《かこ》っていた風で、いそいそと三階に上ってきて扉を開けた。

「一階まで頼むよ」

一人暮らしが長いと、エレベーターとですら会話するようになる。それになぜだか、このエレベーターには人間臭いところがあったのだ。

「コンビニですかい、旦那?」

「彼」がそう言った気がした。「まあね」と適当に口の中で言ってボタンを押し、壁にもたれる。

一階に下り、駐車場に向かう。部屋から確認したのと同じ場所に、紙ひこうきが「着地」していた。拾い上げて上空を見上げるが、屋上を見通すことはできなかった。

坂口さんは再びエレベーターに乗り、十階を押した。そんな階を押すのは初めてのことだった。「旦那、いつもと違いますよ、いいんですかい?」と、戸惑う声が聞こえるようだ。

「いいんだ、行ってくれ」

エレベーターは、未知なる領域へと踏み込むように、見知らぬ階数表示を光らせて上っていった。

十階の廊下からは、部屋のベランダとは違い、結構な夜景が見晴らせた。もっとも、この街は既に「七階撤去」が完了していたので、実際は九階の高さではあったが。

闇を拒《こば》むような蛍光灯の光に白々と照らされ、廊下はひっそりと静まっていた。足音を立てないように非常階段にたどり着き、屋上への階段を上る。

「マンション管理用地のため立ち入りを禁じます」と表示された頑丈《がんじょう》な鉄の扉が行く手を阻む。ノブを回すと、鍵はかかっていなかった。金属の擦《こす》れ合う音と共に、扉が開く。

初めて訪れる屋上は、端の方に給水用のタンクがあるだけの、殺風景な空間だった。人が来ることを想定していないからか、転落防止用の金網もない。建物の外周に、人が座れるほどの高さでコンクリートの縁取りがあるばかりだ。

「彼女」は、そこに座っていた。非常口の明かりと月の光とで、姿がぼんやりと浮かび上がる。薄手のワンピースの上にストールを羽織った姿だ。足元には取っ手のついた小さな籐籠《とうかご》が置かれ、手元には、紙ひこうきをつくる材料なのだろう、スケッチブックが開いた形で置かれていた。

音楽が聴こえてくる。十年以上前に流行《はや》った、少し懐かしい曲だ。横に置いた小さなラジオから流れてきているようだ。

「お昼は暑かったけど、やっぱり夜は涼しいね。少し寒いくらい」

会う約束をしていた相手が現れた時のように、自然に話しかけてくる。

少し年下なのだろうか。成熟した女性を感じさせる和やかなまなざしが、月夜に似つかわしい静かな微笑みに添えられ、親しみやすい印象を与える。

「紙ひこうきの飛び方で精神分析ができるって知ってるかい?」

坂口さんはそう応じた。彼女は、耳の横にかかる髪を人差し指でくるくると巻いて弄《もてあそ》びながらしばらく考え、わからないな、というように首を振った。

「右回りの時は、誰でもいいから話し相手がほしい、って精神状態なんだ」

彼女は神妙《しんみょう》な面持ちで、紙ひこうきが右回りに飛ぶ様を思い描いているようだ。

「じゃあ、左回りの時は？」

「このまま一人でいたい、って精神状態だね」

首を傾げて考えていた彼女は、坂口さんに向き直り、挑《いど》むように身を乗り出した。

「じゃあ、もう一回やってみようかな」

「では、その道の権威として、診断させていただきます」

彼女は、唇の端に笑みを残したまま、スケッチブックから一枚を破り取り、折り始めた。月明かりで細い指がほの白く浮かび上がる。

見守るうち、坂口さんはおかしなことに気付いた。彼女は、左手をまったく使おうとしないのだ。見たところ怪我をしている様子もなかったが、左手は自然な形で下げられたままだった。

それでも紙ひこうきは、右手だけで難なく折りあげられた。

「では先生、診断お願いします」

立ち上がった彼女は、右手に持った紙ひこうきを肩の位置にかかげ、坂口さんを窺《うかが》った。

「深呼吸して、リラックスして……はい、どうぞ」

坂口さんの「その道の権威」らしい合図に合わせ、ゆっくりと紙ひこうきが飛び立つ。

二人で行方を覗き込み、結果を見て顔を見合わせる。

「今のは、一般的に見て、左回りよねえ?」

わかりきったことを敢えて確認する口ぶりだった。

「そうですね。専門家の立場から言っても、左回りですね」

坂口さんは、診断を下す医師のように重々しく頷いた。沈黙が訪れ、かすかな風に木々がざわめく音だけが聞こえた。

「ごめん、言い忘れてたけど……」

しばらく間を置いて、坂口さんはもったいぶった調子で付け足す。

「今の精神分析は、僕が『下から見た』時の飛び方なんだ」

彼女は右手の人差し指を立てて、トンボを追うような仕種で左回りにぐるぐると回し、下から見たところを想像していた。

「じゃあ、今の飛び方は、下から見ると?」

「右回り」

ようやく、坂口さんが何にしろ「右回り」にしてしまう意図だったことに気付いたようだ。彼女は、やられちゃったなという顔をして、肩をすくめた。

「じゃあ、精神分析に従いましょう。どうぞ」

長い長い腰掛とも思える縁石《えんせき》の、自分が座っていた場所を律儀《りちぎ》に少しずれて、座る場所をつくってくれた。

彼女は、足元の籐のバスケットから缶ビールを一本取り出して手渡した。

「ありがとう。とりあえず乾杯、かな？」

「何に乾杯するの？」

少し考えて、腕時計を確かめる。「今日」が終わるまで、あと少しあった。

「ぎりぎりで大丈夫だ。今日は僕の『記念すべき』四十回目の誕生日だったんだ」

冗談めかして、自分から「記念日」を告白した。こんな場所で出会った彼女とだったら、ささやかに自分を祝ってあげてもいいような気分だった。

「それじゃあ、あなたの輝ける四十代に」

「乾杯」

二つの缶が、いびつな音でぶつかり合う。

「私もあと四年で四十歳か。四十歳になるって、どんな気分なんだろう？」

想像できないのか、彼女は大げさに首を振った。

「似合わない服をプレゼントされた気分だよ。しかも……」

坂口さんはビールをひと口含み、今の気持ちをその苦味に代弁させるように、顔をしかめた。

「似合わないと思っているのは本人だけなんだ」

彼女は、風になびく髪を右手で押さえながら、肩を揺らして笑った。

ラジオから流れてくる曲が変わった。坂口さんの幼い頃に流行った曲だ。懐かしい曲は思い出と共に記憶されている。消毒液の臭いが漂う部屋から見た空……。普段は奥底にしまい込んでいる記憶がよみがえりそうになり、慌てて意識の端に追いやる。

ラジオは、しばらく古い音楽を流したのち、街の情報を伝えだした。若々しい声の女性パーソナリティが、今日一日の街の出来事や、明日の予定を紹介する。

「バスターミナル、12番乗り場、二十三時四十分発の最終バスは、本日は通常どおり運行いたします」

幾分唐突な案内を最後に、再び古い音楽が流れ出す。彼女は静かにため息をついて、右手でラジオを消した。

「気を悪くするかもしれないけれど……」

彼女は、かまいませんよ、というように首を傾げた。

「左手は、怪我でもしているのかい？」

彼女の右手が、守るような仕種でそっと左手を押さえる。

「私の左手は、ここにはないの」

月の光は、彼女の左手を幻のように浮かび上がらせた。

「私の左手は、一人の人の手を握り続けてるの。十年間ずっと」

「十年……」

それが誰なのかは敢えて聞かなかった。聞いてしまえば、彼女の心を覗くことになる。人の心に深く入り込むことを避ける癖が、いつの間にか身についてしまっていた。

「あなたは、このマンションに住んでいるの？」

気を取り直したように、彼女は話題を変えた。

「ああ、この街には三年前に来たんだ。その時から住んでいるよ」

坂口さんが勤めるのは、居留地との貿易の仲介を専門とする会社だった。三年前に、首都の本社から異動してきたのだ。

◇

しばらくして、彼女は右手の腕時計で時間を確認し、街を見下ろした。視線の先には、遠羽川に沿うように南に延びる道が見える。片側二車線の整備された道路だが、開発保留地区と呼ばれる場所の手前で行き止まりとなるため、交通量は少ない。

ビルの合間を縫って、一台の大型車の光がゆっくりと過ぎてゆく。ある地点で、光がふっと途絶えた。建物の陰に入ったようにも、いきなり消えてしまったようにも見えた。

「今日も未着か……」

再び腕時計に眼をやって、小さく呟く。坂口さんが問いたげな顔を向けると、彼女は尚も光の行方を見定めようとするように、暗い道路に眼を凝らした。

「あれは、12番乗り場発の、最終バスの光」

「ああ、さっきラジオで言っていたバスか……」

どうやら彼女がラジオをつけていたのは、バスの運行状況を確認するためだったらしい。

「バスが気になるのかい?」

「ええ、私の仕事だから」

「君の仕事って?」

「私は昔、バス運転士だったの」

思ってもみない職業を聞かされ、坂口さんは思わず一歩下がって彼女の全身を眺めてしまった。華奢《きゃしゃ》とまではいわないが、それでも男性に比べればずっと細い腕と、巨大なバスとが、どうしても釣り合わなかった。

ありがちな反応だったのだろう。彼女はたしなめる表情で、少し胸を反《そ》らせた。

「最近はバスも運転しやすくなって、女性の運転士もたくさんいるのよ」

考えてみれば、坂口さんがいつも乗るバスも女性が運転していた。それでもやはり、彼女が運転する姿は想像できなかった。

「最初はバスガイドとして会社に入ったの。でも入って四年で、事業縮小で会社は観光バス部門から撤退してしまって。これからどうしようって思っていた時に、同じ会社に勤める主人から運転士になってみないかって言われたの。昔から車の運転が好きだったのを知ってたからね。それで、大型二種免許を取得して……」

「でも運転は？」

思わず「動かない」左手に眼がいってしまい、彼女の言葉が「運転士だった」と、過去形なことに思い当たった。

「私はもう運転できない。今はこうして遠くから、バスの光を眺めているだけ」

彼女はそう言って、再び紙ひこうきを飛ばした。バスの消えた方向に飛ばされた紙ひこうきは、大きく旋回しながら消えていった。

「あなたも、飛ばしてみる？」

差し出されたスケッチブックを見つめて、坂口さんは断りの言葉を探してしまう。

彼女が紙ひこうきを飛ばすのは、左手が握り続ける誰かの思い出につながっているからではないだろうか。そんな記憶に、自分が重なるわけにはいかなかった。彼女のためにも、そして自分のためにも。

誰の思い出の中にも残らない。それが人知れず心に決めた思いだった。坂口さんは再び、「専門家」としての生真面目な顔を取り戻した。

「僕は、紙ひこうきを飛ばしちゃいけないことになっているんだ。占い師が、自分の運命を占っちゃいけないようにね」

「そう……」

彼女は何も描かれていないスケッチブックに、誰かの面影を探すように寂しげに微笑み、右手だけで紙ひこうきを折りだした。

その姿は、わけもなく胸に迫った。飛ばすまでもなく、坂口さんは自分の心が大きく傾いてしまったことがわかっていた。だからこそ、それ以上彼女に向けて踏み込まぬよう、自分を律しなければならなかった。

尋ねるのは簡単だ。左手は誰の手を握っているのか。紙ひこうきにどんな想いが込められているのか、と。だが、坂口さんはその選択をしなかった。選択しなければ、結果的に迷いも生じない。そうやって生きてきたし、これからも変わらないだろう。

紙ひこうきは、彼女の心の内をそのままに、大きく旋回しながら消えていった。

◇

バスターミナルは、最終バスが出る時刻とあって、帰宅する人々で混雑していた。

だがその一画に、ひとけもなく、入ってくるバスもない、閑散とした乗り場があった。

「12番乗り場……」

坂口さんは、誰も座らぬベンチが並ぶ乗り場で、行先表示を確かめた。聞いたこともない目的地が記されていた。その行先を掲げたバスを見たことはなかったし、この街のどのあたりに位置する地名なのかもわからなかった。

掲示された時刻表はほとんどが空白で、二十三時四十分発の一本だけのようだ。

「たった一本のバスのための乗り場なのか」

発車時刻まで十分ほどあった。夜も更《ふ》けて気温もぐっと下がり、背広だけでは肌寒く感じる。自動販売機を物色してみたが、温かい飲み物はまだ販売していなかった。

手持ち無沙汰な気分で、ベンチに座り込む。遠くの路上で演奏する弦楽器の音が、街の雑多な音に溶け込むことを拒《こば》むように明瞭に、風に乗って流れてくる。

あれから時折、紙ひこうきを飛ばす女性、持田《もちだ》さんと屋上で会うようになっていた。彼女は毎晩、一日の終わる時間をそこで過ごしているようだった。

彼女はいつもラジオをつけていて、バスの運行状況を確認する。そのたびに不思議に思っていた。この街では、おそらく一日千本以上のバスが運行されているだろう。ラジオ局が一本のバスだけを特別視する意味がわからなかった。

それで、12番乗り場からのバスを実際に見てみたくなり、仕事で遅くなったのを機に立ち寄ってみたのだ。

「あと五分か」

腕時計を確認し、相変わらず誰も立ち寄ろうとしない乗り場を、何とはなしに見渡した。

一本の柱に、視線が惹きつけられる。

青い蝶の絵が描かれていた。不思議な魅力を備えており、視線を外させようとしない。決して写実的ではなかったが、今にも夜空に飛び立ちそうな力強さが漲《みなぎ》っていた。

「お前はいいな、飛ぶことができて」

返事をするはずのない蝶に声をかける。坂口さんの、遠く、高く飛ぶための羽は、既に失われていたのだ。蝶は、何も答えようとはしなかった。

いつのまにか発車時刻を過ぎていた。しばらく待ってみたが、バスが来る気配はなく、乗ろうとする乗客も現れない。

その後も、仕事が遅くなった夜には必ず12番乗り場に立ち寄ってみたが、バスが出発する様子はなかった。

屋上から見たのは、どこから出て、どこへ向かうバスの光だったのだろうか？

◇

重い扉をきしませて開けると、濃密な闇に取り巻かれる。非常口の明かりは蛍光灯が切れてしまっているようだ。

屋上を訪れるのは十日ぶりだった。

月明かりもなく、見通しは悪かった。見渡すが、屋上の縁石に持田さんの座るシルエットはなかった。

だが、かすかにラジオからの音楽が聴こえてくる。彼女は暗闇に紛《まぎ》れているようだ。所在がつかめないまま、ゆっくりと足を踏み出す。

「踏まないで、くださいよぅ」

不意に足元から、持田さんの声がした。

「どこに……いるんだい？」

坂口さんは屈みこんで、声のする方へ手探りをしながら進んだ。

柔らかなものに触れた。それが彼女の身体のどの部分であるかを確かめる間もなく、伸ばした腕が彼女の右手で包まれ、引き寄せられた。

「靴を脱いで、お上がりください」

彼女はシートを広げてその上に横たわっているようだ。坂口さんは、その横に少し離れて寝転がった。

「ひさしぶりだね」

彼女は、飲みかけの缶ビールを手渡してくる。

「ああ、ちょっと遠くに行っていたんだ」

あお向けのまま、苦労してビールを飲み下す。十日ぶりのアルコールが、薬のような苦さで喉《のど》にいつまでも残り続けた。

「出張だったの？」

「まあ、そんなものかな」

本当は、定期的な検査だった。だが、敢えて告げる必要もない。

「この時間になると、こんな街中でも結構星が見えるよ」

秋の星座たちが、月のない夜空に力を得て、小さくも確かな光を集めていた。

星々の中に、一つだけ違う動きをする光があった。

「人工衛星だ」

「え、どこ？」

彼女は、坂口さんの視線の位置を確認すると、夜空に眼を凝らした。

「ほら、あそこ。他の星は動かないけど、一つだけ瞬《またた》かないで、ゆっくり動いている光があるだろう？」

坂口さんは左手を伸ばし、夜空の一点を指差した。

「んー……わかんない、な」

彼女はため息混じりに呟いて、坂口さんに自然に寄り添った。ひそやかな息遣いまでが伝わってくる。早朝の果樹園を思わせる香水が、爽《さわ》やかに、甘やかに匂い立つ。

下ろし所がなくなった腕を真横に投げ出していると、彼女は自然に頭を乗せてきた。腕枕をする形になってしまう。

――無防備な人だな……

近すぎる相手の存在にたじろぎつつも、リラックスした様子に、安らいだ気持ちになる。検査の後には決まって訪れる絶望感も、幾分遠のいた。

動かない左手が、坂口さんの胸の上に預けられた。身体の一部でありながら彼女の意思のままに動かせぬ存在が、奇妙な重さと存在感で迫る。

それは、坂口さんにとっての彼女の存在の重さに似ていた。エレベーターに「旦那、また行くんですかい？」と揶揄《やゆ》されながらも、屋上に向かう気持ちをとどめることができなかったのだ。

だからこそ、彼女に会うことが「日常」になってしまうことを自らに厳しく禁じた。彼女がマンションの何階に住むのかも敢えて聞いていないし、会う約束も決してしなかった。屋上だけを聖域として、日常から切り離された場所での偶然の出逢いなのだと言い聞かせることで、自分を抑えていたのだ。

一つ知れば、もっと彼女のことを知りたくなるだろう。そうなればいずれ、時折垣間《かいま》見せる孤独の影すらも背負うことになる。やがて、彼女が抱えているものの重さに途方に暮れてしまうことは目に見えていた。

相手に踏み込むのをとどめる術《すべ》は、一人で生きてきた日々で、充分に会得《えとく》していた。人生には、経験を経ることによって身につく臆病《おくびょう》さというものも存在するのだ。

ラジオの音楽が途切れ、いつものように今日一日の街の話題を伝えだす。今日の放送は男性パーソナリティが担当していた。

「バスターミナル、12番乗り場、二十三時四十分発の最終バスは、本日は運行を中止いたします」

思わず持田さんの様子を窺うが、闇が彼女の表情を隠してしまっていた。

「一週間前から、12番乗り場からのバスは、動いていないの」

落ちついたトーンは変わらない。だがその言葉に潜《ひそ》んだ、深く抑え込まれた感情は読み取れる。

「もう、忘れなきゃいけないのかな……」

その呟きは、自身に向けたものなのか、坂口さんへと向けられたものなのか、判然としなかった。彼女の動かない左手の下で、昔の手術の傷跡が、疼《うず》くように強く痛んだ。

◇

夕刻のバスターミナルは、帰宅を急ぐ勤め帰りの人々が気忙《きぜわ》しく行き交っていた。そんな中、12番乗り場だけは賑わいから取り残され、ひっそりとしていた。運行中止のお知らせでも貼ってあるかと思ってやってきたが、いつもと変わった様子もない。

自動販売機にようやく温かい飲み物が補充されていることを発見し、ホットコーヒーを片手に、ベンチに座った。12番乗り場など存在しないかのように通り過ぎる人々を眺めていると、取り残された気分になってしまう。

これからも自分は、こうして少し離れた場所から人々の後姿を見送りながら、変わらぬ人生を生きていくのだろう。誰にも深く関わらず、誰にも心を開くことなく。

坂口さんの姿を見つめるのは、柱に描かれた蝶だけだった。

「もう、この乗り場からバスが出ることはないのかい？」

尋ねても、返事が返ってくるはずもない。相手にしようともせず、孤高な姿を保ち続けていた。

一人の女性が足を止めた。坂口さんに小さく会釈《えしゃく》して、掲示された時刻表を見上げる。腕時計と見比べて確認するそぶりだ。

「ここで待っていても、バスは来ないよ」

彼女は軽快にターンするように、身体ごと向き直った。ショートカットの髪がよく似合う、快活そうな若い女性だった。

「やっぱり、そうなんですよね」

わかっていることを確認しにきたような雰囲気だ。

「幻のバスの光……か」

小さな呟きを、坂口さんは聞き逃さなかった。

「幻のバスって、どういうことだい？」

「この乗り場からのバスは、誰も出発する姿を見たことがないんです。だけど、遠く離れた場所から光だけが見える。だから、幻のバスなんです」

語られた内容は不思議なものだったが、それ以上にあることが気になって、彼女の顔をまじまじと見つめてしまった。

「気のせいかな？　君の声をどこかで聞いた気がするんだけれど」

彼女の表情が、俄《にわ》かに明るくなる。

「もしかして、ラジオ、聴いてくれてるんですか？」

ようやくわかった。ラジオごしに聴こえてくる「沙弓」というパーソナリティの声だった。

明るく伸びやかな声の印象通りの女性だった。声だけで慣れ親しんだ人の実像が目の前にあるのはおかしな気分だ。

「ところで君のラジオ局は、どうしてこの乗り場からのバスだけを、ああやってお知らせしているんだい？」

ずっと疑問に思っていたことを尋ねてみた。

「それが、私たちのラジオ局の役割だから。それに、この乗り場のバスのことは、バス会社も把握《はあく》していないんです」

坂口さんの要領を得ない様子に、彼女は顎に手をやり、少し考えていた。

「あなたは、この街の人じゃないんですか？」

「ああ、三年前にこの街に引っ越してきたんだ。仕事の都合でね」

そうか、と小さく独りごちて、沙弓さんは考えを巡らせるように宙を見上げる。

「この街は、他の街とは少し違う部分があるんです。十年前のあの事件が起こってから」

「十年前の事件……」

三千人以上の人が犠牲となった痛ましい事件だ。とはいえ、自分に関わる誰かが巻き込まれたわけでもなく、正直に言って、坂口さんにとっては過去の出来事の一つでしかなかった。

「この街は今も、事件で消えてしまったはずの人々が、あたかも存在するかのように動いているんです」

その噂は耳にしたことがある。だが、どこの街にもあるオカルトめいた都市伝説の一つと思い、聞き流していた。

「この乗り場もそう。ここからは、今は開発保留地区と呼ばれている、事件の起こった場所へ向かうバスが出発していたんです。今はもう、この乗り場から出発するバスは一本もないのに、こうして十年間残されているんです」

わからないのも当然だ。バスの行き先は、もうこの街にはない地名だったのだ。

「でも、バスは出ていないはずなのに、保留地区に向けて走るバスの光が見えるって言う街の人がたくさんいるんです」

バスの光を見つめ続ける持田さんの姿が思い浮かぶ。

「保留地区には、周囲とつながった幹線道路は一つもないんです。よっぽど道に慣れた人だったら、複雑な路地を通り抜けて入ることができるでしょうけど、まあ、軽自動車がせいぜいでしょうね。だから、バスの光はいつも、途中で消えてしまうんです」

「それで、幻のバスの光なのか」

沙弓さんは頷いて、肩に下げたバッグの中を探った。

「今日ここに来たのは、一週間前、ラジオ局に手紙がきたからなんです」

手渡された手紙は、日に焼けたように変色し、一週間前に届いたとは思えない古びた印象だった。

坂口さんは、男性らしき筆致《ひっち》の文章を読み上げた。

「いつも仕事の合間に楽しく聴いています。私は、バスターミナル12番乗り場からのバスを運転している者です。ここしばらくバスは運休しておりましたが、十月二十日をもって、路線を廃止することが決定いたしました。ご利用の皆様には大変ご迷惑をおかけしますが、あれからもう十年が経ってしまいましたので、区切りをつけるべき時なのかもしれません。つきましては、十月二十日に、最後のバスの運行を行います。せめて最後は、終点まで運行できればいいのですが……」

十年前の事件で消えてしまったはずの人物から届いた手紙だった。古びた印象なのは、時の隔てを越えて届くからなのだろうか？

沙弓さんは胸に手をあて、柱に描かれた蝶の姿をじっと見つめていた。恐れとも不安ともつかない、複雑な表情が浮かべられている気がした。

「時が経って、事件の記憶も少しずつ薄れてきて、街も変わろうとしています。消えてしまった人々が利用していた図書館も閉鎖され、ラジオ局に届く彼らからの葉書も、今年に入ってぐっと少なくなってしまいました。そして今度はバスが……」

坂口さんは、持田さんの左手のことを思い出していた。その手が動かなくなったのもまた、十年前からだ。彼女が握るのは、事件で失われた誰かの手なのだろうか？

手紙には、奇妙な折り目が付いていた。折り目に沿って畳《たた》むうち、それが何の形であるかがわかった。

「これは、紙ひこうき?」

「ええ、その方からの手紙は、いつもその形に折ってあるんです。想いがまっすぐに相手に届きますようにって、おまじないらしいです」

彼女は、手紙に込められた願いを託そうとするように、再び蝶を見上げた。

◇

「持田さん。今夜は下界に下りてみないか?」

屋上で、坂口さんは車の鍵を手にして、持田さんを誘った。

今夜もラジオはバスの運休を伝え、いくら待っても光は現れなかった。あきらめきれないように道路を見下ろしていた彼女は、気持ちに区切りをつけるようにため息をつき、小さく頷いた。

エレベーターは、珍しく坂口さんが一人ではないことに興味深そうだったが、何も言わずに二人を送り出した。

持田さんを助手席に乗せ、夜の街を走り出す。

「左、オーライ」

元バスガイドであり、元バス運転士でもある持田さんは、見通しの悪い交差点ではきちんと安全確認をしてくれた。

都市高速に乗り、湾岸線に車を走らせる。巨大な倉庫やガスタンクが並ぶ背後に海が広がり、遠く灯台の明かりが明滅する。居留地行きの大型貨客船が停泊し、船窓からの光を水面《みなも》に揺らめかせていた。

沖合に位置する小島と、砂嘴《さし》でつながった半島とが天然の防波堤となり、波静かな内海を形づくっている。半島と小島とを結ぶ砂嘴の上の道路で、坂口さんは車を停めた。

外海と内海の、二つの海が見渡せる。外海は遠く大陸から吹く風を受けて波立ち、内海は波一つなく静まっている。様相の異なる海が道路を挟んで迫る、特異な景観だ。外に出ると、外海からの風が持田さんの髪をなびかせた。

内海側の砂浜に立ち、海を隔てて街の夜景を遠望する。夜半を過ぎた街はそれでも多くの光を残し、人々の眠りを包み込むように慎ましやかな輝きを海に落としていた。坂口さんは、今までにない新鮮な気持ちで、街の光を見つめた。

沙弓さんと出会って以来、十年前の事件に興味を持ち、外まわりの仕事の合間を見計っては、さまざまな場所に赴《おもむ》き、街の人に会って話を聞いてみた。

人々は、それぞれに事件を心にとどめ、守り続けていた。同時に、十年という時の区切りで記憶が消えていこうとしていることを、ゆっくりと受け入れようとしていた。

人々の思いを知るうち、人生の一時期を過ごしているにすぎないこの街が、少しずつ違った形で見えだした。

いつもの屋上ではなく「下界」に下りたのは、坂口さんなりの、彼女に向けて一歩を踏み出す意思表示だった。ラジオ局に届いた手紙は、おそらく持田さんのご主人からのものだろう。最後のバスの運行を彼女は知るべきだし、ご主人の想いを彼女に伝える役割は、自分が果たさなければならないと感じていた。

願いが込められた紙ひこうきの形の手紙が、坂口さんに一歩を踏み出させた。

「君の左手は、今もご主人の手を握っているんだね」

手紙がラジオ局に届いたことを告げ、ずっと動かしていない感情をよみがえらせながら、彼女の心の内に触れていった。

「12番乗り場からの最終バスは、十年前、事件がなければ主人が運転するはずだったバスなの」

「じゃあ、あのバスは、今もご主人が運転しているのかな」

持田さんは足元に落ちていた石を拾い、海に投げた。波のない水面に、石はわずかな波紋を広げるだけだった。

「そんな予感がしていたんだ」

振り返った彼女は、泣き笑いのように表情を歪めていた。

「バスターミナルの横にビルが建設されているでしょう？　あれは新しいバスターミナル。あと一週間で、新ターミナルに機能はすべて移されてしまうの」

「じゃあ、古いバスターミナルは？」

「取り壊して、跡地は駐車場になってしまうって」

取り壊しと歩みを揃えるように、最後のバスが運行され、何かが終わろうとしている。

「事件で主人が消えてしまってすぐ、この世界での私の左手は動かなくなったの。だけど別の世界で、主人は私の左手をしっかりと握っていてくれた。どんなに不自由でも、それだけで幸福だった。でも……」

動かぬ左手につながる、見えない腕を確かめようとするように、彼女は何もない空間に眼を凝らした。

「でも今は、私が握り続けていないと、主人の手はあっというまに手の中から離れて、永遠に戻ってこないような気がする」

彼女は坂口さんに背を向け、小さく肩を震わせた。

十年の時を経ても、失った人への想いは、彼女の中で変わることなく息づいていた。誰にも入り込めないほどに強く。

坂口さんは、今夜彼女に告げるべき二つ目のことを、言い出すことができなかった。

異邦郭の表通りは、平日にもかかわらず観光客で賑わっていた。坂口さんは混雑を避けるように裏道に入り、複雑に曲折した路地を抜けて奥へと足を運んだ。街に来たての頃は、よく迷って途方に暮れたものだが、今では眼をつぶってでも歩ける通い慣れた道だった。

◇

この街で居留地との交易を生業《なりわい》とするものは、必ず異邦郭の裏社会と渡りをつけなければならなかった。居留地には、宗教的儀礼に根ざした風習やしきたりが今も根強く残っており、それによる制約も数多い。通常の取引の感覚で接すると、手痛い仕打ちを受けることがあるのだ。

異邦郭には、居留地からの移民で構成された治外法権的な裏社会が存在し、坂口さんの会社が交渉権を持って、貿易の仲介を行っていた。

余所者《よそ》を排除する「門番」でもある双龍が、道を塞ぐ形で建つ店舗の前で腕組みをして、睨《にら》みをきかせていた。いかつい体軀と二の腕の龍の刺青は相変わらず物々しかったが、今日の彼は珍しく和んだ顔をしていた。どうやら、隣に立つ学生服姿の男の子のせいらしい。

男の子は、たどたどしくはあったが居留地の公用語を操り、双龍と話していた。

「習っているのかい？　居留地の公用語を」

居留地の言葉で話しかけると、男の子は聡明そうな瞳に澄んだ光をたたえ、同じ言葉で返した。

「ええ、行きたいんです。逢いに。居留地の友達に」

「友達」という言葉に、双龍が男の子の肩をどやしつける。どうやら逢いに行くのは、友達以上の存在の異性らしい。

頬を赤らめる男の子の、迷いなく誰かを求める姿は、輝きに満ちていた。眩《まぶ》しさに思わず眼を逸らしそうになる。彼と同じ頃に自分に起こったことを思い出し、運命を呪《のろ》った過去がよみがえりかける。慌てて首を振って追いやった。

異邦郭の老婆は、顔をくしゃくしゃにして歓待してくれた。いつもながら、この地の裏社会を取り仕切る人物とは思えない、小柄で弱々しげなお婆さんだ。仕事を通じて接するうち、なぜか彼女に気に入られてしまい、異邦郭を訪れた際には用がなくとも顔を出すようにしていたのだ。

それに今日は、報告しなければならないことがあった。

「決まりました。転勤が。居留地への」

坂口さんの会社は、今まで居留地側には支社を設けず、代理店に任せていたのだが、事業拡大を機に居留地側にも支店を設置することが決まり、立ち上げに参加することになったのだ。

別れを告げる挨拶だったが、老婆はまるで初めからわかっていたとでもいうように、うんうんと何度も頷いた。

「残していないかい？　想いを。この街に」

問いかけの形を借りた、決断を促す言葉だった。人の歩くべき道を指し示す者の揺るぎなさで、強く迫ってくる。

◇

老婆の言葉は小さな棘《とげ》となり、心を疼かせた。

あの夜から、持田さんは屋上に姿を見せなくなっていた。最後のバスの運行を知ることは、坂口さんが考えていた以上に、受け入れ難いことだったのだろう。

彼女のいない屋上は、いつも以上に空虚で物寂しかった。坂口さんは毎夜独りで、見えるはずのないバスの光を待ち続けながら、持って行き場のない感情に翻弄《ほんろう》されていたのだ。

異邦郭での仕事を済ませ、坂口さんの足は、知らず知らずのうちにバスセンターに向かっていた。左手が動かなくなってから、持田さんはバスの案内所に勤めているらしい。たまらなく彼女の姿が見たかった。声が聞きたかった。

彼女は案内所に座っていた。鶯《うぐいす》色の制服は少し野暮《やぼ》ったくも見えたが、髪を束ね、きっちりとした制服に身を包んだ彼女は、屋上での私服姿とは別人のようだ。

坂口さんは窓口に近寄り、ガラスごしに、自分の住む町の名を告げた。

「野分浜まで行きたいんだけれど」

持田さんは顔を上げないまま、右手で手元の路線図をなぞり、マイクに向けて答える。

「7番乗り場から、『研究所』行きのバスにお乗りください。九つ目の『野分浜』が最寄りの停留所になります」

「野分浜って、海が近いのかな?」

坂口さんの言葉に、持田さんは初めて顔を上げる。

「海は……、ありません」

寂しさを湛《たた》えた笑顔はガラスに隔てられ、近づくことはできなかった。

◇

「ひかりラジオ」は、動物園のある丘の中腹にひっそりと建っていた。ラジオ局らしからぬ外観が気になり、周囲を巡ってみる。民家の脇に煉瓦造りの洋館が同居した独特な造りで、高級住宅街の中で肩身が狭そうだった。看板が出ていなければ普通の家にしか見えない。

その姿は、存在を目立たせないための擬態《ぎたい》のようにも思えた。

隣地との敷地境界の小さな表示に眼がとまる。「国土保全省管理地」と記されていた。ローカルラジオ局とばかり思っていたが、国有地で営業しているのはどういうわけだろうか。

沙弓さんを訪ねると、仕事中にもかかわらず喜んで迎え入れてくれた。異邦郭の老婆からもらった、この秋に居留地から届いたばかりの醸造茶をおすそ分けすると、彼女は大げさとも思えるほどに眼を丸くして喜んだ。

訪ねたのは、事件のことを教えてもらったお礼と、ラジオ局を一度覗いてみたいという好奇心からだった。だが、話すうちに彼女のパーソナリティらしい巧みな話術によって、持田さんについてすべてを白状させられてしまった。

「どうして、彼女にきちんと想いをぶつけないんですか?」

沙弓さんは、納得いかないというように首を振った。

「勇気がないからだろうね」

自嘲《じちょう》ぎみに笑う坂口さんに、彼女は打って変わって厳しい顔をする。

「年上の方にこんなことを言うのは失礼かもしれませんけど……」

「かまわないよ。何だい？」

「私は、その言葉を自分で言う人は、好きじゃありません」

何と答えるべきかわからず、意味もなく天井を見上げた。沙弓さんは容赦なく畳みかけてくる。

「だってその言葉は、誰かに言われるよりも自分で言った方がずっと楽だし、傷つかずに済むもの」

「……手厳しいね」

ひと回り以上年下の女性に図星を指され、うまく返事ができなかった。

「あなたはこうして事件のことを調べて、彼女のことを知ろうとしているじゃないですか。誰かを好きになるっていうのは、そんなに難しく考えなきゃいけないことですか？」

坂口さんは、うつむいてゆっくりと首を振った。それが肯定なのか、それとも否定なのかは、自分でもはっきりしなかった。

「僕はずっと一人で生きてきたし、これからも一人で生きていくつもりだった。突然現れた誰かの人生を引き受ける心の準備は、早々にはできない。それに、もうすぐこの街を離れる身なんだ」

「じゃあ、あなたはすべての条件が整ってからしか人を好きにならないんですか？」

「それは……」

沙弓さんの言葉は率直であるが故に、返答に詰まってしまう。

「四十歳で人を好きになるっていうことは、二十歳や三十歳の時とは違うんだよ。彼女は、帰ってくるはずのない人を、十年も想い続けている人だ。僕には、自分がそんな彼女の強い想いに適《かな》う相手になれるとはとても思えないし、資格はない。そう感じてしまうんだ」

坂口さんの頑《かたく》なさに、彼女は大げさにため息をついた。

「バスの光は離れなければ見えないけど、彼女の心は、近づかなければ見えないんじゃないんですか？　大事なのはあなたが、彼女と生きて行きたいかどうか、それだけでしょう？」

まっすぐな想いに触れ、坂口さんは眩しいものを見る思いで彼女を見つめた。

「君はきっと、素敵な相手と出逢えたんだね」

「はい」

ためらわず頷いた彼女は、「歩行技師」という仕事で全国を旅している男性のことを教えてくれた。

「私だって、迷いがないわけじゃないんですよ」

十年前の事件で一人だけ消え残った彼女は、失った記憶を取り戻すために、この街に戻ってきたのだという。記憶がよみがえることは、心の奥に封印された事件の恐怖と闘うことでもあった。

「12番乗り場に、青い蝶が描かれていたでしょう？　私は、あの姿を見るのが怖いんです」

事件に何らかの形で関わるものに出くわすと、突発的な発作を起こしてしまうのだ。快活さの陰に隠れていた不安定な心情を覗かせる。

「そんな時は、やっぱりそばにいてほしいし、離れた日々が続くことが不安になる時もあるんです」

何の約束もしていない、いつ帰ってくるともわからない男性を想って、彼女は眼を伏せた。

「それでも今、それぞれに自分の道を歩いている、向かっている方向は同じなんだって、そう思っています」

溢《あふ》れる想いにそっと蓋をするように、彼女は自らの胸に手を置いた。

◇

季節はずれの台風は、予想進路を忠実になぞるように、この街に近づいていた。会社に残っていた社員も七時での残業打ち切りを命じられ、坂口さんは机の上の整理もそこそこに帰路についた。風に押されるようにして地下鉄の入口にたどり着き、帰宅を急ぐ人々で満員の車内に無理やり身体を押し込んだ。

帰宅してシャワーをあび、ようやく人心地つく。

カーテンを開け、窓の外の荒れ狂う世界を覗いてみる。外は雨混じりの暴風となっていた。木々が風に大きく揺らぎ、見慣れた世界を一変させている。道行く人影はなく、ゴミ箱の蓋が転がり、ビニールや紙切れが宙に舞う。

なぜだか胸騒ぎがした。坂口さんはその原因を探ろうとする意思を押しとどめた。

「いや、気のせいだ気のせいだ気のせいだ」

独り言にしては大きな声で、自分の迷いを消そうと首を振り、窓に背を向けた。テーブルの上の「思念抽出のお知らせ」の葉書を、意味もなく見つめる。

風に舞う落ち葉の中に、白い紙ひこうきを見た気がしたのだ。否定しようとすればするほど、それは現実的な姿となって坂口さんを揺さぶった。頭の中で、回遊する魚群のように無数の紙ひこうきが渦巻きだす。

しばらくうろうろとリビングのテーブルの周りを回っていたが、意を決して部屋を出る。

「旦那、今夜も行くんですかい?」

十階のボタンを押すと、エレベーターが呆れたように言った気がした。「早く行ってくれ」と急《せ》かし、のんびりとした上昇を焦《じ》れるように待つ。

屋上の扉は風圧を受け、全力で押さなければ動こうともしない。やっとの思いでこじ開け、ひねるようにして身体を屋上に出すと、背後で轟音《ごうおん》と共に扉が閉まる。

持田さんはそこにいた。暴風の中、片手しか使えない彼女が傘を差せるわけもなく、全身ずぶ濡れだった。

「持田さん、何をしてるんだ?」

風に声をかき消されそうになりながら、坂口さんは叫んだ。

「見て! なんだかいつもの街じゃないみたいだよ」

彼女も、風に負けじとはしゃいだ声を上げる。だがそれは、自らの感情をはぐらかすためのものだと坂口さんはわかっていた。

足元には、いくつもの紙ひこうきの残骸《ざんがい》が散らばっている。それでも彼女は右手で折り続け、飛ばし続けた。

紙ひこうきは、一旦は手を離れるものの、すぐに風に押し戻され、足元に落下した。決して届かぬ想いをあざ笑うかのようだ。

見かねて、彼女の右手をつかんで押しとどめる。

「持田さん、もう戻るんだ。どんなに待っていても、バスの光は届かないんだよ」

坂口さんの手は、強い力で振り払われた。

「放っておいて!」

濡れた髪が顔に落ちかかり、隙間から覗く瞳が凍るように冷たい光を放った。

「十年間、私は遠くから主人が運転するバスの光を見ていた。決して近づけない光を見つめるだけしかできない。その気持ちがあなたにわかるの?」

忘れえぬ人への想いが一気に溢れ出す。中途半端な気持ちで関わることを拒絶する言葉でもあった。

風が巻き上がり、足元に落ちた紙ひこうきが舞い散った。それで彼女は、ようやく自分を取り戻したのか、押し殺した声で言った。

「ごめんなさい……」

何かに堪《た》えるように風に向かって顔を上げる。涙は雨にかき消されたが、心の叫びは何物にも遮《さえぎ》られようもなかった。

「持田さん。部屋に戻るんだ」

腕を取ると、彼女は胸の中に倒れ込んだ。彼女の右手が坂口さんの背中をさまよう。決して届かない相手に伸ばすように。抱きとめながらも、彼女の求めるものが、自分の腕ではないことはわかっていた。

すれ違う心のままの抱擁は、二人の間に何かを生み出すはずもなかった。

すべての光を消し、窓をカーテンで覆った部屋は、濃密な闇に支配されていた。坂口さんはベッドにうつぶせて、ただ時が過ぎるのを待ち続けた。

どんなに眠ろうとしても、意識は屋上に向かってしまう。今夜はバスが走る最後の日だ。

◇

嵐の夜以来、坂口さんは一度も屋上に行かなかった。このまま持田さんに会うことなく、街を去る決心をしていたからだ。

彼女はきっと屋上でバスの光を待ち続けているだろう。光を見届け何を思うのだろうか。それでもずっと左手は、ご主人の手を握り続けるのだろうか。

忘れろとは言えない。かといって自分に何ができるわけでもなかった。

暗闇の中で、持田さんがさまざまな表情を見せて、現れては消えていく。寂しげな微笑みが、水面に投げ込まれた小石のように、坂口さんの心にかすかな波紋を起こし、どこまでも広がっていった。

眠るのをあきらめ、外に出ることにした。服を着て、車の鍵を手にする。逃避であることはわかっていたが、自分でもどうすることもできなかった。

エレベーターは、いつもと違って話しかけてくる様子もなく、どことなくよそよそしかった。

扉が開き、うつむいたまま歩き出した坂口さんは、いつもと雰囲気が違うことに気付いた。顔を上げると、目の前には「10F」の表示がある。確かに一階のボタンを押した。だが、エレベーターが降ろしたのは十階だったのだ。

「おいおい、どういうつもりだよ」

振り向いた時には、エレベーターは既に扉を閉め、下りていってしまった。あっけにとられて、下がっていく階数表示を見つめるしかなかった。

――逃げるなってことか……

人間臭いところのあるエレベーターだったが、まさかこんな形で後押しされるとは思ってもみなかった。

十階の廊下からは、保留地区の高層ビルが見える。赤い航空障害灯が明滅していた。三千人以上の人々が消えてしまったことも、さまざまな絆《きずな》が断ち切られたことも過去に葬《ほうむ》り去り、新たな秩序をこの地に根づかせようとしているかのように、規則正しく。

坂口さんは小さく頷いて、屋上への階段を上りはじめた。

扉を開ける。ラジオからの音楽が聴こえ、持田さんのシルエットが浮かんだ。

「ひさしぶり……だね」

かけるべき言葉も見つからず、坂口さんはそれだけを言った。

持田さんは感情を抑え込んだ表情で頷き、何も言わなかった。坂口さんも無言のまま、彼女の横に立つ。

ラジオから、沙弓さんの声が聞こえてくる。

「バスターミナル、12番乗り場、二十三時四十分発の最終バス。本日は定刻通りに発車いたします。なおこの路線は、本日をもちまして廃止となります。皆さん、どうぞ最後のバスの光をお見送りください」

二人は言葉を交わすことなく、夜の街の風景を見下ろし続けた。沙弓さんの呼びかけで、今夜は多くの人々が、それぞれにバスの光を見守るのだろう。

焦れるような時間が過ぎる。日付の変わる頃に姿を見せるはずのバスの光は、いつまで経っても現れようとしない。

「どうして？　最後の日なのに」

彼女は動かない左手を、右手できつく押さえた。光が見えないのが自分のせいであるかのように、唇を噛み締める。

さまざまな迷いを乗り越え、坂口さんは一歩を踏み出した。

「持田さん、行こう。バスターミナルへ」

彼女は要領を得ない顔で振り返る。

「確かめるんだ。遠くから見ているだけじゃわからないこともあるかもしれない」

「だけど、あの光は近づいたら見えないんだよ」

困惑を深めて首を振る。彼女の不安が痛いほどに伝わってくる。

「それでも、君は行くべきだと思う」

彼女の前に立ち、肩に手を置いた。

「離れなければ見えないものもあれば、近づかなければ見えないものもある。大事なのは、つながりを信じる強い想いなんだ」

坂口さんは初めて、彼女の動かない左手を握った。

◇

すべてのバスを送り出し、新ターミナルは閑散としていた。

「このターミナルには、もう12番乗り場はないんだから……」

持田さんが、途方に暮れたように周囲を見渡す。

「もしかして、昔のバスターミナルから？」

「でも、古いターミナルは閉鎖されてるんだよ」

「とにかく行ってみよう」

閉鎖された旧バスターミナルに入り込む。既に撤去工事が始まっており、昔の賑わいを想像すらさせなかった。

瓦礫を乗り越えてたどり着いた12番乗り場は、屋根は失われたもののホームと柱は撤去を免《まぬか》れ、かろうじてかつての面影を残していた。

「バスだ」

誰が、いつのまに運んだのだろう。バスが停まっていた。行き先表示には、保留地区の昔の呼び名が記されている。

「このバスは……」

記されたナンバーに、持田さんが絶句する。

「ご主人が乗るはずだったバスなのかい?」

彼女は、頷くこともできずに呆然としてバスを見つめたままだ。エンジンはかかっていなかったが、乗降口は開いていた。乗り込んで確認してみるが、無人の座席が並ぶ暗い車内に、人影はなかった。

「キーは付いている。だけど、運転士は見あたらない」

坂口さんの言葉に、彼女は不安げに周囲を見渡した。

工事用のフェンスで覆われ、瓦礫に囲まれた空間に人の気配はない。何かの災厄《さいやく》で世界すべての人が失われたかのように、ひっそりと静まっていた。路上で演奏しているらしい弦楽器の音だけが、他の音から切り離されたクリアな響きで、耳に届く。

柱に描かれていた蝶の姿が消えていた。撤去する建物の絵をわざわざ消すとは考えられなかった。消されたというより、まるで初めからそこに存在しなかったかのように跡形もなかった。

しばらく待ったが、運転する人物は姿を現そうとしない。

「持田さん。君はまだ、バスの運転はできるかい？」

「だけど、私は……」

彼女は狼狽《ろうばい》を露わにして、動かぬ左手を押さえた。バスはマニュアル車だったので、左手が動かなければ運転できない。

「君のご主人は、最後のバスを君に運転してほしいのかもしれない。大丈夫、僕が手伝う」

決心がつかない様子の持田さんを運転席に座らせ、坂口さんは横の狭い空間に立つ。彼女の動かぬ左手と、自分の右手とを、シフトノブの上で重ねた。

「僕はずっと、君の心に踏み込むことをためらっていたんだ」

「……どうして？」

「僕は、十代の頃からある病《やまい》を抱えている。一度手術をしているが、再発の可能性は五割、その場合の生存の可能性は二割だと、医者から宣告されているんだ」

初めて告げられた事実に、持田さんは言葉を失って坂口さんを見つめた。

「だから僕はずっと思っていた。誰の思い出にも残らず消えていこうと。だけど、この街の人々が、十年も前に消えてしまった人々のことを、今も大切に想い続けていることに触れて、少しずつ気持ちが変わってきたんだ。たとえ自分が失われても、誰かの思い出に残るってのは、結構悪くないのかもしれないってね」

再発の恐怖と闘う日々は、人との深い関わりを遠ざけさせた。誰の思い出にも残らなければ、誰も悲しませることはない。臆病でいることが、坂口さんなりの優しさだった。

「僕と共に生きることは、君に再び誰かを失う絶望を味わわせることになるかもしれない。それでもよければ、僕と手をつないで、共に歩いてくれるかい?」

彼女は黙っていた。この十年間の、自らの思いの軌跡を辿るように、長い間。

やがて返事をする代わりに、ゆっくりとキーを回した。

◇

一時間遅れで、バスはターミナルから出発した。

工事用のバリケードを抜け、夜の街へと走り出す。持田さんは、十年ぶりのバスの運転を思い出すように、慎重にハンドルを操作した。坂口さんは彼女の左手に手を添え、シフトノブを動かす。最初は二人の動きが嚙み合わず、何度かエンストしてしまった。それでも続けるうち、次第に連携が取れ、スムーズに進めるようになってきた。

「次は、公会堂《こうかいどう》前でございます。お降りの方は、お知らせください」

持田さんは、案内テープを使うことなく、一つ一つ、無人の車内に停留所を告げていった。

停留所ごとにバスを停め、乗車口の扉を開ける。待つ人も、乗り込む人もいない。だが、沿線の家々の窓の人影は、途絶えることはなかった。坂口さんは感じていた。たくさんの人々に見守られていることを。

時の隔てと想いの隔てとを越えて、今夜だけ姿を現した特別なバスなのだ。見守る街の人々からは、乗客の姿が見えているのかもしれない。十年前の事件で消えていったはずの人々の姿が。

バスは、遠羽川にかかる橋を渡り、保留地区へと向かっていた。対岸に渡れば、保留地区はほど近い。だが、あの場所にバスが入れる道路は、今は存在しないのだ。そんな不安が二人の連携を乱し、バスはエンストしてしまった。

焦る坂口さんの視界の端に、青いものがゆらめいた。

——あれは、蝶？

向かう先に、坂口さんははっきりとその姿を見た。バスターミナルに描かれていた蝶が姿を変えて現れたかのようだ。あの蝶もまた、隔てを越えて飛び続けているのだろうか。

「持田さん。あの蝶が、バスを導いてくれるのかもしれない」

彼女は頷いて、蝶の姿だけを追ってハンドルを動かす。季節はずれの蝶は、風に翻弄されながらもけなげに、そして軽やかに飛び続けた。想いをつないでまっすぐに飛ぶ紙ひこうきの姿にも似ていた。

持田さんの手を握る右手が、なにか温かなものに包まれているように感じていた。それはもしかすると、十年間握り続けていた、ご主人の手の温《ぬく》もりなのかもしれない。

蝶の姿を追って走るうち、バスは、いつのまにか保留地区の中を走っていた。さまざまな想いに導かれるようにして、バスは隔てを越えることができたのだ。

彼女は、誰もいない車内に、かつてのバス停の名前を告げた。

「終点です。ご乗車、ありがとうございました」

◇

変わりのない日々にも、少しずつ、それでも確実に変化は訪れる。季節は秋から冬へと移り変わろうとしていた。

坂口さんは、背広を冬用のものに替え、厚手のコートをクローゼットの奥から取り出し、来《きた》るべき冬に身をなじませる準備をした。四十歳という年齢を、少しずつ自分に見あったものとして着こなしていったように。

重たいスーツケースを引きずって、ゆっくりと歩く。

「なくなってしまったか……」

古いバスターミナルはすべて撤去され、更地《さらち》になっていた。かつて多くのバスが往来し、人々が賑やかに行き交っていたことなど想像すらできなかった。

新バスターミナルの3番乗り場から、空港行きのバスに乗る。地下鉄が直結しているので、バスを利用する客はわずかだ。だが坂口さんは、三年間住んだ街をもう一度よく見ておきたくて、バスを選んだ。

「空港行き、発車いたします」

運転士がアナウンスし、定刻にバスはターミナルを発車した。

葉を鮮やかに色づかせた大陸由来の広葉樹が、平板な街の風景に彩《いろど》りを添えていた。街はまだ朝の静謐《せいひつ》な空気を残し、人々は今日という一日を気忙しく、そして物憂《ものう》く迎えようとしていた。

坂口さんは窓に顔を寄せ、流れゆく風景を飽きず眺め続けた。運転士が停留所の名前を一つずつ告げ、どこにでもある街の風景が現れては消えてゆく。人生の一時期を過ごしたにすぎないこの街の風景が、とても美しく、かけがえのないものに思えた。

――いつかまた、この街に帰ってくるのだろうか？

坂口さんの中にある「帰るべき場所」のない漂泊感は、今も消えてはいない。それでも坂口さんは自分が今、この街のありふれた光景を愛しく思い、心に刻みつけようとしていることに気付いていた。

保留地区の高層ビルが、建物ごしに姿を現す。

あれから何度か、車で保留地区への道をたどってみようとした。だが無駄だった。あの夜のルートを思い出すこともできなかったし、どこかで必ず行き止まりに隔てられてしまったのだ。保留地区に停められたバスも、翌日には姿を消していた。

あれは、隔てを超えてあの日だけ現れた特別な道と、特別なバスだったのかもしれない。

バスは滑走路を大きく迂回《うかい》し、空港ターミナルに向かう。居留地行きの飛行機が、赤い翼を印象づけて駐機していた。

「ご乗車ありがとうございました。空港前、終点です」

運転士は、降りる客一人ひとりに、「いってらっしゃいませ」と声をかけていた。

最後になった坂口さんは、重いスーツケースと共に、降車口に向かう。

「いってらっしゃいませ。お気をつけて」

運転席に座る女性は、持田さんだった。運転士の帽子を被《かぶ》り、白い手袋をはめた姿は、ずっと彼女を見てきた坂口さんにとって、晴れがましく映った。

バスで空港に向かったのも、最後に見る彼女を運転士として働いている姿にしたかったからだ。

「いってきます」

料金箱にお金を入れ、しばらく迷ったのち、坂口さんはそれだけを言ってバスを降りた。いざとなってみると、告げるべき言葉は見つからなかった。

「お客様、お忘れ物です」

持田さんがバスを降りてきて、白い封筒を差し出した。宛名も差出人も書かれていない。受け取って封を開ける。

中から出てきたのは、手紙ではなかった。

それは、紙ひこうきだった。

折り返し運転の発車時刻になり、彼女は小さく敬礼するように、手袋をした手を帽子の横に添える。坂口さんも姿勢を正し、同じように小さく敬礼した。

「バスターミナル行き、発車いたします」

坂口さんは、バスの姿が見えなくなるまで見送ると、紙ひこうきを大切にしまい、ゆっくりと歩き出した。

異国の風吹く丘で、紙ひこうきを飛ばす自分を想像してみる。

——まっすぐに、飛んでくれるだろうか？

彼女の想い、そして自分の想いをつないで、遠く、どこまでも高く飛ぶことを願った。

空港を飛び立った飛行機が翼を輝かせ、見知らぬ大地に向かってまっすぐに上昇していった。

第四章

飛蝶

「とうとう、あんたと同じ歳になっちまったよ」

宏至《ひろし》は、海に向けて石を放った。

砂嘴《さし》によって外海と隔てられたこの街の港は、波穏やかな天然の良港として知られる。さすがに冬本番を迎え、遠く大陸からの濤風《とうふう》はこの街へも到来していた。波立つ水面《みなも》に異国の文字の記されたペットボトルが漂い、忙《せわ》しげに上下する。

既に船の接岸の用途には用いられていない古い岸壁には人影もない。錆びの浮いた倉庫の並ぶうら寂《さび》れた雰囲気を助長するように、街灯が明滅する。

大型船用の係留柱の上に立ち、宏至は冬風を一身に受け止めていた。刺すような冷たさが、否応《いやおう》なく宏至を過去に引き戻す。

「同じ歳になれば、あんたに追いつけるって、そう思ってたのにな」

あの頃の彼女の歌う歌、響く声、涼やかなまなざし、そして時折見せる寂しげな微笑み。十三歳だった宏至には、すべてが輝いて見えていた。

あれから十年。相反する感情を胸に抱《いだ》き、今日まで生きてきた。十年経てば彼女に追いつけるという期待と、追いつけないまま年月だけが過ぎてしまうという畏《おそ》れとだ。

港湾管理塔からの光が、長身の宏至の影を、必要以上に長く引き伸ばす。

——俺があんたに追いつけたのは、背丈《せたけ》だけかよ——

輝きは衰《おとろ》えない。

消えてしまった者は、追い越すことができない。

◇

「おぅい、宏至君、また消えちゃったよ」

切羽詰《せっぱつま》っているくせに間延《まの》びした声が、物思いを断ち切る。ただでさえ不安定な係留柱の上で、足を滑らせそうになりながら振り向いた。

「いい加減慣れてくれよ、オッサン」

悪態《あくたい》をつきながら、大またで倉庫に戻る。

「どうにも、私とは相性が悪いみたいだなぁ」

悪びれた様子のない相手を見ていると、怒りのぶつけ場所を失い、持て余した感情を古いストーブに向けた。長い足を窮屈に折り畳んでストーブの前にしゃがみこみ、何度か角度を変えて胴《どう》にげんこつを食らわす。頃合いを見計らってハンドルを数回まわし、点火スイッチを押してみる。

機嫌の悪い犬が呻《うな》るようなくぐもった音が内部で響く。小さな爆発音と共に火炎《かえん》が盛大に覗き口から巻き上がって、ようやく炎が安定した。

「すまんねぇいつも。それにしても十二月になったばかりだってのに、ここは地獄のように寒いなあ」

徐々に暖まりだしたストーブを抱え込むようにして、オッサンこと西山さんは幸福そうだ。

だだっ広い倉庫の一部をベニヤ板で仕切っただけの詰所は、断熱や風通しなど、過ごしやすさへの配慮はきれいさっぱり存在せず、夏は地獄のように暑く、そして冬はやはり、地獄のように寒かった。

◇

「はい、今日の夜食です、西山係長」

図書館に勤める藤森さんが、いつものおむすびの夜食を差し入れた。彼女は西山さんの恋人らしい。年齢は十歳ほど離れていたが、二人は仲睦《むつ》まじかった。同じ職場だった頃の癖なのか、彼女は未だに西山さんのことを「係長」と呼ぶ。

宏至は、古い煉瓦造りの倉庫の「倉庫番」だ。

西山さんとは、この夏から一緒に働いている。彼は図書館の仕事を辞めて、昼間は何かの資格の勉強をして、夜は倉庫で夜勤に就くという日々を送っていた。まだ三十代半ばではあるが老成した雰囲気と、陽気で打ち解けやすい性格から、宏至はいつしか彼を「オッサン」と呼ぶようになっていた。

ここは、居留地から船便で届いた荷物を預かる専用の倉庫だ。

海を隔てた居留地には、今も「居留地様《よう》」と呼ばれる風習やしきたりが根強く残っている。立派な空港があるのに、ある期間は飛行機での入国ができず船でしか行き来ができないのは、その最たるものだろう。もっともそんな因習が残るからこそ、今もこの街が居留地との交易港として栄えているし、宏至も倉庫番の仕事にありつけたわけだが。

倉庫に届く荷物は、荷物の中身や、送った人物、送られた人物の「星回り」によって、引き取ることのできる日時が厳格に定められていた。届いたものの十年間も引き取ることができないまま今に至る荷物すらあった。

倉庫番は、一時間に一度、広くもない倉庫内を巡回するだけで、後は倉庫脇の詰所で自由な時間を過ごせる気ままな仕事だった。

盗難を気にかける心配はなかった。居留地との交易は、移民で構成される「異邦郭」の住民が一手に取り仕切っており、荷物に手を出せば、異邦郭の裏社会からどんな報復を受けるかが、充分に知れ渡っていたからだ。

そんなわけで、倉庫番はこの街では人気の高い仕事なのだが、如何《いかん》せん採用においても異邦郭独自の選考基準が適用されるため、誰でもなれるわけではなかった。

宏至自身も一月から採用されたのだが、来年は「星回り」が変わるとかで、契約は今年いっぱいと最初から決められていた。

「おぅい宏至君、お疲れ様。この寒いのに今夜も行くのか？」

壁に立てかけていた奏琴《そうきん》を背負い、単車に乗るのを見て、西山さんが呼び止める。

「ああ、オッサン、またな」

◇

古くからある工場のトタン壁を見上げて、宏至は単車を止め、誰にともなく呟いた。

「また一つ、消えちまったか……」

ほんの数日前まで、この壁には蝶がとまっていた。いや、単に蝶の姿が描かれていたというだけなのだが、宏至にとってはまさに蝶はそこに「存在した」のだ。

青く描かれた大小さまざまな蝶は、飛び立つ直前を思わせる躍動的な姿で、街中に散らばっている。裏通りの廃屋《はいおく》の板塀の上に、複雑に電線が張り巡らされた電柱の先端に、海沿いの倉庫街の使われていない倉庫の壁に。

「彼ら」がこの街に姿を現して、十年が経った。

今年の春ぐらいからだろうか、蝶たちはある日突然姿を消すようになった。誰かの手によって消されたわけではなく、まるで最初から何も描かれていなかったかのように、完璧な「消失」だった。

宏至は、蝶の消えた壁を決別を告げるようにきつく睨み、再び単車を走らせた。

――すべて、消えてしまうのか……

誰が描いたのかは、宏至以外知る者はいないだろう。きっとこれからも語ることはない。

人通りの少ない裏通りで単車を止めた。背負った奏琴を抱えて、雑居ビルを背に腰を下ろす。かつては古いバスターミナルが風を防いでくれたが、取り壊された今は、更地となった駐車場から容赦なく風が吹き込み、いい環境ではなかった。

それでも宏至は、この場所以外で奏《や》ることはなかったし、奏るつもりもなかった。初めて彼女に出逢った、いや、「出逢ってしまった」場所なのだから。

「今夜も冷えるな……」

身震いしながら、指に息を吹きかけて調弦《ちょうげん》する。ゆっくりと、自らの紡《つむ》ぎだす音に身を委《ゆだ》ねてゆく。いつしか周囲の世界は遠ざかり、寒さが気にならなくなる。

冬の夜中とて、わずかだが人通りはある。始発を待つらしい数人の若者たちが、次の店へとだらだらと歩きながら、宏至の前で足を止めた。寒さに対抗するような不必要な嬌声《きょうせい》が、鳴りを潜める。

「すげえ……」

一人が絞《しぼ》り出すように声を発した。一音たりとも聴き逃したくないという欲求と、言葉にせずにはいられない衝動とのせめぎあいを乗り越えて、ため息と共に漏れた言葉だ。

宏至の奏楽は、張り詰めた冬の空気を硬質な金属で叩いて震わすように攻撃的で、聴く者の心に深く突き刺さる。饒舌《じょうぜつ》ではなく、円熟さもない、ただただ、音は聴く者の心に突き離されたように放り込まれる。

「あんた、すげえな」

宏至は、そこで初めて目の前の若者たちに気付いて一瞥《いちべつ》したが、抹殺《まっさつ》するように無視を決め込んだ。

「なんだよ、聴かれたくないなら外で奏るなよ」

「せっかく褒《ほ》めてるのに、気分悪いな。行こうぜ」

口々に悪態をつきながら、若者たちは宏至の前を離れた。声が遠ざかると、宏至は何ごともなかったように、再び弦に指を添える。

来客の多い夜だった。今度は酔っ払った男が、ふらつく足取りで近づいてくる。

「よう兄ちゃん、うまいな。一曲歌ってくれよ」

バンザイをするように両手を上げて、陽気な拍手をして座り込んだ。さすがに無視できず、宏至は男を睨み、押し殺した声を発した。

「邪魔なんだよ、消えろよ」

「なにぃ」

男が身を乗り出し、胸倉をつかんだ。宏至の首に巻いたマフラーが解《ほど》け、喉元《のどもと》の大きな傷が露わになる。相手は、酔いが醒《さ》めたかのように正気を取り戻した顔になった。

宏至の声が、「押し殺した」わけではないことに気付いたようだ。

「兄ちゃん、すまないな」

財布からお札を出して前に置き、そそくさと歩み去る。道端のゴミでも見るように眺めていた宏至は、拾い上げて粉々に引き裂いた。アルバイトの身であるから財布の中はいつも寒々しかったが、ここでの奏楽でお金をもらうつもりはなかった。

ようやく一人になって、宏至は気持ちを鎮《しず》め、背にしていた雑居ビルの壁を見上げた。冬の夜空に向けて今にも飛び立とうとするような、ひときわ大きな青い蝶が描かれていた。

◇

その日、倉庫を訪れた藤森さんは、一人の女性と一緒だった。

「西山さん、おひさしぶりです」

「ああ、沙弓さん。元気だったかい？」

沙弓という名前らしいショートカットの女性は、藤森さんと同年代の様子で、西山さんとも顔なじみのようだ。

しばらく三人で親しげに話していたが、沙弓さんが「実は……」と言って、西山さんに相談を持ちかけた。宏至は、少し離れた場所で奏琴を小さく爪弾きながら、彼らの会話を聞くともなく聞いていた。

――この声、どこかで……

女性の声に耳なじみを覚え、記憶を探ってみたが、思い当たらない。

「西山さんに、もう一度担当していた家々を訪ねていただけないかと思って。三千九十五枚のプレートに、一人ずつ蝶の姿を描いてもらおうと……」

「どういうことだよ？」

宏至はいきなり話に割り込んだ。和《なご》やかに話していた三人は、突然の闖入《ちんにゅう》に驚いた様子で、言葉を失っていた。

戸惑いを残したまま、沙弓さんが宏至に向き直る。

「ひかり大通り、知ってるよね?」

「ああ、工事が止まったままのやつだろ?」

渋滞のひどい中心街を迂回《うかい》する外環状道路として機能させるべく、工事が進められていた道路だ。地下の地下鉄延伸工事も併《あわ》せて行われていたが、十年前からどちらも工事は中断されていた。そのため、道路未整備の「開発保留地区」には、大型車が入れる道路は存在せず、地下鉄も保留地区手前での折り返し運転を余儀なくされている。

「来年から工事が再開されて、再来年の春には道路が全面開通して、地下鉄の新駅も開業するの」

「それと蝶が、どんな関係があるんだよ」

「新駅の地上部分に、駅のエントランスも兼ねた、街の交流センターがつくられるの。街の人たちに描いてもらった蝶で、建物を彩ろうって計画なんだ」

「どうして蝶なんだ?」

沙弓さんは、何かを思い出そうとするように、倉庫の暗い天井を見上げた。

「十年前、事件と共に、蝶はこの街に姿を現した。どうしてかはわからないし、誰が描いたのかもわからない。だけど街の人たちはあの蝶を、消えてしまった人々が姿を変えて現れたように思っている」

「ああ、知ってるよ」

「あの蝶が今、少しずつ姿を消しているの。消されていくんじゃない、まるで最初から蝶なんか描かれていなかったみたいに。だから私たちは、あの蝶と、人々の想いを、違う形ででも残しておきたいって……」

「駄目だ」

宏至は押し殺した声で、彼女の言葉を制した。

「代わりの蝶を描くなんて、俺は許さない。そんなことで汚《けが》されてたまるかよ！」

有無を言わせぬ剣幕の宏至を、沙弓さんはたじろぐことなくまっすぐに見つめ返してきた。

「あの蝶のことを、何か知っているの？」

問い詰める風ではない。だが、忽《ゆるが》せにはさせぬ切実さがあった。瞳に宿《やど》した暗い影が、宏至の攻撃的な気分を怯《ひる》ませる。

「いや、俺は何も知らない」

「じゃあ、どうしてそんなに反対するの？」

「それは……」

静かな、それでいて強いまなざしに射竦《いすく》められるようだ。宏至は口ごもり、奏琴を持って倉庫を飛び出した。

◇

闇雲に単車を飛ばした。都市高速の高架に覆われた湾岸道路を疾走し、丘の上の動物園への道を駆け上り、駆け下りる。一時間も走った頃には、ようやく気持ちも鎮まった。

いつもの場所で単車を止めると、先客がいた。

「なんでこの場所がわかったんだ？」

沙弓さんは、ビルの壁に描かれた蝶を見上げていた。

「西山さんに教えてもらったの。あなたが楽器を持っていく場所なら、ここだろうって」

「あのオッサン……」

舌打ちする宏至に、沙弓さんが慌てて弁解した。

「西山さんを悪く言わないで。私が無理やり聞きだしたんだから。もしかしたら、あなたなら知っているんじゃないかと思ったから」

「だから、俺は何も知らないって言ってるだろう」

「違うの。私が聞きたいのは、もう一つの蝶のこと」

「もう一つの蝶？」

差し出された名刺には、ラジオ局の名前と周波数が記されていた。

「私はここに勤めてるの。このラジオ局のことは知ってる?」

「ああ、知ってるよ。十年も昔の事件を忘れられなくって、いつまでも引きずってる奴らが聴くラジオだろ?」

声に聞き覚えがあることに納得しながら、腹いせにそんな言い方をした。彼女は感情を乱す様子もない。西山さんとは違うタイプの、宏至の怒りが空回りする相手のようだ。

「私の担当する番組では、リクエストに応えて曲を流しているの。もっとも、リクエストされるのは、十年以上前の古い曲ばかりなんだけどね」

「それが、俺と何か関係あるのかよ」

沙弓を無視するように顔を背《そむ》けて座り込み、奏琴の調弦に没頭するふりをする。

「一曲だけ、ずっと応えられないリクエスト曲があるんだ」

思わず顔を上げる。彼女は、痛みを抑えるように胸に手を当てていた。

「リクエストには、いつも曲のタイトルしか記されていないの」

「そのタイトルって……」

沙弓さんは、ビルの壁面に描かれた姿に向かうように告げた。

「蝶」

「オッサン、なんであの場所を教えちまったんだよ」

◇

数日後、宏至の夜勤明けに、非番の西山さんが顔を見せた。いつもの汚れた作業服とは違い、背広に革靴といういでたちの彼は、宏至の非難にかまう様子もない。

「宏至君、夜勤明けに悪いが、今日は私に付き合わないか？　時給は高くはないが、楽なバイトだ」

「話を逸《そ》らすなよ」

「さあ、行こうか」

相変わらず、宏至の怒りを受け流すことにかけては天才的だ。それに、年中金欠気味の宏至にとっては、いくらかでも身銭が入る話なら、しっぽを振ってついていくしかなかった。

西山さんが最初に訪れたのは、「瀬川」と表札のかかった古い一軒屋だった。玄関に現れた老人は、西山さんの姿に、途端に相好《そうごう》を崩した。

「ひさしぶりですねえ、まあ、上がっていってください。あなたも一緒に、さあ」

宏至まで、まるで背中を押すように促され、小さな庭を見渡す居間に案内された。出されたお茶を飲みながら、西山さんが説明する。

「ああ、ああ、あの蝶を。そうですか」

瀬川さんは、昔を懐かしむように目尻の皺を深め、何度も頷いた。

「それで、ぜひ瀬川さんにも一枚描いてもらえないだろうかと思いまして」

「私なんかが描いていいんですかなぁ。絵なぞ、最近描いたこともないが」

乾いた音をたてて手をすり合わせながら、瀬川さんは庭を眺め遣った。

「遠羽川にかかる橋の橋脚にも蝶が描かれていましてね。妻とよく散歩をした場所でしたから、この十年、何度となく足を運んだものです。ですが、あの蝶も今年の夏には姿を消してしまいました。そうですなあ、蝶が現れて、もう十年になりますなあ」

「その蝶の姿を思い出しながら、描いていただけますか?」

「ええ、ええ、それはもう」

皺に埋もれるほどに細めた眼に、かすかに光るものを見た気がした。

その後も、いくつもの家々をまわった。どの家でも西山さんは「担当者さん」と呼ばれ、歓待を受けていた。話を切り出すと、誰もが懐かしそうに、自分の思い出の場所に描かれていた蝶のことを話しだす。姿を消しつつもなお、人々の心にしっかりと刻まれているようだ。

一日かけて数十軒をまわり、約束どおりバイト代を手渡された。

「今日はありがとう。助かったよ」

「でも俺、ついていっただけで、何もしてないぜ。そんなんで金もらっていいのか？」

従順にお金だけは受け取りながらも、宏至は複雑だった。

「沙弓さんの話に反対しているようだったからね」

いつもと勝手の違う包容力を見せて笑う西山さんに、宏至は居心地悪く感じて、お金をポケットにねじ込んで背を向けた。

「あの蝶は、駄目なんだ……」

街の人々が、あの蝶を心の支えにし続けてきたのはわかっていた。けれども宏至にとっても、譲ることのできないものなのだ。

「ところでオッサン、担当者って？」

人々がそう呼ぶことが、一緒に歩きながらずっと気になっていた。

「私は、以前『担当者』をしていたんだ。宏至君もこの街に住んでいるなら、どんな職業かはわかるね」

「ああ」

十年前の事件の後、残された人々の心のケアのために設置された職業だ。だが実際は、事件以来起こる、この街の不思議な現象に対処することが主な仕事だった。

遠羽川にかかる橋の上で、西山さんは足を止めた。保留地区の高層ビルがガラスの壁面に夕陽を映し込み、燃えているように錯覚させる。

「事件の後、なくなったはずの図書館の第五分館で、消えた人々は変わらず本を借り続けた。私は、瀬川さんたち残された人々に、貸出の記録を届ける仕事をしていたんだ」

西山さんは橋の欄干《らんかん》に手を置き、水面すれすれを群れ飛ぶ水鳥の姿を追っていた。

「沙弓さんもある意味、担当者の一人かもしれないね。彼女の勤めるラジオ局にもまた、消えてしまった人々からの葉書が届き続けているんだ。リクエストされるのは、十年以上前の古い曲ばかり。もしかすると彼らは、事件の時から止まった世界で生きているんだろうか」

リクエストされ続けている『蝶』という曲。消えてしまった人々は、どんな思いで葉書を送り続けているのだろうか？

「宏至君、もう一件、付き合ってくれないか？」

◇

連れて行かれたのは州立病院だった。案内された病室に、思いもよらぬ人物が眠っていた。

「沙弓さん……、病気なのか？」

見たところ怪我をしている様子もない。つい先日元気な姿を見たばかりなので、二つの姿がうまく結びつかず、混乱してしまう。

「彼女は、十年前の事件の消え残りなんだ」

「消え残りって？」

「彼女はあの日、事件の場所にいたんだ。だから本当は、三千九十六人目の犠牲者になるはずだった。だが彼女は消えずに残った。事件の恐怖を閉じ込めるために、代償としてこの街での記憶すべてを失ってね」

夢を見ているのだろうか、沙弓さんは時折苦しげに眉根《まゆね》を寄せる。西山さんは毛布を直してあげながら、労《いたわ》るように見つめた。

「彼女はこの春に、十年ぶりに街に戻ってきたんだ。もう一度この街でやり直そうと」

「そうだったのか」

そっけなく言ったが、動揺は隠せない。消えてしまった三千九十五人の恐怖すべてを、彼女が一人で背負わされているような気がした。

「過去を取り戻そうとするのは、彼女にとっては諸刃《もろは》の剣《つるぎ》だ。事件の恐怖をよみがえらせることでもあるからね。普段は明るく振舞っているが、昔の恐怖がぶり返しては突然発作を起こし、こうして入退院を繰り返しているんだ」

沙弓さんの瞳が宿した暗い影がよみがえる。彼女もまた、事件で大切なものを失ったのだ。

「本当は、彼女はあの蝶を見るのを恐れているんだよ。事件の恐怖につながっているんだろうね。それでも彼女はこの街で生きていく決意をしたんだ。あの蝶も含めて、この街の姿を受け入れていこうとね。宏至君、協力してやってくれないか」

殺風景な病室の窓に、ガラスがあることを知らずに羽虫がぶつかり続けていた。宏至は返事をせず、その姿をずっと追い続けた。

◇

数日後、沙弓さんが再び倉庫を訪れた。隅の方で躊躇していた宏至は、覚悟を決めて彼女の前に立つ。

「こないだは、悪かった」

頭を下げてはみるが、人に謝ることなどめったにないので、その動作はぎこちなかった。

「あんたのことを知らずに、あんなことを言っちまって」

沙弓さんは、気にしないで、というように首を振った。

「十年前、あの事件が起こったときに、私はあの場所にいたの。ずっと忘れていたけれど、事件の起きる直前に、不思議な光景を見たことを思い出したんだ」

沙弓さんは自身の心の奥深い場所を覗くように眼を閉じた。

「季節はずれの青い蝶の群れが、高く飛ぶ姿」

宏至は黙って頷いた。彼女以外にも、あの事件の直前に、群れをなして飛ぶ蝶の姿を目撃したという人々がいたからだ。

「だから、本当はあの蝶を見るのが苦痛だったんだ。十年前のことを忘れるなって脅迫《きようはく》されているみたいに感じて」

痛みに耐えるように、彼女の手がそっと胸を押さえる。

「だけど、ラジオの仕事で街の人に会って、蝶のことを知るうちに、気持ちが変わってきたんだ。あの蝶は、残された人々を見守るために現れたんじゃないかって。もう大丈夫だって思える時がきたら、あの蝶は消えるの。もう忘れていいよって……。今ではそう思えるようになった」

心に描く蝶の姿に向けるような柔らかな微笑みが、そのまま宏至に向けられた。

「宏至さんは、あの蝶を一人で守り続けてきたんだね」

「え？」

「ごめんなさい、あなたのことを知ってしまったの。五年前の、あなたが高校生だった頃のこと。もしかして、そのことにもあの蝶が関わっていたんじゃないかと思って」

「すまない、調べたのは私だよ。君のことが少し心配だったし、元図書館員として、情報を調べる術には長《た》けているからね」

西山さんが取り成すように口を挟む。睨みつけた宏至だったが、不思議に怒る気にはなれなかった。

「五年前、馬鹿な奴らがあの蝶を消して、自分たちのマークで塗りつぶしてまわってた。俺はそれが我慢ならなくってそいつらを襲ったんだ。結果は傷害事件で補導、学校は退学、ってことだよ」

自分の人生を突き放そうとするように、そっけない言い方をした。

「じゃあ、その傷もその時に？」

沙弓さんの視線が、宏至の首に遠慮がちに注がれる。

「ああ、逆上した相手がナイフを持ってた。相手は威嚇《いかく》のつもりだったって主張してるけどな。それで俺は、歌うことができなくなった」

誰も言葉を発しようとしない。宏至にとって「歌うこと」がどんなに大切だったかをわかっているからこその沈黙だ。

「宏至さんにとってあの蝶は、かけがえのないものなんだね」

すぐには答えなかった。蝶のことは、何があっても自分の胸の内にとどめておくと決めていた。傷害事件で高校を退学になる際にも、理由は一言も話さなかった。宏至にとってそれは、「彼女」の化身ともいえる存在だったのだから。

だが、今も事件の傷を抱える沙弓さんと、担当者として働いてきた西山さんの前でなら、話してもいいのかもしれない。

「もしかすると彼女は、あの日、あの場所で起きることがわかっていたのかもしれない」

「彼女って、誰のこと?」

「あの蝶を描いた人だよ。十年前、この街にやってきた。今の俺と同じ年齢でね」

「話してもらってもいい?」

「長くなるぜ」

沙弓さんは黙って頷いた。

「私も、聞かせてもらってもいいかな」

「って、関係ねえだろ、オッサ……」

悪態をつこうとした時には、西山さんは既に椅子に座っていた。薬缶《やかん》からお湯を注ぎ、三人分のお茶を淹《い》れだす。

ため息をついて椅子に座り、眼を閉じた。すぐに彼女の面影が強く浮かぶ。十年の時を経てもなお、その姿は鮮やかで、色褪《いろあ》せようとしない。

——どうして彼女は、あの蝶を描き続けたのだろう?

もう何千回、何万回と心の中で繰り返した問いだった。

「もしかしたら彼女はあの場所で、消えてしまう人の数だけ、蝶を描いていたのかもしれない」

「三千九十五人分ってこと?」

宏至はゆっくりと頷き、自らの回想の中に引き込まれていくように、話しだした。

◇

十年前の冬のある日、彼女はこの街にやってきた。

その夜、当時反抗期真っ盛りだった宏至は、つまらぬことで両親と喧嘩《けんか》して、自転車で家を飛び出していた。

十年経った今となっては、当時の自分の止《や》むにやまれぬ反抗心も、罵倒《ばとう》や暴力に形を変えた両親の心配も、俯瞰《ふかん》して見ることができる。だが当時の宏至は、反発することでしか自分を表現できなかったし、両親はそんな宏至の話に耳を傾けるほどに、余裕のある日々を送っているわけではなかった。

——俺は、お前らとは違う!

古布のように擦《す》り切れた両親の人生を蔑《さげす》み、自分もまた同じように擦り減っていくだろうことを恐れ、全力で否定し続けた。

自分はきっとなるのだ。両親とも周囲の大人達とも違う、貫くような、光り輝くような「何か」に。そう思い続けた。だがそれが何なのかは、自分でもわかっていなかった。目指す先を定められない鬱屈《うつくつ》は、自ずと周囲の人々に向けられた。

自身に関わる者すべてに牙《きば》を向ける日々は、知らぬ間に宏至に、見えない堅い殻《から》と鋭利な棘《とげ》とをもたらした。その棘がいっそう人を遠ざけ、そして自らをも傷つけた。傷口を塞ぐ術も知らぬまま、たった独り、誰とも分かち合えぬ痛みを抱え続けていた。

闇雲に自転車を走らせて港に向かい、新興住宅街の坂を一気に駆け上り、駆け下りる。文教地区の広い原っぱの真ん中に寝転がり、凍えながら冬の星空を見上げ続けた。

星ははるかな高みで冷たい光を放つ。この広い空の下に、分かり合える相手も、話を聞いてくれる相手も、一人もいなかった。宏至の伸ばした手は、何をつかむこともできず、空《むな》しく空《くう》を切るばかりだ。

疲れきった足でよろよろと立ち上がった。どうあがいても、自分が帰る場所はあの家しかないのだ。憤りと共に帰宅の途についていると、かすかな歌声が聴こえてきた。

自転車を降り、声の導くままに歩き出す。バスターミナル裏手の古びた雑居ビルの前から聴こえてくるようだ。繁華街のアーケードでは、楽器を手に歌う若者の姿を見ることもあったが、このあたりでは珍しかった。

歌っていたのは若い女性だった。雑居ビルを背にして、西域調の柄《がら》の敷布の上に、体重を感じさせない奇妙な浮遊感で座っている。使い込んだ青い奏琴から、宏至の知らぬ異国の旋律を持った曲が流れだす。

決して力強くはない、それなのに、どこまでも響き渡るような歌声が、心の奥底の郷《きょう》愁《しゅう》を誘いだし、未知なる風景を目の当《ま》たりにするような不安を呼び覚ます。宏至は彼女のつくりだす世界に包み込まれ、翻弄され、そして圧倒された。

雪のひとかけらが落ちるように、静かに音が止む。彼女の前に座り込んでいた宏至はようやく我に返り、手を叩いた。誰かの歌に素直に感動し、迷いなく拍手できるなんて思ってもいなかった。

女性は、不思議そうに宏至を見つめる。立ち止まって耳を傾ける人間なんているとは思っていなかったとでもいうように。透明感を持った瞳に吸いこまれそうになる。

「ありがとう。きみの名前は?」

「俺は宏至。あんたは?」

彼女は、宏至のませた口ぶりを気にする風もなかった。

「私は……。そうだな、この街での名前は、蝶、かな」

「チョウって、あの空飛ぶ蝶?」

「そう。おかしな名前かな?」

「いや、そんなことないよ」

宏至は勢いよく首を振った。彼女はまるで寒い冬に場違いに現れた蝶のようで、その名が似つかわしく思えたからだ。

「何か、もっと奏《や》ってくれよ」

彼女は首を傾げるようにして頷き、ゆっくりと歌いだした。奏琴の音色と彼女の歌声とが、互いを慈《いつく》しむように絡み合い、夜空に立ち昇ってゆく。よそよそしい光を落としていた星々ですら、魅了されたかのように輝きを取り戻す。

——ようやく、出逢えた……

はっきりと感じた。彼女こそが、自分がずっと追い求めた「何か」を指し示してくれるのだと。

その日から、毎晩のようにバスターミナルに自転車を走らせるようになった。建物を回りこむと、かすかに彼女の歌声が聴こえてくる。凍えるような冬の寒さの中で、そこだけは光が灯されたように温かかった。

雑居ビルの白い壁にもたれた彼女は、宏至が前に座ると奏楽の手を止め、静かに微笑む。そして、何を奏ろうかな、というようにイタズラっぽく夜空を見上げた。

彼女の細い指から、音が漏れ出す。

弦を押さえ、指で弾《はじ》き、音を発するという単純な仕組みであるとは到底信じられぬほどに、特別な響きだった。

細やかな文様《もんよう》が織り込まれた綾織《あやおり》が紡ぎだされるようでもあり、気ままな猫の足取りを辿るようでもある。精緻《せいち》で、奔放《ほんぽう》で、そして揺るぎなかった。

観客はいつも宏至一人だけだった。道行く人々は、寒さに身をすくめるようにして足早に歩き、足を止めようともしない。彼女の姿など見えていないかのようだ。

「どうしてもっと人通りの多いところで奏らないんだよ?」

奏琴を労るように胸に抱いて寛《くつろ》ぐ彼女に、憤りを込めて詰め寄る。

こんな誰もいない場所で、自分の前だけで披露されて消えてしまうのは、あまりにももったいなく思えた。もっとも言葉とは裏腹に、他の人間に彼女との時間を汚されたくないという本音もあったのだが。

「大丈夫、ちゃんと聴いてくれてるよ。この街も、街の人たちも」

はぐらかすわけでもなく言って、彼女は自分の両手に視線を落とす。その手はいつも、洗ってもなお残る青い絵の具で汚れていた。彼女は、昼間は街のどこかで絵を描いていて、夜はこの場所で歌っているようだった。

「何の絵を描いてるんだよ?」

「蝶」

「蝶?」

「そう、青い蝶の絵」

◇

ある夜、宏至が前に座ると、彼女はいつもとは違って、歌いだそうとしなかった。弦の上で逡巡《しゅんじゅん》するように指がさまよう。

「今夜で、さよなら、かな」

宏至はぐっと服の裾をにぎりしめた。

「どういうことだよ。違う街に行くのか？」

「まあ、そんなとこかな」

「またいつか、戻ってくるんだよな？」

動揺を隠すため、いつも以上に乱暴に言い募《つの》る。彼女はあいまいに笑い、青い絵の具で汚れた手を見つめた。

「今夜で最後だから、特別な曲をプレゼントするよ」

古びた紙に記された楽譜を掲げ、奏琴を構える。

「タイトルは、私の名前と同じ、蝶」

彼女の爪弾きから、一つの音が生まれた。

音は更なる音を導き、軽やかさと荘厳《そうごん》さとを兼ね備えた旋律が、まだ見ぬ「世界」を生じさせた。その世界に、彼女の歌声が鮮やかな色彩と躍動とを添える。宏至の前に広がる、蒼《あお》い高空とどこまでも透明な大気、清冽《せいれつ》なまでに輝く陽光。そして……群れ飛ぶ青い蝶。

蝶は羽折れ、風に翻弄されながらも、冬の空を懸命に飛び続けていた。どんなに時や場所の隔てに遮られても、決して失われない希望を体現するかのように。

それは宏至にとっては、未来につながり、未来に響きあうための音だった。しかしその指し示す先は、今は決して知ることができない。不安と、それを上回る希望とに、宏至はすっぽりと包み込まれてしまった。

いつの間にか音がやみ、霧が失せるように、世界が消え去った。普段通りの、寒風の吹きつける雑居ビルの前だ。だが、音によって出現した世界が圧倒的すぎて、今いるこの場の方が幻なのだという錯覚から抜け出すことができない。

「俺……、この曲のこと、絶対忘れないよ」

しばらくして、宏至はやっとのことでかすれた声を発した。

「じゃあ、この曲はきみが受け継いでくれる？」

彼女は、あらかじめそう決めていたかのように、奏琴と楽譜とを宏至に手渡した。

「えっ？　でも俺、こんなの弾いたことないし、歌えないぜ」

持て余したように奏琴を抱えて戸惑う宏至に、彼女が顔を寄せた。甘やかに匂いたつのは香水ではなく、彼女自身が発する香気のようだ。

「この歌は、いつかきっとこの街に必要になる。その時まできみが守り続けて」

宏至のまわりの大人たちがその場しのぎで発するような、おざなりな言葉ではなかった。だからこそ、託されたものの大きさに慄然《りつぜん》とする。

彼女の言う「歌を守る」とは、歌に託された希望や携えた志《こころざし》、そして、歌によって広がる世界そのものを受け継ぐことに他ならないとわかったからだ。手にした奏琴が、俄《にわか》に重みを増した気がした。

「俺……、自信ないよ。たまたま会っただけの俺に、そんな大事なこと頼んでいいのかよ」

ずっと、他の誰とも違う、「何か」になることを求め続けてきたはずだった。それなのに、いざ求められる立場になると逃げ腰になってしまう。その矛盾に気付く余裕もなかった。

「私たちは偶然逢ったんじゃない。きみは、この歌を受け継ぐために、ここに来たんだよ」

彼女は、目の前の宏至の成長した姿が見えているかのように、確信を持って告げた。その言葉で逆に、今は何者でもないちっぽけな自分を嫌という程に思い知らされる。それでも、彼女の言葉であれば信じたかった。

「俺もいつか、あんたみたいになれるのかな？」

「なれるよ、きっとね」

そう言って彼女は、幼い子どもにするように頭を撫でてくる。瞳に湛《たた》えられた厳しくも悲しい色が、宏至に決断を促させた。

「わかった、約束するよ。この歌は俺が守るって。その代りあんたも約束してくれよ。俺があんたに追いつけたら、その時はきっと戻って来て、今度は俺と一緒にこの歌を歌うって」

湧き上がる不安が、そう口にさせた。彼女の姿がなぜか、抗えぬ運命に向かい飛び立とうとする羽折れた蝶の姿と重なったのだ。

「大丈夫、きみはきっと、この歌を取り戻す時が来る」

不安が高まる。彼女は「歌を取り戻す」としか言わなかったからだ。それでも、彼女と自分しか知らない歌が戻ってくるのならば、それはすなわち彼女が戻ってくるのだ。宏至は無理やりに自分に思い込ませた。

「じゃあ、その時まで楽器と楽譜は預かっておくよ。この場所も、他の奴らに取られないように俺が見張っておくから」

彼女は静かに笑った。宏至が見た最後の微笑みだった。

「それからすぐに、あの事件が起こった。彼女が事件に巻き込まれたのか、それとも違う街に行ってしまったのかはわからない。ただ、彼女の歌と描かれた蝶を守り続けることしか、俺にはできなかった」

長い回想が終わった。ストーブの上で薬缶が静かに湯気を上げながら、蓋を揺らしていた。海風が倉庫の窓を小刻みに揺らし、外の寒さを知らせる。

「あなたは、その曲を託されたんだね」

「ああ、だが俺には、この曲を歌うことはできない」

沙弓さんが問いを呑み込んだ。視線だけは正直に、宏至の喉の傷に注がれていた。

「もちろん、これのこともある。だけどそれだけじゃない」

宏至は、傷を手で押さえながら首を振った。

「俺はまだ、あの人に追いつけていない」

◇

雑居ビルの前に座り、奏琴を爪弾きながら、自分に向けて繰り返す。

――俺はまだ、あの人に追いつけていない――

奏楽の技術だけならば、独学ながら誰にも負けない自信がある。だが宏至の中で、彼女とのあの瞬間は、今も心震えるほどに特別でかけがえのないものだった。彼女と同じだけの「世界」を作りだすことができなければ、宏至が歌を守り続けた意味はない。

その術は、今の宏至には見つけようもなかった。

彼女が消え、宏至は再び居場所を失った。「戻ってくる」という言葉だけを信じて、頑《かたく》なに心を閉ざし続けたのだ。待ち続ける日々は、希望から次第にあきらめに変わり、ついには裏切られた思いで彼女に憎悪すら抱くまでになった。自分にとってはかけがえのない「約束」が、彼女にとってはおざなりなものでしかなかったのだと絶望し、鬱屈の矛先《ほこさき》を、暴力の形で他人に向けたこともしばしばだ。

十年の時が経ち、宏至にもわかっていた。彼女が戻ってくることはないと。だからといって、自分にこの曲を歌う資格があるとは、到底思えなかった。

わだかまりを、奏琴を爪弾く手に向けていると、目の前で誰かが足を止めた。無視を決め込むつもりが、何か様子の違うものを感じて顔を上げた。

立っていたのは、高校生ぐらいの女の子だった。白いマフラーの中に顔をうずめるようにしてたたずむ彼女は、宏至の視線に臆したのか、一歩退いた。不安定な感情をそのままに、瞳の中の光が危うげに揺らぐ。

「ずっと……、気になってて……」

彼女は、自分が言葉を話せるかを確認するように、途切れがちに声を発した。冬の張り詰めた空気を震わす、心に響く声だった。

「いつも聴こえてて、気になってて。思い切って、どんな人が弾いているのかを見にきたんです。こんなに遠くだとは思わなかったけど」

「遠くって、どこから来たんだ？」

「野分浜から」

「野分浜だって？　そんな場所まで聴こえるはずないだろう？」

ここから野分浜までは随分離れている。

「でも、ホントに聴こえたんだから。確かに、あなたの音だったよ」

ようやく緊張が解けたのだろう、彼女は声に親しみを増し、一歩近づいた。

「名前は？　俺は宏至」

「あ、わたし、森谷若菜《もりたにわかな》です」

興味を持ってもらえたことがうれしかったのか、瞳を輝かせる。十年前の出逢いを宏至は思い出してしまう。あの時の自分もきっと、同じ瞳で彼女に向かっていたのだろう。逆の立場に自分がなっていることに、時の流れを感じずにいられない。

「あの、何か一曲聴かせてもらえませんか？」

普段ならリクエストに応えるような宏至ではなかったが、彼女の姿に切実さを感じて、自然に頷いていた。

「じゃあ、俺が若菜ぐらいの頃に作った曲を奏《や》ろうかな」

一人の友達もつくらず、誰にも心を開かなかった高校生の頃の自分がよみがえる。いつ戻るとも知れない彼女を待ちながら、この場所で奏琴に向かい続けた。そんな日々に作った曲を披露した。

若菜は感嘆のため息をついて、精一杯の拍手で応えてくれた。十年前の自分の姿を見るようで、素直に受け止めることができない。

彼女はすっかり腰を落ち着け、帰るそぶりを見せなかった。

「こんなに遅くなっていいのか？　明日も学校だろう」

高校を中退した宏至に言えた義理ではなかったが、さすがに相手が女の子では気になってしまう。若菜は過剰に反応し、俄に表情を失った。マフラーの中に隠すように顔をうずめる。

「学校、行ってないんだ……。ずっと」

消え入るような声だ。彼女は本来なら高校三年生の年齢だが、出席日数不足で進級できず、今は二年生だという。

「もう、半年休んでるの。部屋から出たのも、両親以外の人と話すのも、一ヶ月ぶり」

打ち明けるように言って、足元に視線を落とす。宏至は思わず小さなため息をついた。悩みの相談に応じられるほど、夢多き人生を送っているわけでもなかったし、誰かの支えになるのもまっぴらだった。

「まあ頑張れよ。遅いから、今夜はもう帰りな」

おざなりに言った言葉に、彼女の動きが止まる。見えない壁にぶつかったかのように。

「言わないで」

「え？」

「頑張れって、言わないで」

彼女は硬い声で言って、急に立ち上がった。マフラーが風に飛ばされるが、気がまわらないようだ。

「おい、どうしたんだよ」

宏至は慌てて立ち上がってマフラーを拾い、前にまわりこんだ。向きあうと、彼女は宏至の胸までの背丈しかない。うつむいているせいで、なおさら表情が読み取れなかった。

「ほら、風邪ひくぞ」

無理やりマフラーを巻かせる。ようやく顔を上げた彼女の、涙の浮かんだ悲愴な表情が、心に突き刺さった。

「なんでみんな頑張れって言うの？　頑張ってどうにかなるならわたしだって頑張ってるよ。頑張らないわたしじゃどうして駄目なの？　頑張るってそんなに大事なの？　教えてよ、ねえ！」

自らを切り裂くような悲痛な声が、行き場もなく街にこだました。

◇

今夜は西山さんと同じシフトで倉庫番に入った。一時間に一度の巡回を終えると、宏至はいつものように壁にもたれて奏琴で曲を作っていた。

西山さんは、藤森さんがつくってくれたおむすびを頬張りながら調べ物をしている。図書館から借りてきた本を読んでいるらしい。

「宏至君は、託された曲を、十年間一度も人前で弾いていないのかい？」

「ああ。なんだよ、いきなり」

「それはどうしてだろう？」

いつになく真面目な顔が、宏至に向けられた。

「君に託した理由があるように思うんだ。曲を封印してしまえば、彼女の思いは誰にも届かなくなる」

「関係ないだろ、オッサンには」

宏至のすげない言葉も意に介さず、西山さんは顎に手を当てて考えていた。

「君が彼女に出逢ったのは、旧バスターミナルの裏手の、白い雑居ビルの前だったね」

「ああ、そうだけど」

西山さんが、机の上に置いていた一冊の本を手にする。

「これは、バス会社が二年前に出版した本なんだ」

『バス事業五十年史』という題名の本を差し出し、栞《しおり》を挟んだ頁《ページ》を開いた。

「ここを読んでごらん」

何を言いたいのかわからぬまま、宏至は指差す場所に眼を向けた。

「思念供給管敷設第五期工事に伴い、ターミナル西口を半年間封鎖……」

載せられた写真には、封鎖されたターミナル西口と外の様子が写っている。雑居ビルの前の道路は、供給管埋設のために掘り返されていた。

「オッサン、これって……」

「そう、十年前のあの冬、君があの場所に行くことはできないはずなんだ」

「そんな、でも俺は確かに……」

今も昨日のことのように思い出すことができる、あの出逢いが、あの時間が、幻であるはずはなかった。

「もちろん、君を疑ってこんなことを調べたわけじゃない。君は確かに、あの場所で彼女に逢ったんだ」

まるで彼自身もその場にいたかのようだ。姿の見えない人々の想いを届け続けた彼だからこそ、そう信じられるのかもしれない。

「今となっては、真実は誰にもわからない。だけどもしかすると彼女は、宏至君にしか見えなかった、いや、宏至君の前にしか姿を現していなかったのかもしれないね。君は、託されるべくして託されたんだよ。その曲を」

歌声に足を止めるでもなく通り過ぎていった人々の姿がよみがえる。

「でも……、でも俺はまだ、彼女に追いついていない。彼女との約束で守り続けた曲を、中途半端に奏《や》るわけにはいかないんだ」

宏至は頑なに首を振り続けた。西山さんの声に厳しさが宿る。

「彼女の存在が、君にとっての言い訳になっていないかな？」

「どういうことだよ」

「君は彼女に追いついていないんじゃない。追いつこうとしていないんだ。追いつけないと思い込めば、自分がやるべきことに真剣に向き合わずにすむからね」

「わかったような口をきくなよ、オッサン。あんたに俺のことがわかってたまるかよ」

西山さんの瞳は大きな痛みを乗り越えた者に特有の静けさで、宏至の反論を封じた。

「誰かに憧《あこが》れ、追いつこうとするのは確かに立派なことだ。だが、憧れの視線だけじゃ見失ってしまうこともあるかもしれないよ。完璧な人間なんていやしない。誰もが自分の不完全さに苦しみながら生きているんだ。宏至君も、私も、そしてもちろんその女性もね」

「じゃあどうしろって言うんだ？　歌えないこの俺に。理由があって託されたのなら、その俺が歌えなくなるなんておかしいじゃないか」

西山さんの両手が、宏至の肩に置かれた。

「今の自分を認めることも必要だよ。その上で、できること、やるべきことを考えるんだ。君が希望を失えば、歌の希望まで失われてしまうよ」

いつもならすぐさま払いのけただろう西山さんの手。だが今は、その手に支えられているかのように、宏至は力を失っていた。

◇

寒風吹きすさぶ雑居ビルの前で、宏至は座り込み、奏琴を爪弾いていた。

――俺に託された理由……

西山さんの言葉がずっと気になっていた。だからといって、歌うことも叶わず、希望を失った自分に、いったい何ができるだろう？

物思いに沈んでいると、目の前に人影が立ち止まった。宏至の視界には相手の足先だけが見える。スーツに皮靴の男性のようだが、それ以上顔を上げて確認する気もない。

無視し続けるうち、様子が違うことに気付く。彼は今までの「邪魔者」のように、前に座り込んだり、拍手をしたりはしてこなかった。いつ罵声を浴びせようかと待ち構えていた宏至は、拍子抜けして相手を振り仰いだ。

初老の男性だった。奏楽に足を止めたわけではないようだ。その顔は宏至のずっと上、雑居ビルの壁を見上げていたのだから。

「消えるものもあり、残るものもある……」

苦渋に満ちた表情で、男は重く呟く。それは蝶の姿に向けられた言葉だったのだろうか？　十年間街の蝶を見守ってきた宏至だけに、人々の蝶への思いがさまざまなことはわかっている。しかし男の反応は、今までの誰とも違っていた。

男はようやく、宏至がそこにいることに思い至ったようだ。

「すまない。邪魔をしたね」

財布から取り出したお札を一枚置いて、男は去って行った。

変な奴だ、と鼻を鳴らしながら、宏至はいつも通りお札を引き破った。破片になったお札が風に乗り、雪のように舞う先に、今度は黒いタイツをはいた華奢《きゃしゃ》な足が見えた。

「若菜……」

不安定な感情を覗かせるのは、以前と変わらない。先日のことを気に病《や》んでいるのだろう。

「この前は、ごめんなさい」

「いや、俺の方こそ、悪かったな」

若菜はようやく緊張を解いた様子で、前に座った。

十年前の宏至がそうだったように、彼女もまた、安息の場所を求めているのだろう。とはいえ、今の宏至には重荷でしかない。不安定な心を気遣えるほど、自分が優しいとも立派な人間だとも思っていなかった。

「俺は、高校中退だからな」

なにげなく言った言葉が、若菜の憧憬《どうけい》をより強めてしまった。

「強いんですね」

「退学になっただけだ。強くもなんともないさ」

彼女は勢いよく首を振り、宏至を憧れの高みから下ろそうとしなかった。

「でも、わたしは学校にも行っていないし、だからって学校を辞める勇気もない。いつだって中途半端なんです」

自らの宙ぶらりんな状態にぶつけるように、足元の小石を拾っては投げるを繰り返す。

——中途半端なのは、俺の方だ——

何度も言おうとした。だが、弱さを露《あら》わにした彼女に、その言葉を向けることはできなかった。

◇

「おぉい、宏至君、お客さんだよ」

居留地の定期便から新しく運び込まれた荷物のチェックをしていると、西山さんが呼ぶ声がする。客など来る予定もなかった。振り返ると、はにかむ笑顔が飛び込んでくる。

「若菜?」

「遊びに、来ちゃいました」

彼女は自分で焼いたクッキーを手土産《てみやげ》に持ってきていた。さっそく西山さんが「宏至君にこんな可愛い友達がいたとはねえ」と感心しながら、お茶の準備を始める。「関係ねえだろ、オッサンは」と邪険に扱われてもお構いなしで割って入り、ほとんど一人でクッキーを平らげていた。

若菜は、ずっと引き籠《こも》っていることなど感じさせないほど、潑剌《はつらつ》とした様子だった。

午後になると、異邦郭からの定期の荷物引き取りがやってきた。いつもは双龍と名乗る龍の刺青をした屈強な若者が一人で訪れるのだが、今日は連れがいた。居留地の民族衣装を着た小柄な老婆と、高校生の男の子だった。

老婆の孫から届いた荷物の、倉庫への留め置き期間満了日だったらしく、早速受け取った荷物を広げて、三人で覗き込んでいた。男の子宛《あ》ての手紙もあったようで、双龍に冷やかされた男の子は照れくさそうだ。そんな打ち解けた様子の双龍の姿を見るのは初めてだった。

若菜は、さりげなく倉庫を出て行った。少したどたどしい居留地の公用語を操って双龍と話していた男の子が、その後姿に複雑な視線を向けていた。

◇

夕方になり、若菜が、帰る時間を気にするように腕時計に眼をやった。

「宏至君、彼女を送っていってあげなさい。バス停までじゃなく、ちゃんと家までだぞ」

壁に貼ってあるバスの時刻表を見ながら、若菜に聞こえないように耳打ちしてくる。

「どうだい、自分が憧れられる側になってみて?」

「うるせーよ、オッサン」

見抜かれていたことにうろたえ、若菜の背を押して倉庫を出た。

海岸通りのバス停まで歩き、「研究所」行きのバスに乗る。女性運転士が停留所名を告げるたびに降車ブザーが鳴り、十人ほどいた乗客は停留所ごとに減っていった。

右手の車窓に、保留地区の高層ビル群のシルエットが浮かんだ。赤い航空障害灯が規則正しく明滅している。隣に座る若菜は、窓に額をつけるようにして、外の風景を眺めるでもなくぼんやりとしていた。

「明日なんか、来なければいいのに……」

突然の暗い独白に、宏至は思わず身を起こし、彼女を見つめた。さっきまでの潑剌さは影を潜め、透明な膜《まく》がかかったようにうつろな表情だった。瞳に街の灯りが映り込み、鈍く光る。

「この時間になるといつも思っちゃう。陽が沈んで、夜が来て、また朝が来る。わたしが何を思っても、明日は来るんだって」

あきらめと焦燥《しょうそう》とで鈍くきしむ心の内がさらけ出される。宏至は何も言ってあげることができなかった。

「次は野分浜です。お降りの方はお知らせください」

若菜がブザーを押して立ち上がった。最後の乗客だったこともあり、女性運転士は、宏至の背負う奏琴を見て呼び止めた。

「いつもバスターミナルの近くで弾いている方ですよね?」

「あ、ああ」

「遠くから聴いているだけでしたけど、あなたの曲にいつも励まされていました」

女性は帽子に左手を添え、柔らかな笑みを向けた。

　バスを降り、二人並んで、尾灯の赤い光が遠ざかるのを見送る。自分の音が、この街に生きる誰かの「励まし」になるなんて思ってもいなかった。

「宏至さんは、いろんな人に夢を与えているんですね」

　届かぬ先を歩く者を憧れ、自らの存在の小ささを呪《のろ》う言葉が、宏至に向けられる。かつて、宏至が蝶と名乗った女性に向け続けたように。

「若菜、俺を誤解するな」

　若菜の表情にさす影が一層深まる。それでも言わずにおれなかった。

「俺は、お前が思ってるほど強くもないし、救世主になってやれるわけでもない。お前の問題は、お前が解決するしかないんだ」

　泣きだすかと思ったが、若菜の顔には、どこか遠くに意識を置き去ったかのような平板な表情が貼りついていた。悲しみも、怒りも絶望も、読み取ることができない。声をかけられずにいるうち、彼女は背を向けて走り去った。

◇

　あれから、若菜は姿を現さなくなった。

　倉庫で単調な仕事の毎日を繰り返しながら、人通りの途絶えた夜の通りで奏琴を爪弾きながら、目的もなく街を単車で駆け抜けながら……。宏至は考えてしまう。自分に何がしてやれるかを。

考えるまでもなくわかっていた。自分には何もしてあげられないし、何をしても彼女を救うことはできないだろうと。

それでも、若菜のことが心の内から消えることはなかった。

「おぉい、宏至君。お客さんだよ」

倉庫の二階に置かれた簡易ベッドで、仮眠を取ろうとして眠れず、悶々《もんもん》としていると、階下から西山さんが呼ぶ。若菜かと思い、飛び起きて駆け下りるが、お客は、先日双龍に連れられて来ていた高校生の男の子だった。

「この前、森谷先輩の姿を見たんで、気になって」

「森谷って？　ああ、若菜のことか。知り合いなのか？」

「同じ中学だったんです。学年は僕が一つ下ですけど」

昔の若菜は、運動部でも活躍し、生徒会の役員をするなど活発な生徒だったそうだ。

「そんな子がどうして登校拒否なんかに？」

西山さんが、顎を撫でながら納得いかないように首をひねる。

「頑張る子こそ、標的になるってこと、あるんですよ」

「標的って、何の標的だい？」

「察しが悪いな、オッサン。いじめに決まってるじゃないか」

いらだった宏至の言葉に、少年が頷いた。悪意の方向は時に気まぐれで、そして理不尽ですらある。理由のない悪意は、その理由のなさ故に、向けられた当事者は逃れようも抗いようもない。

「でも、それだけが原因じゃなくって……」

彼は、どこまで話すべきかを決めかねているようだった。

「教えてもらえるかい？　私たちも、若菜ちゃんのために何ができるかを考えたいんだ」

西山さんの言葉に、男の子は思慮深げに頷いた。

「先輩は十年前、ひかり小に通っていたんです」

「ひかり小っていうと、事件の場所にあった？」

ひかり小学校は、事件の中心地近くにあり、生徒全員が犠牲になっていたはずだった。

「あの日、先輩はたまたま学校を休んでいて、ひかり小の生徒で唯一、事件に巻き込まれなかったんです。それで、先輩は消えてしまった友達の分まで頑張ろうとしていたんだと思います。だけど中には、一人だけ消え残った卑怯者《ひきょうもの》だって言う者もいて。そんなこともあってだんだんと不登校になって、中三になる頃には先輩はほとんど学校に出てきませんでした。高校に入学してからも休みがちだって聞いていたんで」

自分だけが残ってしまったという持って行き場のない罪悪感、そして理不尽な周囲の言葉。幼い若菜が心に抱えた苦しみは、推し量りようもなかった。最後に会った時の感情を失った表情がよみがえる。あれは彼女が、耐え続けた疎外の日々で身につけたものではなかったろうか。

自転車で去っていく男の子を見送り、宏至は初めて素直に、西山さんを頼りにした。

「なあ、オッサン。俺は何をしてあげられるんだろう?」

しばらく考えた西山さんは、おむすびを一つ差し出した。

「何もしてあげられないかもしれないね」

「なんだよそれ」

無責任とも思える言葉に、宏至は憤る。

「何もできることはないかもしれない。何かをしても役に立たないかもしれない。それでも、何かをしてあげたいと思い続けることだよ」

宏至は、黙っておむすびを頬張りながら、西山さんの言葉を心の中で繰り返し続けた。

◇

——この音が、届くだろうか?

結局、してあげられることなど何もなかった。できるのはただ一つ、若菜に届けと願いながら、奏琴に思いを託すことだけだった。

クリスマスが近づき、メインストリートの街路樹はさまざまな色のイルミネーションで飾られ、華やいだ雰囲気を演出していた。宏至は凍える手に何度も息を吹きかけながら、街の喧騒から離れた場所で独り、暗い夜空に音を響かせ続けた。

十年前の彼女の姿が宏至にだけは見えたように、この音はどんなに遠くとも若菜にだけは届くのかもしれない。宏至は音の世界に没頭し、願いを込め続けた。いったいどれだけの時間が過ぎたのか、それすらもわからぬほどに。

「寒いね」

ふいに声が届いた。か細く、それでも凛《りん》とした声が、冬の冷気を震わせ、宏至の心に直接響く。

毛糸のマフラーの中に顔をうずめるようにして、若菜が目の前に立っていた。音によって出現した幻のように思えて、何度も眼をこすって確かめてしまう。

「横に座ってもいい？」

「ああ」

若菜は宏至に寄り添うように身を寄せた。彼女の確かな存在を示す重みが、わけもなく悲しくさせた。こんなちっぽけな重みすら支えてあげられないことを、痛いほどに思い知らされる。

「もうすぐ、クリスマスだね」

白く息を漂わせ、若菜は空を見上げた。雑居ビルがいびつに切り取る夜空は、街の灯りで遮られ、一つの星の姿も見えなかった。星ですら、二人のもとには光を落とそうとしない。

「これから、どうなるのかなぁ……」

若菜が、ため息と共に呟きを押し出す。彼女の不登校も、大人から見れば単なるわがままでしかないかもしれない。だが、人それぞれ背負うものの重さは、本人にしか量れない。

「これから、どうなるんだろうなぁ」

今年いっぱいで倉庫番の仕事も終わる。その後のあてなど何もなかった。ちっぽけな自分にできることは、若菜のためにも、この街にも、その向こうに広がる世界に対しても、見つけようもなかった。

——希望を失えば、歌の希望も失われる——

西山さんの言葉がよみがえる。「希望を持つ」なんて言葉は、希望を持てるだけの選択肢を持つ人間の戯言《ざれごと》だと思っていた。本当に希望を持ちえない人間は、その言葉すら、思い出すことも、自身に当てはめることもできないのだと。

かすかな希望をつなぎとめたい。目の前の若菜を支えられるだけの、ほんの小さなものでもかまわなかった。心がきしむほど、そう思った。

　ゆっくりと、一つの音が生まれた。自分の指先から生じた音であることを意識すらせぬほど、自然に。音が更なる音を導き、そして「世界」が生じた。

　添えられた歌声が、世界を鮮やかに彩る。一瞬、彼女が戻ってきたような感覚にとらわれる。歌っていたのは若菜だった。宏至のつくり出す音につながり、響きあう。

　やがて、いつか見た懐かしい風景が訪れる。

　蒼い高空と、どこまでも透明な大気。そして清冽なまでに輝く陽光。十年前のあの日と同じ風景が湧き上がる。そして、孤高に飛び続ける蝶の姿も。

　二人もまた蝶と共に、歓喜と追憶と希望とを翼にして、遠く、高く舞い上がった。

　風が止むように、朝露《あさつゆ》のしずくが落ちるように、歌声と音とが終焉《しゅうえん》を迎える。すべてが静まっても、まるで別の世界で起こった出来事のように、実感がなかった。

　何かが起こった。だがその「何か」がわからないもどかしさを互いに感じていた。

「若菜、お前どうしてこの歌を？」

「……わたし、この曲知ってるよ」

　宏至しか知らない曲のはずだった。自分だけが守り続けた歌を若菜がどうして？

「教えてもらったの。十年前、わたしが七歳の時に」

　まだ、友達すべてを失うことなど知りもしない幼い若菜が出逢った女性が、その歌を教えてくれたのだという。

「つらいことがあっても、いつか必ず、この歌はわたしのもとに戻ってくるって、そう言われたの」

若菜もまた、歌をずっと守り続けていたのだ。

十年前、彼女は確かに言った、必ず歌を取り戻す時が来ると。宏至は立ち上がり、壁に描かれた青い蝶を見上げた。

——なあ、こうなるってわかってて、俺に託したのか？

◇

「クリスマスイブの今宵《こよい》、皆様いかがお過ごしですか？」

一昔前のラジオを思わせるナレーションで、沙弓さんの番組が始まった。宏至と若菜は、スタジオの彼女と向かい合う席に座っていた。

「今日は、皆さんからのリクエストにお応えしていきます。では一曲目は、クリスマスにちなんで……」

沙弓さんの曲の紹介で、クリスマスソングが流れ出す。若菜は宏至の隣で、緊張した様子で時を待っていた。

彼女が出逢った女性と、宏至の前に現れた「蝶」と名乗る女性が、果たして同じ人物だったのか、今となっては確かめようもない。わかるのは、二人それぞれに託され、こうして巡り合ったということだけだ。

曲が終わり、沙弓さんがマイクをオンにする。

だが彼女は喋《しやべ》り出さなかった。放送事故になるほど長い沈黙だ。痛みに耐えるように眼をつぶり、唇を震わせている。

「皆さんに、お知らせしなければならないことがあります」

眼を開けた彼女は、静かな決意を言葉に乗せた。

「十年間、皆さんと時間を共にしてきましたお聴きのラジオ局は、来年の春で放送を終了いたします」

事件から十年が経ち、街で起こり続けていた不思議な事象も、次々と終焉を迎えた。街の人々と、消えてしまった人々とを見えない絆《きずな》で結び続けたラジオもまた、役目を終える時が来たのだ。

初老の男性が、スタジオの外からガラスごしに見つめていた。沙弓さんの上司だろう。腕を組んだ男性が彼女に注ぐ視線は、見守るようでもあり、観察するようでもあった。

――あいつは……。

男性には見覚えがあった。雑居ビルの蝶を見上げて不可解なことを呟いていた人物だ。

「今からお送りする曲は、ラジオ局から皆さんへの、最後のクリスマスプレゼントです。ようやく皆さんのリクエストに応えることができました。曲名は……」

彼女は声を詰まらせ、胸に手を置いた。リクエストをし続けた、消えてしまった人々に届くことを願うように。

「曲名は、『蝶』。それでは、お聴きください」

宏至は、マイクに入らぬよう静かに深呼吸する。緊張した若菜の様子に、思わず笑ってしまう。奏琴に添えた手を離し、そっと彼女の手を握った。震える手が、それでもしっかりとした力で握り返してくる。

——俺たちは、どうしようもなく、弱いんだ——

宏至は初めて、自らの弱さに向き合っていた。弱さを押し隠して強がることも、弱い自己に安住することもできない。それでも今は、自分の弱さを初めて認めることができる気がした。

この弱さから始めなければならないんだと。

「蝶」と名乗った彼女もそうだったのだろうと、今では宏至も思えるようになっていた。彼女がどんな使命を持って、この街にやってきたのかはわからない。だが彼女もまた、不安と畏れとを心に抱き、自らを蝶になぞらえていたのではないだろうか？

——俺たちは今、同じ場所に立っている。そうだろう？

ゆっくりと、始まりの一歩を刻むように、弦に指を滑らせた。

◇

冬の朝の光が、夜の闇を浄化しようとするように、街を眩しく照らす。いつもはくすんで見える雑居ビルの壁も、光を受けたスクリーンのように白く浮き立っていた。宏至は光に眼を細めながら、ビルを見上げた。

「結局、消えちまったか」

ひときわ大きく描かれていた青い蝶は、まるで最初から存在しなかったように、消え去っていた。

クリスマスイブの夜、ラジオからの宏至たちの曲に合わせるように、残り少ない蝶たちがいっせいに消えてしまったという。同時に、こんな真冬にいるはずのない蝶が、海風にも負けず力強く群れ飛ぶ姿が、街の人々に目撃されていた。

蝶が人々を見守るものだったのなら、この壁に描かれていた蝶は、十年間宏至を見つめ続けていたのだろうか。

――俺はもう大丈夫って、そういうことなのか？

消えてしまった蝶に、彼女の面影を重ね合わせながら、心の中で問いかける。

「俺はちっとも、大丈夫じゃないぜ」

思わず愚痴《ぐち》ってしまう。思い出の中の彼女が小さく笑ったようだった。同い歳になっていながら、彼女はいつも十歳年上のお姉さんのまなざしで、宏至を見守っていた。

朝もやが薄らぎ、残酷なほどに透明な冬の都会の空気が、一日の始まりを告げる。

制服を着た女子高生が、通りの向こうから姿を現した。着慣れない服に戸惑うようなぎこちなさで、まっすぐに歩いてくる。

「行けそうか、若菜?」

短く、そう尋ねる。彼女の決めたことに宏至が口を挟むべきではなかった。だが「決断」というものが、波に翻弄される小舟のようにもろく、定まりえないものであるということは、二人ともわかっていた。

「わからない、約束はできないよ。わたしは何も変わってないし、変われない。でも……」

若菜は何かを振り切ろうとするように顔を上げ、かつて蝶が描かれていた壁を見上げる。

「そんなとこを含めてわたしなんだって、少しだけ認めてあげられるようになったよ。自分のことを」

「それでいいんだよ。きっとな」

わからぬまま、宏至はそう答えた。わからぬままだが、おざなりではない。二十三歳の宏至にも、十七歳の若菜にも、わかるはずもなかった。それでもわからないからこそ、先が見えないからこそ、「それでいい」と信じて一歩を踏みださなければならない。今がその時なのだと感じていた。

「学校まで、送っていこうか?」

若菜が迷うように眼を伏せる。昨日までと変わらない不安定な感情の欠片《かけら》が、彼女を襲うのがわかる。だがそれも一瞬のこと、過去の自分に決別しようとするように、きっぱりと首を振った。

「ううん、ここでいい。ここで見送って」

「わかった」

若菜は胸の前で小さく手を振ると、後は振り返ることなく、前を向いて歩きだした。冬の朝日が、彼女の輪郭をくっきりと浮き立たせる。羽化したばかりで飛び立つことをためらいながら羽を震わせる蝶の姿に似て、はかなくも気高く、侵《おか》しがたい美しさに満ちていた。

——俺も同じだよ、若菜……。

次第に小さくなる後姿を見守り、宏至は呟いた。

宏至もまた、不完全な自分と向き合い、変われない自分にあきらめと、いらだちと、挫《ざ》折《せっ》とを繰り返しながら、くだらなくも思える日々を生きていくだろう。

それでもその一歩が、昨日とは少しでも違うものになるのなら、それだけでも生きるってことには価値があるのかもしれない。未だ定まりえない自らの道行きには、地平線の彼方のまだ見ぬ風景のように、不安も、希望も、同じだけ横たわっていた。

宏至は、痛みすら感じる朝の冷気を思い切り吸い込み、歩きだした。

第五章

光のしるべ

スナック菓子の袋の前に二枚の紙を置き、黒田《くろだ》さんはスナックとピーナッツを選《よ》り分けていた。

以前はスナック単体で売られていたが、最近はピーナッツが「混入」していた。選り分けはピーナッツ嫌いの黒田さんにとって、食べる前の大事な儀式だった。

「お忙しい所、申し訳ございません」

本人にはその気はないのかもしれないが、皮肉にしか聞こえない言葉が、遠慮がちに向けられる。

「黒田さん。第五次開放の準備はOKですか？」

「あ？」

背後に立った相手を、黒田さんは胡散臭《うさんくさ》げに振り仰いだ。白衣の女性が、たじろいで一歩退く。困ったように八の字に眉根を寄せた様子は、童顔も相まって叱られた愛玩犬のようだ。

「何の話だ？　梨田《なしだ》」

「だから、一ヶ月も前からわかってるじゃないですかぁ。三日後が開放実施日だって」

梨田さんは国内最高学府で学び、国土保全省に入省しながら、地方の供給管理公社を赴任先に選ぶような変わり者だった。普段の様子からもエリートらしいそぶりはまったく見えず、黒田さんにとっては、ひと回り年下の「イマドキの若者」だった。

「お前が行けばいいだろう」

大仰《おおぎょう》に身震いして、彼女は首を振った。ポニーテールの髪先が大きく揺れるのが見える。

「あの場所に入れるのは、黒田さんぐらいですよぅ」

「お前だって入るくらいできるだろう」

「ええ、入るだけなら。でも、地下に潜《もぐ》るってことは、『入る』と『出る』はセットになってなくっちゃ」

うまいことを言ったように見せかけ、その実何も言っていない言葉で誤魔化そうとする。

「とにかく、三日後ですから。いつも言ってるように、体調管理は万全に。特に今夜からは、お酒なんか飲まないように、お願いしますね」

早口で言ってしまうと、反論する暇《いとま》を与えぬように、愛想よく手を振って去っていった。

◇

入れ替わるようにやってきた別の女性が、背後から覗き込んだ。

「黒田さん、だよね？」

「来客の多い日だな。見ればわかるだろう？」

誰とも確認せず、黒田さんは怒鳴った。正確に言えば、本人は怒鳴ったつもりはないが、周囲には怒鳴ったように聞こえる、ということだ。地声が大きいのだ。

「そうだね。見ればわかる、ね」

黒田さんの白衣の背中には、まるで背番号のように大きく「黒田」と記されている。

「忙しそう。でもないみたい、かな？」

水色の制服を着た彼女は、怒鳴り声など意に介さずピーナッツに手を伸ばし、薬でも飲むように口に放り込んだ。

「これはこれは、珍しい客のご登場だ」

黒田さんは煮沸《しゃふつ》消毒済みのビーカーにお茶を注いだ。そんなことで動じる相手でないことは、よくわかっていた。

案の定、隣の席に座った泉川《いずみかわ》さんは、「ちゃんと洗ってるの？」と日に透かしはしたものの、気にする風もなく口に運んだ。「結構いいお茶飲んでるのねぇ」と、すっかり寛いだ様子だ。

「で、今日は何だ？」

「研究所も、今回の件には興味があって」

予想された答えだった。「今回の件」とは、供給管理公社分局が今年度段階的に行っている「開放」措置のことだ。

「第五次と最終の開放に、私も立ち会わせていただきます」

三十年に一度、一つの町に住む人々が、何の前触れもなく忽然《こつぜん》と姿を消す。彼女の勤務する研究所は、「失われた町」を調査・研究する国家機関だ。前回の消滅を阻止できなかった反省から、予知体制の大幅な転換を迫られている。

研究所が追い続けている現象と、三千九十五人の街の人々が消えてしまった「あの事件」とは、性質こそ違え、理不尽に多数の人間が失われるという点では類似していた。わずかでもヒントがつかめそうな場所には食い込んでおきたいというのが実情だろう。

「あれからもう、十年も経ったなんてねえ」

感慨深げに、それでいて感情は研究者らしいドライさで揺らす様子もなく、彼女は言った。

気化思念の供給管は、電気や水道、下水道などと同じく、都市インフラのひとつとして機能し、地面の下に網の目のように張り巡らされている。

余剰思念の抽出・再供給システムが確立したのは、百年ほど前のことだ。この国においては四十年前から採用されている。余剰思念の体内蓄積による自家中毒を防ぎ、同時に均質化された気化思念を取り込むことによって体内浄化を促進する、という名目だった。

違法に抽出された思念が強化誘引剤《ハイ・ポジション》等の形で地下流通し、高額で闇取引されることを防止する狙いもあった。

◇

東部列強諸国においてその効果が確認されて以降、近代国家の整備すべき都市インフラのひとつとして位置づけられ、今では全世界で同じ方式が採られている。

人々は定期的に供給公社の「抽出ルーム」を訪れ、献血でもするように、余剰思念を「抽出」する。抽出された思念は、いくつかの工程を経て気化され、地下に埋設《まいせつ》された供給管を通じて各家庭に還元される。

供給管理公社は、市民の抽出スケジュールの管理、抽出思念の貯蔵、供給管の敷設《ふせつ》・維持管理、各家庭への供給までの、思念供給に関わる全般を司《つかさど》っている。

十年前の事件は、供給公社にとって、インフラ網の一部が寸断されてしまったという以上の大きな意味を持っていた。それは、この街だけの、ある特殊な事情からだ。

事件現場の地下深奥部《しんおう》には、国内法にも国際法にも違反した、気化思念貯蔵プラントが建造されていた。

抽出した余剰思念の取り扱いは、厳格に定められている。本来ならば、住民から抽出した後は、速《すみ》やかに位相変換して気化し、再供給することとされている。一ヶ月以上の保存や蓄積は禁じられているのだ。

余剰思念は、加工の仕方によっては強力な幻覚剤・自白剤として利用可能である。闇流通の弊害《へいがい》もさることながら、国家管理下で利用されることによる危険も歴史が証明していた。それ故の、国際法での規制なのだ。

にもかかわらず、地下秘密プラントには、この街の住民に必要な気化思念の実に四十倍もの量が違法蓄積されていた。いったい何を目的としたものなのかは、事情を一部知らざるを得なかった黒田さんたち供給管理公社の「分局」職員にも知らされていない。

十年前、なぜプラント内の気化思念が突如異質化して一気に漏出《ろうしゅつ》し、三千九十五人の街の人々が犠牲にならなければならなかったのかも。

◇

分局は、公社の中でも特別な部署だった。公社の所轄《しょかつ》上級機関は州政府だが、分局だけは国土保全省の直接の監督下に置かれている。貯蔵プラントの存在は、公社の中でも分局の職員にしか知らされていない極秘事項である。

「確かに、異質化した思念の漏出が、この街の異変すべての原因である、という仮説は収まりどころがいいが……」

ようやく選り分けが終わり、黒田さんはスナックを無造作につかんで頰張った。

「だけど、それだけでは立証できない現象もある」

泉川さんが続きを言葉にする。同じく国家機関に属する彼女も、ある程度は秘密を知る立場にある。

この街には、事件から十年間、他の街にはない不思議な現象が起こり続けていた。

一部の人だけに鐘の音が聴こえたり、ありもしないバスの光や蝶の飛ぶ姿が見えたりするのがそれだった。消えたはずの人々のラジオ局への葉書の投稿や、あるはずのない図書館分館の利用、という現象も報告されている。

それらは、思念漏出の影響を受けた街の人々が、無意識のうちに見聞きし、行っている行為であるとして結論づけられていた。

すなわち、鐘の音や蝶は知覚に麻痺《まひ》が生じた結果としての幻聴や幻覚。ラジオの葉書や図書館での貸出は、残された人々が自ら行っていながらそれを自覚できない、記憶の改竄《かいざん》が生じているのだ、と。

思念の漏出がどれほどの影響を人々に及ぼしているかは、きちんと解明されていないし、分局の研究対象にもなっていない。別の国家機関が調査しているのかもしれなかったが、当然秘密裏に行われているであろうその結果を窺《うかが》い知ることはできない。

「それを突き止めるのは、うちの仕事じゃない。俺たちがあの事件に関わるのは、未だ残存する異質化思念をどうやって安全に処理し、プラントを開放するか。それだけだ」

敢えて自らの感情と切り離そうとするように、黒田さんはそっけなく言い捨てた。

「謎のままにしておいた方がいいことも、あるってことだね」

事件以後、政府は地下プラントの存在を隠蔽《いんぺい》するため、徹底した情報操作を行った。秘密の一端に関わる黒田さんですら未だに、事件の本当の理由を知りえていない。

政府はひたすら「過去の事件」として風化させることに腐心し、秘密裏に莫大な費用をつぎ込んできた。その努力は一定以上の成果を得たといっていいだろう。街の人々の意識は、事件の解明を求める方向ではなく、事件の理由を詮索せず、仕方がないと受け入れていく方向に、巧妙にコントロールされていったのだから。

事件現場が、昔の痕跡すら残さずつくり変えられ、「開発保留地区」という便宜的な名称のまま放置され続けたのも、その一環だった。

十年の歳月が過ぎ、住民意識誘導のプログラムは、「事件を忘れさせること」に重きを置くようになっていた。二人とも国益を守る立場にあり、隠し続けることで街の人々に真実を伝えられない後ろめたさを常に抱えていた。

「そういえば私、再婚することになりました」

急に話が切り替わる。彼女との会話ではよくあることだ。

「そりゃまた突然だな。見合いでもしたのか?」

考えられる可能性のうち、もっとも低いものを真っ先に上げてみる。彼女は恥じらいを演出するように、両手の人差し指の指先を合わせた。

「息子がキューピッド役なの」

「ああ、息子さんは駿君だったか。あんたに似ず素直な子だったたな」

「ええ、私の育て方が良かったから」

悪びれる風もなく言ってのける。

「今は、高校生だったかな。元気にしてるのか?」

「まあ人並みに。今は居留地に渡っていますけど」

「居留地? なんだってまた」

今は一月、学校が休みの時期でもなかった。まあ母親としての彼女が、子どもの人生における優先順位のトップに「学業」を置いているとも思えなかったが。

「彼も私も今は、恋愛に一途《いちず》な時期なんだ」

高校生の息子を「彼」と呼ぶのは、いかにも彼女らしい。

「お幸せに」

黒田さんは簡潔な言葉で結婚を祝い、彼女のビーカーに二杯目のお茶を注いだ。

◇

街一番の観光地とはいえ、寒風吹きすさぶ平日の夜とあって、異邦郭には客の姿もまばらだった。極彩色のネオンが、見る者もなく空しく明滅を繰り返す。

黒田さんは観光客向けの表通りの店舗には見向きもせず、薄暗い裏通りに入り込んだ。軒に吊《つ》るされたランプが、風を受けて影を大きく揺らげる。

一軒の店の前で、二の腕に双頭の龍の刺青を施した若者が、睨みをきかせて立っている。黒田さんの行きつけの店だ。店の奥には一人の老婆が座っていた。居留地の古い民族衣装を着た彼女は、店の備品の一つであるかのように、何をするでもなくいつもそこに鎮《ちん》座《ざ》している。

老婆は、珍しく来客と話していた。黒田さんと同年代らしき男性だ。流暢《りゅうちょう》な居留地の言葉で、写真を見せながら老婆に語りかけている。

棚の上の方で埃《ほこり》をかぶったスナック菓子に手を伸ばしていると、男性が声をかけてきた。

「そのお菓子は、もう製造中止になりましたよ」

黒田さんは、埃を払ってむせながら頷いた。

「ああ、だから異邦郭じゅうまわって掻《か》き集めてるところだよ」

そんなに好きなのか、とでも言いたげな顔で、男性は鼻白《はなじろ》んだ様子だった。

「よろしければ、居留地の在庫を取り寄せることもできますよ」

どうやら彼は、居留地との交易の仲介業者のようだ。

「いや、いいんだ」

黒田さんは、スナック菓子の在庫を残らずカウンターに置いた。老婆の手元の写真を覗き込むと、髪をお団子に結って弦楽器を構えた美しい少女が写っていた。

「婆さんの孫かい？」

老婆は顔の皺をいっそう深めて頷き、数枚の写真を手渡した。悪名高き「南玉壁《なんぎょくへき》」の威容を背景に、男の子と二人で写っている写真があった。

泉川さんの息子の駿君だった。世間は広いようで案外狭いもんだと思いながら、仲睦まじげな様子に自然に笑みがこぼれる。

写真を返すと、老婆が黒田さんを見つめた。

「役目ヲ持ッテイルネ。終ワラセル」

海を吹きすさぶ、乾いた風を受けた気がした。

老婆の皺に埋もれて落ち窪《くぼ》んだ眼が、奇妙な磁場を生じさせる。自分の奥深くを覗かれているように、視線を外すことができなかった。

◇

調子の悪いエンジンを宥《なだ》めすかして、黒田さんはアパートの駐車場に車を停めた。明かりの灯らない部屋を見上げてしばらくキーホルダーを振り回していたが、やがて踵《きびす》を返して歩き出した。

細い路地を幾度も曲がり、畑のあぜ道に入る。キャベツ畑の先で、畑には不似合いなガードレールが行く手を阻《はば》む。乗り越えると、開発途中で工事の止まった舗装道路が姿を現す。

停められたブルドーザーを一瞥して、黒田さんは道沿いに歩き続けた。しばらくするとアスファルトが途絶え、一軒の家に行き当たる。

今にも崩れそうに傾いた一軒屋だ。

電気が通じていることが奇跡とも思えるような廃屋《はいおく》だった。一応ポストはついているが、郵便物はおろかチラシすら入る気配はない。

一階には小さな台所と、六畳と四畳半の二部屋がある。二階にも部屋があるはずだが、上がれば確実に床が抜けるので、黒田さんの中では二階は存在しないことになっていた。

低い鴨居《かもい》にぶつからないように避けながら六畳の部屋に入る。畳は一歩ごとに波打ってへこみ、床がみしみしと嫌な音を立てた。カーテンもない窓から、月の光が差し込んでいた。平坦ではない畳の上に、歪んだ四角形の光が落ちる。

壁にもたれて胡坐《あぐら》をかき、抱えてきた紙袋の中身をぶちまけた。二枚の紙を置き、スナックとピーナッツを選り分けだす。

「やっぱり、ピーナッツは駄目なんだね」

奥さんの呆れた声も気にすることなく、「食べる前の儀式」に専念する。

「そういえば今日は、泉川が職場に来たぞ」

泉川さんは、元々は奥さんの友人だった。

「元気だった？　って、聞くだけ野暮だよね」

「ああ、相変わらずだ、あの女は」

いつもの夜と変わらぬ、余白の多い夫婦の会話だった。

ようやく邪魔なピーナッツを一掃し、黒田さんはスナックを食べながら、同じく異邦郭で買った醸造酒の蓋を開けた。

「珍しいね、あなたがここでお酒を飲むなんて」

「ああ、ちょっとな……」

禁酒を言い渡してきた梨田さんへの罪悪感が芽生える。それを打ち消すためにも、一息にあおった。酒の力を借りるべきではなかったが、借りなければ言い出せそうもなかったからだ。

貨物列車らしい長い編成の列車が遠羽川の鉄橋を渡る音が、遠く響く。音が途絶えたのを潮に、ようやく口を開いた。

「工事が、再開したよ」

すぐに返事はない。それでも、さまざまな感情が入り混じるのはわかる。夫婦にとっては、沈黙もまた会話の一つだ。

「わかってる。ダンプの音が聞こえていたもの」

遠く、海からやってきた風が窓を揺らす。何かを急かそうとするように忙しなく。

「この家が建っているのも、もう少しだね」

「ああ……」

廃屋がなくなる。それは、二人が永遠に会話できなくなることを意味していた。

「もう、十年も経ったんだね」

十年前から変わらない、若々しい奥さんの声。

黒田さんだけに、そしてこの場所だけで聞こえる、今はもういない奥さんの声だった。

◇

十年前、彼女はなぜ、この家を借りることにしたのだろう。

黒田さんには知る由《よし》もなかったし、実際のところ、奥さんにもよくわかっていなかったのだと思う。二人とも夫婦とはいえ束縛せず、勝手気ままに暮らしてきた。それにしてもその行動は突飛《とっび》過ぎた。

「愛人でも囲うつもりか?」

打ち明けられて、黒田さんが発した第一声がそれだった。当時借りていたアパートも、半年前から二人で住みだしたばかりだったのだ。それとは別に「家」を借りたという行動には、そんなありえない設定でも持ってこなければ説明がつかなかった。

「なんだか、気になっちゃったんだよねえ」

奥さんは、自分でも納得していない風に首を傾げる。一緒に見に行った黒田さんは、すぐに「愛人疑惑」を撤回した。

十年前のその時点でも、家はまさに廃屋寸前だったからだ。持ち主も、まさか借りる人間がいるとは考えてもいなかったようだ。道路予定地に建っているので放置していたということもあり、小遣《こづか》い銭《せん》程度の家賃で借りることを了承してくれたそうだ。

自分でもよくわからない衝動で借りたものの、「住めば都」の言葉通り、狭さや古めかしさがお気に召したようだ。彼女は週に何度かは廃屋ライフを楽しむようになった。

黒田さんは最初に外観を見たきり、足を運びはしなかった。来いとも来るなとも言われなかったが、なぜか自分が足を踏み入れるべきではないと感じていたのだ。

その代わり、奥さんはよく廃屋での出来事を話してくれた。

楽器を抱えて絵を描きながら放浪の旅をする女性を泊めているだの、遊びにくる小学一年生の女の子と共に妙《たえ》なる奏楽を聴かせてくれるだの、浮世離れした話題が多かった。もっとも、二人の結婚生活そのものが全般に浮世離れしてはいたので、気にもしなかった。

退屈でもない、幸せという言葉を実感するほどの手応えもない。そんな日々がこれからも続いていくことを、確信せぬまでも予感していたある日、「あの事件」が起こった。図書館第五分館で本を借りていた奥さんを含む、街の人々三千九十五人が、一瞬で失われてしまった。

事件から数ヶ月が経ち、黒田さんはようやく廃屋のことを思い出した。街もやっと以前の日常を取り戻した頃だった。長い時間躊躇と逡巡とを繰り返したのち、廃屋に向かった。

四畳半の部屋には、たくさんの青い絵の具が置かれていた。放浪の旅の女性が置いていったものだろう。結局話に聞くばかりで会ったこともなかったが、彼女もまた巻き込まれてしまったのだろうか。事件後に誰かが訪れた気配はなかった。

六畳間の、奥さんがいつもいたであろう場所に座ってみる。思い出につながるものは、何も残されていない。そのことが少しだけ黒田さんを落ち着かせた。アパートには、持ち主を失った品々がありすぎたからだ。

あるのはただ一つ、見覚えのない古いラジオだけだった。スイッチを入れてみたが、奥さんの合わせていた周波数では、何の放送も聴こえなかった。

廃屋の中は街の喧騒を寄せつけず、静寂に包まれていた。黒田さんは、自らも建物の一部になったかのように何も考えず、ただ、ただ、座り続けていた。

「ようやく、来てくれたね」

不意に、奥さんの声が聞こえてきた。

◇

「家賃を払いに来ました」

封筒を差し出すと、瀬川さんは心当たりを探そうとするように覚束《おぼつか》ない様子で、眼をしょぼしょぼとさせた。

「黒田です。家賃を……」

「あぁ、あぁ、黒田さんですか。すみませんなぁ、すっかり耄碌《もうろく》してしまって。あなたの顔も忘れてしまったんですかなぁ」

しきりに頭をかいて恐縮しながら、封筒を押し戴《いただ》くように受け取った。

「最後になりますなぁ」

感慨深げに封筒に眼を落とし、お茶を飲んでいくように勧めてくる。

「しかし驚きましたなぁ。あなたの奥さんが、あの家を貸してほしいと言ってきた時には」

庭の見える居間でお茶を淹《い》れながら、瀬川さんが十年前のことを懐かしむ。何度も聞かされた話ではあったが、訪れるのもこれが最後になると思うと、邪険に扱うこともできなかった。

彼も事件で奥さんを失い、一時期はすっかり老《ふ》け込んでしまっていたが、最近はようやく元気を取り戻していた。

部屋の隅に、新聞紙を広げて何かの作業をした跡があった。

「この絵は？」

白いプレートに、青い蝶が描かれていた。つい先日まで街のあちこちで見られた蝶の絵を模したもののようだ。決してうまい絵ではなかったが、伸びやかな羽ばたきで空に飛び立とうとする瞬間が描き取られていた。

「絵なんぞ描いたこともなかったが、ぜひにと頼まれましてなぁ」

瀬川さんは、青い絵の具の残った指を恥ずかしげに擦《こす》った。

◇

ぱりぱりと耳障《みみざわ》りな音を立てる思念遮断素材の服を着込み、ヘルメットを被《かぶ》った。暗視と防御とを兼ねたゴーグルを装着する。

「黒田さん。モニターの調子は？」

ゴーグル内面のディスプレイに、緊張した面持ちの梨田さんが映っていた。

「視界良好《オール・クリア》だ」

「それじゃあお願いします。くれぐれも無理はしないで。危険を感じたらすぐに引き返してきてください」

「わかってるよ」

ディスプレイの隅に泉川さんの姿があった。公的に訪れた彼女は、研究所の職員特有の

「感情抑制」下にあるため、日頃とは打って変わって無表情に状況を観察していた。

黒田さんもまた、意識の「遮断」処理を行う。透明な分厚い遮蔽幕《しゃへい》を自分の周りに幾重《いくえ》にも張り巡らせていくイメージだ。いつもどおり五感にかすかなズレが生じたような隔絶感に包まれ、耳の奥が鈍く圧迫される。

「それじゃあ、入るかね」

黒田さんは海に潜るように耳抜きをして、小さく屈伸運動をしながら、扉に解除キーを差し込んだ。

◇

地下の極秘貯蔵プラントは、三つの壁によって守られている。

もっとも外側は、通常の短期貯蔵庫と同様の強化クロム製の分厚い隔壁。第二の壁は、抗思念効果の高い硫化フラジノイドをゲル化した柔構造の組織で充《み》たされている。最後の壁は、思念反射作用のある摩偏石《まへんせき》が嵌《は》め込まれた石壁だ。

解除キーで一つずつ封鎖を解きながら三つの壁を抜けると、ようやく思念貯蔵用の円室が現れる。

円室は六層に分かれている。各層は小さめの体育館ほどの広さで、高さは通常の建物の三階分ほど。つまり、地下におよそ十八階建てのビルほどの巨大な貯蔵空間が隠されているわけだ。

事件以降、この場所は長い間封鎖されてきた。異質化思念の状態が安定するまでは、誰にも手を出すことができなかったのだ。

事件後十年を経て、安定化の道筋が整い、上層から順次開放が行われてきた。残るは今日開放する第五層と、最下層の二層だけとなっていた。

「黒田よりコントロールへ、現地到着した。引き続き安定剤《E3096》設置に入る」

声が円室内に反響する。気化思念には色も形もなく、肉眼で「蓄積」を把握《はあく》することはできない。だがここには、「遮断」処理をしていなければ、黒田さんの意識を一瞬にして奪ってしまう存在が充満している。そんな眼にも見えぬものが、十年前、三千人以上の人々を消し去ったのだ。

背負っていたケースを下ろし、安定剤をセットした射出装置を円室内に均等に並べていく。安定剤は「Ｅ３０９６」というコードネームで呼ばれている。

射出装置をコードで接続し、壁面の操作パネルの電源を入れた。開放モードに設定し、律儀に三度も尋ねてくるアラートチェックをクリアする。

ヴン……と、円室に鈍い衝撃が生じる。第二壁のゲル状組織が揺れるのがわかる。

「こちら黒田、セッティング完了」

「こちらコントロール。無害化確認されました。それでは、第五次開放開始します。黒田さん、こちらのシステムと同期を取ってバルブ開放してください」

「了解」

操作パネルのグラフ上で上下する二つの波が交差する瞬間を見計らい、手動制御に切り替える。梨田さんのナビゲートに従って、ゆっくりとバルブを開いてゆく。地表まで続くダクトを通じて、安定剤によって無害化された気化思念が排出されているはずだ。開放には二十分ほど時間がかかる。その間、パネルを見据えてはいるものの、特段するべきことはなくなってしまうので、黒田さんはいつも深く思いに沈んでしまう。

街で起きていた不思議な現象も、開放のたびに一つずつ終焉を迎えていった。青い蝶やバスは見えなくなり、鐘の音は聴こえなくなった。本の貸出やラジオへの投稿も、すっかり途絶えてしまった。

十年間、消えてしまった人々と街の人々とを結びつけ続けた現象。それらは本当に、街の人々の「錯覚《さっかく》」にすぎないのだろうか。だとしたら……。

「開放終了します。黒田さん、最後まで気を抜かずに帰還してください」

「ああ、わかってるよ」

現実に引き戻される。見透かしたような言葉に黒田さんは少々ムッとして答え、撤収を開始した。

最下層へと続く扉の前で、自然に足が止まる。十年の時が一気に巻き戻された。

あの日、黒田さんはここにいた。

事件の一報を受けた分室では、住民消失の「中心」と、地下プラントの位置が重なることから、プラントの気化思念の異常漏出が原因であると結論づけた。被害を食い止めるには、誰かが地下通路をたどってプラントに行き、バルブを閉めなければならなかった。

その役目を、黒田さんはかって出たのだ。

ようやく異変が止まったのは、始まってから四十三分後のことだった。黒田さんが危険を冒《おか》して向かわなければ、被害は三千人にとどまらず、最終的には街全体に及んでいただろう。

意識の遮断処理を行っていた黒田さんは、失われることはなかった。だが、まったく別の形の「後遺症」が発生した。

誰も、黒田さんの顔を記憶することができなくなったのだ。どれだけ顔を凝視し、記憶に刻んだとしても、眼を閉じたその瞬間に、記憶は消え去り、どんな顔だったかを思い出すことができなくなる。異質化した思念に長時間晒《さら》されることの代償が、そんな形で表れるなど、いったい誰が予測しえただろうか？

黒田さんは、誰の記憶にも残りえない存在だ。それ故、白衣の背中に大きく自分の名前を記している。

◇

「ああ、黒田君だったのか。お疲れさん」

初老の男性が、名前の書かれた白衣を着て初めて気付いた様子で、少し慌てて声をかけてきた。

「なんだ、住民対策班長か」

ヘルメットに押さえつけられていた髪の毛をわしゃわしゃと掻きむしりながら、黒田さんはぞんざいに言った。

「相変わらずその肩書きは人聞きが悪いな。ラジオ局長と言ってくれよ」

ラジオでパーソナリティを務めているだけに、深みを感じさせる声でたしなめられる。

あの事件の後、国が増員した職員のうち、彼だけは分局事務所には籍を置いていない。

街外れの丘の中腹にある小さなラジオ局が、彼の職場だった。

通常のラジオ局とは違い、彼の統括《とうかつ》する「ひかりラジオ」は、最新の音楽も流さないし、街の旬の話題を提供することもない。

ラジオ局の存在は、大々的な宣伝はされず、街の人々の口コミだけで広がるように操作されていた。放送内容も、意識誘導プログラムに沿って厳格に定められている。それも、街の人々の思いが「事件の理由」へと至らないようにとのコントロールの結果だった。

　だからこそ、ラジオ局長は「住民対策班長」なのだ。

「開放も次回で最後だな。ラジオの方もこの春いっぱいで、最後の放送になるはずだよ」

「すべて終わり、か」

　スナック菓子をつまみながら、黒田さんは呟いた。二人とも、「あの事件」を終わらせる役割を担ってきた。言葉にせずとも、任務と私情の狭間《はざま》で揺れ動く思いは理解できる。局長は、本来の住民意識誘導プログラムから逸脱した放送姿勢で、問責されたばかりだ。

「継続観察対象者《3096》はどうだい？」

　黒田さんは、相手が二回りも年上だということを気にもしない口ぶりだった。

「ああ、この街に来た当初は不安定だったが、今は随分安定している」

　局長は腰に手をあて、感慨深げに窓の外を見つめた。つい先ほどまで黒田さんがその地下深くにいた、保留地区のビル群が見える。そのうち一棟は、高層ビルの形に擬装された、地下プラント用の巨大な排気塔だ。周囲のビルが事件後矢継《やつ》ぎ早《ばや》に建造されたのも、排気塔の存在を目立たせぬために他ならない。

「まさかこの区切りの年に、彼女が街に戻ってくるとは、思いもしなかったよ」

「おかげで観察がしやすかっただろう？」

　人聞きが悪い、と言わんばかりに局長は眉をひそめたが、ややあって「いや、その通りだな」と首を振った。

「彼女がこの街で仕事を探している時に、偶然を装ってラジオ局にスカウトしたのは、この私だからね」

実際「彼女」は、異質化思念を安定させる切り札として、十年間ずっと秘密裏に観察され続けていた。過去の記憶を強制的にロックされるという制約すら、本人は知らされていない。

「彼女の観察も、最終開放と共に終了させるよう、国土保全省から通達されたよ」

彼女はあの事件の「三千九十六人目の犠牲者」になる予定だった。分室では「3096」というコードネームで呼ばれている。

安定化剤「E3096」は、彼女から抽出した思念を元につくられている。一人だけ消え残った彼女の思念だからこそ、中和することができるのだ。その理由も分局職員には知らされていない。

「すべては、謎のまま、だな」

黒田さんはスナックを載せた紙を持ち上げ、残りを一気に口の中に流し込んだ。

「終わることじゃなく、先のことを考えるんだな」

含みを持たせて言って、局長は黒田さんの肩をたたいて出て行った。振り返ると、入れ替わりに梨田さんの姿があった。

「黒田さん、お疲れ様でした。あのっ！　金曜日の夜って暇ですか？」

緊張しているのか、妙に上ずった声だ。

「なんだ、仕事押しつける気か？　俺は残業はしないぞ！」

明日できることは今日やらない、をモットーに、黒田さんはこの十年間一切の残業をしてこなかった。

「誰も仕事だって言ってないじゃないですかぁ」

彼女は拗《す》ねたように口を尖《とが》らせた。幼さが際立つが、同時に、その表情で頼めば黒田さんが断りきれないことを知る計算高さも覗かせていた。

「じゃあ何だ？」

仕事以外で夜の予定を聞かれる理由がわからず、黒田さんは頭を搔きむしった。

「金曜日って、私の誕生日なんですよ」

黒田さんの手が止まる。そのまま首を傾げたので、「悩む人」のパフォーマンスでもしているようだ。

「で？」

「で？　って……」

梨田さんは、言葉の通じない原住民に対面した遭難者のように途方に暮れた表情で、黒田さんをまじまじと見つめた。

秘匿

[redacted]第　09010007号
[redacted]年[redacted]月[redacted]日

[redacted]殿

国土保全省[redacted]

[redacted]市[redacted]経過監視特例措置の段階的解除について

[redacted]市における[redacted]経過監視特例地区（通称名：開発保留地区）の[redacted]については、「[redacted]の実施について」[redacted]年[redacted]月[redacted]日国土保全省発[redacted]号）により、[redacted]より貴職あてその趣旨を通達されたところであるが、このことについて、都市再開発アセスメント事業の終了[redacted]の[redacted]）により、特例地区の[redacted]経過監視特例措置を段階的に解除するものとする。これらの内容についての概要は下記のとおりであるので、その円滑な実施を図るよう配慮されたい。個別の事業の解除確定日については、[redacted]の[redacted]が決まり次第、追って通達する予定である。

なお、[redacted]事業に関連する野分浜[redacted]については、[redacted]による[redacted]を鑑み、事業終了後も継続して調査にあたるものとする。

記

1. [redacted]経過監視特例地区(通称名:開発保留地区)に関する事業
   (1) 不聴不快音による地区への接近忌避感情誘発措置の解除
   (2) [redacted]交通網工事中断措置の解除
   (3) 再開発[redacted](通称名:D棟)の[redacted]外壁[redacted]措置の解除

2. [redacted]事業
   (1) 人口統計への[redacted]者、3,095人加算措置の解除
   (2) [redacted]

3. [redacted]住民対策班による[redacted]意識誘導事業
   (1) [redacted]局(通称名:ひかりラジオ)による[redacted]意識誘導放送の解除
   (2) [redacted]の過影響による[redacted]発症者への[redacted]対応者(通称名:担当者)の任務解除

4. 継続観察対象者([redacted])の[redacted]予後観察事業
   (1) [redacted]継続観察体制の解除
   (2) 特別思念抽出体制の解除(但し、E3096の[redacted]による[redacted]発生の場合は継続)

◇

少しだけ、覚悟する。

この十年で、対処の仕方は自ずと身につけてきた。

待ち合わせ場所に立つ梨田さんは、まだ気付いていない。腕時計に眼をやり、時々パンプスを履《は》いた踵《かかと》を上げて、背伸びをして周囲を見渡している。大人びて見せようとする精一杯の化粧とお洒落《しゃれ》が、微笑ましくも、痛々しくもあった。

小さく深呼吸して、彼女の前に立つ。

「あの……、何かご用ですか？」

戸惑いながら彼女は言った。初対面の相手に向けるかしこまった、そして少し不審げな表情で。

いつものことではあったが、それが自分の見知った存在から向けられるということには、少なからず胸が痛む。「慣れる」とは傷つかなくなることではない。傷の痛みに対処する方法を学ぶというだけだ。

思いをおくびにも出さず、おどけた顔を彼女の前に突き出した。

「あんたが待ち合わせをしてる相手だよ」

彼女は大きく眼を見開き、何度も瞼《まぶた》を瞬《また》かせた。

「黒田さん……。ご、ごめんなさい」

「仕方ないさ。名札を付けずに会うのは初めてだからな」

気を遣わせまいと、わざとそっけなく言った。うつむき続ける彼女に「行くぞ」と促して、大またで歩きだす。

金曜日の夜とあって、レストランは賑《にぎ》わっていた。味を守り続けた老舗だけに、親子三代で訪れる客も多い。グルメガイドには決して載らない隠れた名店だった。

「空いてなさそうだな」

「そうですね。予約しておけばよかったかな」

二人とも、すぐそこの「空席」など眼に入らないかのように、店内を見渡した。

二人用と四人用の席が、それぞれ一つずつ空いていた。白く清潔なテーブルクロスが、来るあてのない誰かを待ち続けているようだ。

「どうぞ、そちらにお座りください」

背後から声をかけられる。店の主人だ。子どもの頃から店に親しんできた黒田さんにとっては、なじみの顔だった。

「いや、この席は……」

「いえ、もういいんですよ」

固辞する二人を、主人は椅子を引いて促した。

「もう十年経ちましたから、そろそろ、と思いまして」

接客のプロだけに、悲しみの影は、笑顔の中に完璧に封じ込められていた。

「そうか……」

黒田さんはそれ以上抗《あらが》わず、店主に従った。

消えた人々がいつ来てもいいように、この二席は常に空けておかれた。街の人々はもちろんそれを知っている。だから、どんなに混んでいてもこの席に座ることを求めはしなかったのだ。

だが、街に起こっていた現象が終焉を迎えるに従い、人々も、「忘れる」ことに思い至るようになっていた。

――コントロールは順調、か……

あきらめから受容、そして忘却へ。事件に対する住民意識誘導は、着実な成果をあげているようだ。

「さあ、食うぞ!」

黒田さんは、わざとメニューを乱暴に広げて梨田さんを促した。

「しかしお前も、よっぽど友達が少ないんだな」

「どういう意味ですか?」

「誕生日に、俺ぐらいしか誘う相手がいないってのは致命的だぞ。年上にたかろうっていうんならもうちょっと金持ちにしたらどうだ？　まあ、今日は俺のおごりだけどな」

彼女は、黒田さんのいつも通りの放言も気にならぬように、楽しげだった。

誕生日ということで、主人からシャンパンがサービスされた。

「まあ、乾杯だ。誕生日おめでとう」

「ありがとうございます」

グラスを傾けた梨田さんは、さっそく眼の縁をうっすらと赤く染めた。

「そういえば梨田、聞いたこともなかったが、なんだってお前は分局での勤務を希望したんだ？」

彼女は、国土保全省本局からの出向という形で勤務している。学歴を考えると、本来進むべきエリートコースからは明らかに外れていた。

ナプキンで口を押さえた梨田さんは、酔いを追いやろうとするように水を飲み、居住まいを正した。

「私は、境界線の三十五人、の一人なんです」

それ以上は言わない。街に住む者なら、その言葉だけで理解できるからだ。

事件の被害範囲は、「中心」とされる場所（つまりは、地下プラント埋設地）から半径千二百三十五メートルに限られている。それより一センチでも外側にいた者は消えることはなかった。

「そうか、お前はあの時、高校生だったんだな」

「はい。私のいたひかり高校は、ちょうど境界線に位置していました。校舎の南端にいた二年五組の三十五人だけが、事件の巻き添えを逃れたんです」

事件では、多くの子どもたちも失われた。彼女たちは、悲しい思いばかりが漂うその頃、「境界線の三十五人」と呼ばれ、希望の象徴となっていた。

「じゃあ、お前は『消え残り《3096》』のことも知っているんだな」

継続観察対象者もまた、ひかり高校の一年生だったはずだ。「三十五人」とは違い、境界線の「内側」にいたにもかかわらず消え残ったため、「継続観察対象」になったのだ。

「ええ、一年後輩で、学生時代は何度か話したこともあります。今は接触を禁じられていますが」

逸《そ》れた話を引き戻そうとするように、彼女は身を乗り出した。

「入省して、オペレーション5に従事するうちに、十年前の事件が、自分の仕事に大きく関わっていることがわかったんです。そして、自ら犠牲になって事件を食い止めた人がいたことも」

オペレーション5。それは今も国土保全省で秘密裏に行われている、思念の国家利用を検討する違法実験だ。あの事件がなければ、この街の地下プラントに蓄積された思念が、実験材料として使われるはずだった。

事件の理由が明らかにされない以上、境界線が生じた理由、そして被害が一定範囲にとどまった理由が公表されるはずもない。つまり、黒田さんが犠牲となって拡大を食い止めたことを知る者はほとんどいない。

「黒田さんは、私の命の恩人なんです」

彼女の声は、殊更《ことさら》に熱を帯びる。

「逆だよ」

絡みついてくる想いを振り捨てるように、黒田さんは冷淡に一蹴《いっしゅう》した。

「俺はお前たちを助けたんじゃない。お前たちしか助けられなかったんだ」

「黒田さんがどう思おうとも、私を救ってくれたことに変わりはありません」

酔ったから、というだけでもなさそうな、断固たる口調だった。

◇

トイレに立った黒田さんは、個室に入り、鞄の中にあらかじめ用意しておいたシャツと上着に着替えた。

何食わぬ顔をして席に戻り、座ろうとする。梨田さんがうろたえた様子で制した。

「あの、そこは……」

「俺だよ。黒田だ」

黒田さんは乱暴に座り、ぎょろりとした眼《まなこ》で梨田さんを見据える。彼女はようやく状況が把握できたようだ。

「どうしてそんなことを?」

「別に、単なる余興《よきょう》だよ。誕生パーティーの、な」

彼女は、怒りと悲しみとが半ばした険《けわ》しい表情で睨んだ。黒田さんが真正面から受け止めると、一瞬だけ眼を逸らし、再び視線を戻す。怒りはすべて、悲しみによって覆い尽くされていた。

「目の前に黒田さんの顔があるのに。眼を閉じるともう、どんな顔なのか思い出せない」

黒田さんはぞんざいな手つきでワインボトルを手にし、お茶でも注ぐようにどぼどぼとグラスに注いだ。

「お前のせいじゃないだろう」

彼女は「わかってます」というように頷いた。自分に言い聞かせようとするように、何度も。

「俺の顔は、誰にも覚えることができない。一度会った人の顔は決して忘れないと豪語する凄腕営業マンでもな」

「だけど、私だけは……って思ってしまうんですよ」

「なんだそりゃ？」

肉を切り分けながら、黒田さんは突き放すように言った。

「俺の顔は誰にも覚えられない。もっとも、覚えてもらえたからって碌《ろく》なことはないから、今の人生には満足してるがな」

彼女は唇を噛んでうつむいていた。黒田さんの言葉が心に届くことを拒むように。

◇

「駿もいないし、料理作るにも張り合いがなくってね」

忙しなくキッチンとリビングを行き来しながら、泉川さんは歌うように話しかけてくる。母親一人で家庭を切り盛りしてきただけあって、彼女の料理は迅速かつ豪快だ。手の込んだ料理など「せせこましい」としか感じない黒田さんにはもってこいだった。今夜は泉川家特製の、彼女曰《いわ》く「手抜き鍋」だった。

「梨田に意地悪したんだって？」

ぐつぐつとおいしそうな音をたてだした鍋《なべ》の蓋を開けながら、泉川さんが面白そうに黒田さんを覗き込む。どうやらレストランでの一件を相談されたらしい。彼女と梨田さんは、同じ大学の出身で気心も知れている。

「そろそろ、気付かないフリも限界なんじゃないの？」

「何の話だ？」

彼女は、私は誤魔化せないよと言わんばかりに黒田さんを凝視し、取り皿を渡す動作を途中で止《や》めてしまう。きちんと答えるまで鍋はお預けらしい。

根負けした黒田さんは、両手を上げて降参のポーズを取った。

「アイツのためだ」

ようやく渡された取り皿に鍋の中身を大盛りでよそい、がっつきながら答える。

「顔を覚えることもできない相手を好きになっても、アイツが苦しむだけだ。それにひと回りも歳が違うんだぞ」

「梨田がそれでいいって思ってるなら、いいんじゃないの？」

予想通り、一言《いちごん》の下《もと》に、「常識的な発言」は却下された。口から白滝《しらたき》をはみ出させながら、黒田さんは不服を申し立てる。

「自分が再婚するからって、俺の気持ちまで恋愛に向ける必要はねえだろう。……いや、失礼」

彼女にではなく、鍋の湯気の向こうに座る男性に頭を下げる。

「いえ、かまいませんよ」

二人のやりとりを見守っていた男性は、穏やかな微笑みで首を振った。

「黒田さんの性格については、彼女からよく聞いていますから」

彼女の再婚相手の谷本さんだ。鋳物工をしているという彼には、今日初めて引き合わされた。

「私の真心ってのは、いつも黒田さんに迷惑がられるんだ」

泉川さんが、拗ねたように口を尖らせる。その顔はわざと梨田さんを真似ているようで、気に入らない。

「まあ、鍋は迷惑じゃないがね」

彼女なりの心遣いであることは充分にわかっていた。ここにいる三人とも、十年前の事件でかけがえのない誰かを失ってきたのだから。

「谷本さんからも、助言をどうぞ」

発言を求められ、彼は眼を細め、少し考え込む。

「どうでしょう。私は恋愛に関して、誰かに教えを説けるような人間ではありませんが」

黒田さんとも泉川さんとも違い、熟考を重ねて発言をするタイプだ。だからこその重みが感じられる。

「ですが、仕事になぞらえて言うならば……」

テーブルの上で腕を組みかえる。一生を、ものをつくり出すことに捧げた男の、無骨《ぶこつ》だが頼もしさを感じさせる腕だった。彼は今、保留地区の鎮魂《ちんこん》の象徴である、ひかり聖堂の尖塔に据えられる鐘を造っているそうだ。

「鐘を造るというのは、慣れるということのない難しい作業です。もちろん技術的な面もさることながら、一番やっかいなのは、出来上がってしまうまでは、どんな音がするかわからないことなんですよ」

年長者としての思い遣《や》りに満ちた言葉とまなざしが、黒田さんに向けられる。

「人と人も同じようなものだと思うし、だからこそ面白いんじゃないですか」

泉川さんが、黒田さんの取り皿に鍋の具を山盛りによそってくれた。

◇

「暦《こよみ》の上では春だってのに、まだまだ夜は冷えるな」

「まあ、こんな隙間だらけの家じゃ、春の気配も感じられないよね」

この十年間変わることのない、姿のない奥さんとのいつもどおりのやりとりだった。

だがそれも、おそらく今夜が最後になる。もう目の前にブルドーザーが停められている。明日にはこの廃屋も取り壊されてしまうだろう。

だが、黒田さんは話を切り出せずにいた。踏ん切りがつかず、何度も咳《せき》払いをしてはスナック菓子に手を伸ばし、むやみに喉に押し込む。

最後の一袋を空《から》にした頃、奥さんが我慢できないというように噴《ふ》き出した。

「ほんっとに、相変わらずだね」

「何がだ？」

「昔っから、あなたはいつもそう。何でもずけずけ言う遠慮のない人だって思われてるけど、本当に大事なことは何も言えないんだから」

ため息混じりだが、長年連れ添った彼女だからこその、想いがこもっていた。

「いや、それは……」

思いつめた心を見透かされ、ますます何も言えなくなる。

「そんな風だから、私はいつまでも……」

ふいに、声が途絶えた。

「どうした？」

顔を上げると、突然目の前に女性の姿が現れ、息が止まる。奥さんであってほしい願望と、否定する理性とがぶつかり合う。

「誰と話していたんですか？」

無理に感情を抑え込んだ、押し殺した声が向けられる。

「梨田、お前どうしてここを？」

「泉川さんに教わったんです。黒田さんが部屋にいないならここだって」

「あの女……」と恨めしげな声を発し、黒田さんは頭を掻きむしった。

彼女は何かを探すように、狭い六畳間を見渡す。

「奥さんと話していたんですね」

黒田さんは答えることなくそっぽを向いた。答えているも同然だった。

「いつまで十年前の過去にこだわるつもりなんですか。黒田さんが一番よくわかっているはずでしょう。そんな声、聞こえるはずがないって」

引導を渡そうとするように、彼女は容赦なく言い放つ。言われるまでもなくわかっていた。どんなにはっきり聞こえようと、どんなに奥さんの声そのものだとしても、それは異質化思念の影響による「幻聴」にすぎないのだと。

理屈ではわかっている。だが、それで納得できるほど、人の想いは単純ではない。

「放っておいてくれ」

「放っておけません!」

「なぜ?」

黒田さんは、居直ったように眼をむいて立ち上がった。今日の梨田さんは怯《ひる》むことなく対峙《たいじ》してくる。

「いつまでそうやって、私の気持ちに気付かないフリをするんですか」

思いのたけをぶつけるように、彼女は一息に言った。

「過去にこだわってるのはお前の方だろう、梨田」

外の冷気よりも冷たく、黒田さんははねつける。

「俺に助けられたなんて、くだらないことにいつまでもこだわってないで、さっさとどっかに行っちまえ」

彼女はしばらく立ち尽くしていた。感情を一滴《いってき》も漏らすまいとするように、きつく唇を噛んで。涙を見せまいと、顔を背けて出て行った。勢い込んで扉を閉めたせいで廃屋全体が揺れて、ラジオが倒れる。

走り去る足音が遠ざかり、再び静寂が訪れる。黒田さんは脱力したように座り込んだ。ピーナッツが、何かから逃げ惑うように畳の上に散乱していた。

「なあ、どうすればいいんだ？」

奥さんの声はどこからも届かなかった。風が窓を揺らす音だけが、空しく響き続けた。

◇

三日後の夜に訪れると、廃屋は撤去されていた。その場所に、かつて一軒の家が建っていたことすら信じられないほどに、跡形《あとかた》もなく。

「すっかり、変わっちまったな……」

なくなってしまえば、あっけなかった。

六畳間があった場所に見当をつけて、胡坐《あぐら》をかいて座ってみる。

地面から立ち昇る冷気に、身体の芯まで凍えてくる。それでも、ずっと座り続けた。

奥さんの声は、聞こえてこなかった。

——やっぱりな……

予想はできていた。それでも動揺は抑えられない。十年間、姿は見えないながらも、この場所で奥さんと言葉を交わし、想いをつないできたのだから。

だがこうして廃屋が消えてしまうと、すべて幻にすぎなかったのだという現実が、否応なしに襲ってくる。

地面に寝転がる。足元には道路予定地の幅に建物が撤去された空間が続いている。その先に、保留地区の高層ビル群が、黒い亡者《もうじゃ》の群れのようにどんよりと闇を広げる。ビルの肩先では航空障害灯の赤い光が、何かの終わりの時を刻むかのように規則正しい明滅を続けていた。

「すべては、消えていくんだな……」

視界の端に、何かが動いた。野良犬でも寄ってきたかと思い、寝転がったまま顔だけを傾けて様子を窺った。

人間、それも若い女性のようだった。バランスを取るような仕種で両手を伸ばし、一歩ごとに大きく身体を揺らす。首に巻いた長いマフラーが動きに合わせて跳ねた。

――踊っているのか？

女性は軽快に飛び跳ねるように近づいてくる。月明かりに縁取られた世界で、彼女だけに聴こえるメロディに合わせてステップを踏むように。黒田さんは、大の字に寝転がったまま、近づいてくるのを待っていた。彼女の口ずさむ歌が聞こえてくる。

「あの曲は、確か『蝶』だったな」

ひかりラジオで紹介されたその曲は、ディスク化も配信もされていないにもかかわらず、街の人々に口コミだけで広まっていた。住民対策班長が独断で電波に乗せたため、問責されるきっかけとなった曲でもある。

彼女は曲名どおり、蝶のように軽やかに舞っていた。

置き忘れられた資材か何かと思っていたのだろう、彼女は直前になって黒田さんに気付いたようだ。危うく踏んでしまいそうになり、勢いづけてまたぎ越した。

「び……っくりした！」

ようやく体勢を整えて振り返った女性に、黒田さんは容赦なく怒鳴った。

「こんな夜中に一人で踊ってる女にびっくりされる筋合いはない！」

女性は一瞬怯んだものの、すぐに気を取り直し、腰に手をあてて言い返す。

「こんな夜中に地面に寝転がってる人に、そんな言われ方する筋合いもありません」

彼女は仁王《におう》立ちしたまま、黒田さんは寝転がったまま、睨み交わす。すぐに互いを認めあう不敵な笑みに変わった。

「気が合いそうだな？」

「そうでもないと思いますけど」

否定しながらも、彼女はまんざらでもなさそうだった。

話すうちに思い当たる。会うのが初めてではないことに。

去年の春から夏に移る頃だっただろうか。道を調べにきた男性と共に、彼女は廃屋の前に立ったのだ。弱さと強さを同居させているような危ういバランスを保っていた彼女を、奇妙に鮮明に覚えていた。

彼女の方は、会ったことがあるなど考えてもいないようで、初対面としての態度を崩そうとしなかった。だがそれは彼女に限ったことではない。黒田さんの前では、誰もがそう振舞うのだから。

彼女は腰に手をあて、ストレッチ運動でもするように上半身を回しながら、黒田さんの寝転がった先を見つめた。

「もうすぐ、ここに道路ができるんですね」

「ああ、開通は来年の四月だそうだ。なんだ、そんなに道ができるのがうれしいのか？」

　廃屋が建っていたことなど、彼女は覚えていないだろう。今の黒田さんの気持ちなど知る由もない。腕を回した勢いでくるりと半回転して、彼女は黒田さんに向き直った。

「道ができたら、帰ってくるんです」

「なんだ、男か？」

　もう少し情緒のある言い方はできないのかと眉をひそめる風ではあったが、それでも彼女はうれしそうに頷いた。

「ええ。道に新たな記憶を刻むために、彼はここを歩くんです」

　黒田さんの横にしゃがみ、地面の上にそっと手を置く。

「遠く離れていても、この道が彼につないでくれる」

　まるで道路が、遠く離れた存在へと自らをつなぐ大切な回路であるかのように、愛おしげだった。

「それじゃあ、またいつか」

　足音を、たん、たん、と小気味よく響かせて、彼女は去って行った。心の躍動をそのまま動きに移し変えようとするように。

　黒田さんは寝転がったまま、遠ざかる彼女の姿を見守り続けた。

◇

「視界良好《オール・クリア》だ」

マイクに向けてぼそりと呟き、黒田さんは解除キーを差し込んだ。地下貯蔵プラントの最下層に向かう。六層に分かれている円室を、第一層から順番に下に降りてゆく。

「黒田さん、いつも以上に慎重にお願いします」

梨田さんの硬い声が、イヤホンから聞こえてくる。

「わかってるよ」

二人とも、廃屋での一件などおくびにも出さなかった。今日の作業は大きな危険を伴う。他のことに気を取られているわけにはいかなかった。最下層には、他の層とは比べ物にならないほど高濃度の異質化思念が、澱《おり》のように蓄積されているはずだ。

事件の原因は、街の人々には無論、分局の職員にも知らされていない。しかし、十年前この場所に入った黒田さんには、おぼろげに理由がわかっていた。

それは、故障や破損による漏出ではなかった。プラントには傷一つついていなかったのだから。

おそらく、「個性」を殺すことができなかった強烈な思念の混入が、その原因だろう。抽出管理センターの想紋《そうもん》チェックも、位相変換も潜《くぐ》り抜けてなお個性を残し続けた思念が、プラント内の思念を異質化させたのち、システムに介入し、一気に漏出させたのだ。

それはまさに「爆弾」だった。十年前、そんなものがなぜ、何を目的としてプラント内に送り込まれたのかはわからない。三千人以上の人々が消えてしまったことが意図的だったのか、それとも結果的にそうなってしまったのかも。

——だが、それも今日で終わる……

黒田さんは、さまざまな思いを封じ込め、黙々と作業を続けた。それが、終わらせる役目を持った者の使命だった。いつもどおり、「Ｅ３０９６」を円室内に配置し終え、操作システムを起動させる。

「セッティング完……」

操作パネルを見て、黒田さんは言葉を失った。思念濃度と活性化とを示す二つの波形が、どちらも大きく標準値を上回っていたのだ。

「これは……」

同時に、オペレーションルームの非常警報が、イヤホンを通じて伝わってきた。

「何があった、梨田？」

錯綜《さくそう》する怒声《どせい》が、イヤホンごしに漏れ聞こえる。

「異質化思念の蓄積濃度が、予想を遥《はる》かに超えていて中和できません。黒田さん。すぐに離脱してください」

緊迫した声が、事態の深刻さを物語る。

「緊急システムが作動したんだな？」

彼女は、返事をしようとしない。

「答えろ！　梨田」

「とにかく早く！」

金切り声に、イヤホンの音が割れる。黒田さんは顔をしかめ、背後を振り返った。いつもどおり思念は姿も形もなく、円室ののっぺりとした壁面が空虚に広がるだけだ。

だがそこに、「何か」を感じた。

――まさか……？

十年の時を経過してもなお、個性を持った「思念」が消えることもなく残り続けていたとしたら？　緊急システムの作動。それはすなわち、「この時」を待ち続けた思念がシステムに強制介入し、再び異質化思念を放出させようとしているのではないだろうか。

このまま黒田さんが離脱してしまえば、思念が中和されぬまま一気に漏出し、十年前と同じ結果になるのは目に見えていた。

瞬時に、自らの取るべき行動を考える。だが、黒田さんにとってそれは「選択肢」ですらなかった。梨田さんが口を閉ざしたのは、その選択が容易に予測できたからだろう。

「黒田さん！」

「終わりだよ、梨田」

通信機のスイッチを切り、ゴーグルとヘルメットを放り捨てる。

操作パネルを手動に切り替え、制御室に入る。予想どおり、介入を受けたシステムが、排気ダクトへのバルブを強制開放状態にしていた。

バルブに手をかけ、全力で「閉」に引き戻す。このまま人力でバルブを閉じ続ければ、漏出は防げる。その代わり、「遮断」処理の許容時間を超えてこの場にとどまる以上、どんな影響が現れるかはたやすく想像がついた。

「ひさしぶりだね」

奥さんの声。それは唐突だったが、なぜか黒田さんには予感できていた。

「ひさしぶりだな。俺ももうすぐそっちに行くことになりそうだ」

バルブを押さえ込んだまま淡々と告げる。十年間、たとえ幻聴とわかっていても、奥さんの声だけが支えだった。廃屋も彼女の声も失った今、こちらの世界には何の心残りもなかった。

「こっちに来ては駄目」

奥さんは、黒田さんをたしなめるようだ。

「どうしてだ。そっちで愛人でもできたか?」

こんな時でも、黒田さんの放言は変わらない。奥さんの苦笑する顔が見えるようだ。

「こちらは、もうすぐ終わってしまう世界。あなたの居場所はないの」

「終わらせるのが、俺の役目なんだよ。もう御役御免でいいだろう」

転がったヘルメットからアラート音が鳴り出す。「遮断」処理の許容時間が近づいたことを知らせるものだ。

「終わりは、始まり。あなたも始まりを迎え……」

奥さんの声が、ふいに途絶えた。何かの到来に安心したというように。

黒田さんは、ゆっくりと意識を失っていった。失われた三千九十五人の意識とともに溶け込んでいったというべきだろうか。

「終わらせません!」

記憶の途切れる瞬間、黒田さんの手がしっかりと、誰かに握られた。

◇

気がついて眼を開く。

白い無機質な天井は、おそらく病院のものだろう。なぜ自分がそこにいるのか考えざるをえず、黒田さんは機嫌がよくなかった。

――「入る」と「出る」はセットになって、か……

梨田さんの「気の利いた風なフレーズ」がよみがえり、複雑な気分になる。

「大丈夫ですか？」

聞こえてきた声は、当の梨田さんのものだった。

「視界不良だ」

簡潔に答え、無遠慮に照らす眩しいライトに手をかざした。光のせいで彼女の顔が見えない。

「異質化思念は、視力には影響を与えません」

冷静な声で否定される。だがその声には、押し隠した安堵《あんど》がにじんでいた。

「誰が犠牲になった？」

脱出できたということは、誰かが円室に入って黒田さんを連れ出したに違いなかった。既に異質化思念の影響を受けている黒田さんだからこそ、あの場所に立ち入ることができるのだ。他の誰かが入れば、異質化思念の影響による「後遺症」からは逃れえない。

「いえ。誰も、犠牲にはなっていません」

神経を逆撫《さかな》でしようと意図するかのように、彼女の冷静な口調は変わらない。

「あのなあ、どんなに業務マニュアルで決められた行動でも、他人を助けるために割りを食うのを犠牲って言うんだよ、これだから頭でっかちの……」

怒鳴りながら身体を起こして絶句する。

「まさかお前……」

彼女の胸の非常識なほどに大きな名札が、わかり易すぎる回答を与える。黒田さんは唸り声をあげながら頭を掻きむしった。

「梨田ぁ、お前一番下っ端だからって、こんなとこで貧乏くじ引いてどうするんだよ」

意味がわからないというように、彼女は眼を丸くする。

「いえ、私から志願したんです。犠牲でも、貧乏くじでもなく」

「どんな障害が残るかってことぐらい、俺を見てりゃわかってただろうが」

「もちろんわかっていました。だけど……」

彼女は瞼を閉じた。しばらくして眼を開けて、黒田さんの姿に確心を込めて頷く。

「これで私は、黒田さんの顔を覚えられるようになったから」

同じ障害を持つ者同士は顔を記憶できる。可能性は指摘されていたが、推論の域を出るものではなかった。彼女は身をもってそれを実証したのだ。

「いい大学出てる割には頭の悪い女だな、俺の顔がわかることと、みんなから顔を覚えられなくなることと、どっちが大事か損得勘定もできないのか?」

黒田さんの剣幕にも、彼女は動じる様子はない。

「一番大切に思える人の顔がわかる方が、大事に決まってるじゃないですか」

臆することも、迷うこともない、まっすぐな気持ちを向けられる。

「他に何か、言いたいことはありますか？」

「いや……」

黒田さんがわめくほど、彼女は穏やかに受け止める。すっかり肩透かしを食らって、何も言えなくなった。堪《こら》えきれないように、彼女は噴き出してしまう。

「黒田さんって、いっつもそうなんですよね」

「何がだ？」

「何でもずけずけ言うくせに、本当に大事なことは何も言えないんだから」

奥さんと同じ言葉だった。

黒田さんは大きくため息をついた。それは、ずっと動かしていなかった心を動かすための準備運動のようなものだった。

手を伸ばし、梨田さんの頭に手を置いた。そうして、「本当に大事なこと」を言うための第一歩を踏み出した。

「ありがとう、梨田」

◇

恐る恐るだった梨田さんの足取りは、玄関を上がって三歩目で普通に戻った。

「思ったより、汚れてないんですね」

「何だ。ゴミ御殿だとでも思ってたのか?」

「そんなことは言ってません」

生真面目に反論しながら、部屋の中を見渡す。退院した黒田さんだったが、まだ体調が万全ではないからと彼女が言い張って、アパートまで付き添ってきたのだ。

「整ってる、って言うより、何もないんですね」

部屋にはテレビも、テーブルもソファも、家具らしきものは何もなかった。

「死んだかみさんのものに囲まれて暮らしてるとでも思ったのか?」

「そんなわけじゃ……」

梨田さんが、図星を指されたように口籠《ご》もる。

事件の半年後に、黒田さんはこのアパートに引っ越してきた。以前のアパートからは荷物を何一つ運び込まなかった。回収業者にすべて処分させたのだ。奥さんの思い出につながるものを一つ残らず。今の部屋にあるのは、わずかばかりの調理器具と、衣服などの日用品だけだ。

「何だか、古いラジオですね」

「ラジオ？」

片隅に置いてあったラジオの前に、梨田さんが屈みこむ。

「そんなはずは……」

言葉を失い、黒田さんは幻を見る思いでラジオに眼を凝らす。廃屋の撤去と運命を共にしたはずだった。こんなところにあるはずがない。

「これって、まだ使えるんですか？」

返事を待たず、梨田さんがスイッチに手を伸ばす。突然、明瞭な音声が響いた。

「どういうことだ？」

電池も十年前のままだった。スイッチを入れたところで、聞こえるはずもなかったのだ。

「今日はひかりラジオの、最後の放送日です」

穏やかな男性の声が聴こえてくる。住民対策班長、いや、ラジオ局長の声だ。

「事件の半年後に、ひかりラジオ局は放送を開始しました。あれから十年、街の皆さんと共に歩んでまいりましたが、今日ですべての放送を終了いたします」

十年間、ラジオには触りもしなかった。なぜ奥さんは、当時は聴けるはずもないひかりラジオの周波数に合わせていたのだろうか？　黒田さんの疑問をよそに、歴代のパーソナリティたちが次々にお別れの言葉を口にした。

「沙弓です」

　最後の声には聞き覚えがあった。失われた廃屋の前で話した女性だ。

「一年にも満たない短い期間ではありましたが、本当にありがとうございました」

　型どおりの挨拶の後、しばらくの沈黙があった。局長に促され、彼女は言葉を継いだ。

「私は……、私は、あの事件のたった一人の消え残りです」

　すべてがつながる。彼女が「継続観察対象者《3096》」だったのだ。

「この街での記憶を全部失って、一時は他の街で暮らしていました。でも、いつまでも逃げたままじゃいけないって、戻ってきたんです」

　春に出会った時の、不安定な心をそのままにのぞかせていた彼女を思い出した。

「この街で、たくさんの人に出会いました。お会いした皆さんのさまざまな想いに触れ、助けられ、勇気づけられて、今日まで頑張ってこれました……」

　感極《かんきわ》まったのか、彼女は涙声になって言葉を途切れさせる。周囲のパーソナリティから「頑張って！」の声がかかる。

「まだ、私の記憶は戻っていません。もしかすると、一生取り戻すことはできないのかもしれません。それでも私はこの街を、これからも皆さんと一緒に歩いていきます。また、街のどこかでお会いしましょう」

深く頭を下げる彼女の様子が、眼に浮かぶようだ。

「最後にお便りを紹介します。先週、一枚の葉書が届きました。二ヶ月ぶりのことです」

局長は穏やかではあるが、興奮を隠しきれぬ声だった。

「野分浜にお住まいの、黒田彩香《あやか》さんからです」

黒田さんは思わずラジオをつかんだ。

「もしかして、奥さんの？」

梨田さんの問いに、呆然として頷く。野分浜は、十年前に二人で住んでいたアパートのあった場所だ。

分局の理論からすれば、黒田さんが無意識のうちに奥さんの名前で投稿したということになる。だが、意識を失って入院していた黒田さんに出せるはずもなかった。それでも確かに、葉書はラジオ局に届いたのだ。

局長に代わって、沙弓さんが読み上げる。

「ラジオが終了すると聞き、お便りしました。この十年、いろいろなことがありました。楽しい思い出ばかりというわけではありませんが、ひかりラジオは、私たちの確かな支えとなってくれました」

局長から聞いていた。ラジオに届く葉書は、何らかの制約があるかのように、あの事件や消えてしまった人々の置かれた状況を直接に語ることはないと。奥さんの葉書も同様だった。それでもなお最後の投稿者として、彼らが「本当に」消えてしまうことを伝えようとしていた。

「私たちはもう、ラジオを聴くことはできなくなります。ですがこの終わりが、それぞれにとっての始まりになることを祈っています」

沙弓さんの声が、奥さんの声に重なる。梨田さんが、ラジオの前に座り込む黒田さんの肩に優しく手を置いた。

放送が終わり、聞こえてくるのが雑音だけになっても、二人でずっとラジオを聴き続けた。

終わりと始まりとを、それぞれに感じながら。

◇

ゴロゴロと調子の悪いエンジン音の車を叱咤《しった》しながら、黒田さんは家に向かっていた。喪服を着た人が目立つようになり、やがて葬儀を行っているらしい家が眼に入る。瀬川さんの家だ。

「爺さん、死んじまったのか……」

つい最近元気な姿を見たばかりだった。だが驚きはない。人はいつも理由なく、心の準備もなく失われていくのだ。

徐行しながら通り過ぎる。借りていた家の大家というだけで、親族の顔を知っているわけでもなく、葬式に出る間柄でもなかった。近くの道端に車を停め、簡単に黙禱《もくとう》を捧げて哀悼《あいとう》の意を示すことにした。

車に寄りかかり、しばらく眺めていた。さほど多いとも思えない参列者が三々五々帰路につく。それぞれに、人生の一定の時間、瀬川さんに関わったであろう人々だ。葬式特有の儀式めいた動きは、傍観者として見ると少しばかり滑稽《こっけい》だ。

彼の歩んできた人生がどんなものだったのかはわからない。参列者たちに、彼の思いのいったいどれだけが受け継がれていくのだろうか。

ふと、見知った顔が現れた。喪服を着て親族らしき人々に目礼したのは、廃屋の前で出会った女性だった。ひかりラジオの沙弓さんであり、「継続観察対象者」でもあった。

彼女は、瀬川さんの部屋で見た、青い蝶を描いたプレートを抱えていた。

「瀬川の爺さんが描いた蝶だな？」

通り過ぎようとした彼女にいきなり話しかける。驚いたように足が止まる。彼女にとって黒田さんは、「初対面」の相手なのだから無理はない。手元のプレートに視線を落とし、瀬川さんを思い懐かしむように寂しげな微笑を浮かべた。

「ええ、瀬川さんの思いが託された蝶は、いつまでもこの街に残って、人々を見守り続けるんです」

何か思い出せないことがあるというように、彼女は首を傾げた。

「すみません、どこかでお会いしましたっけ？」

親しみのこもったまなざしが向けられる。たった一人の「消え残り」として傷を負ったことなど感じさせせぬほどに。

「いや、初対面だよ。きっとな」

「どこかで、会った気がするんだけどな」

あの事件で消え残った彼女だからこそ、黒田さんの「障害」をも乗り越えて記憶されているのかもしれない。

「まあ、またいつか会おう。この街のどこかで、な」

彼女のラジオでの言葉を借りて、黒田さんは手を振り、車を動かした。バックミラーの中で、瀬川さんの家と彼女の姿が遠ざかる。

「消えるものもあり、残るものもある……」

◇

　アパートに戻ると、学生服を着た男の子が待っていた。

「黒田さん……ですよね？　おひさしぶりです」

　名札を確認しながら、少年は挨拶した。

「ああ、泉川のところの……駿君か。すっかり見違えちまったな」

　数年ぶりに会う彼は随分と背も伸び、青年と言ってもいい程の精悍《せいかん》さを覗かせていた。父親の面影も見え隠れするようだ。

「居留地に行ってたって？」

「はい、先週帰ってきました」

　荷物を抱えたままなので、彼のお辞儀はぎこちなかった。手にしているのは大きなダンボール箱だ。

「異邦郭のお婆さんからです」

　大きさの割には持ち重りのしない箱を受け取り、見当もつかないまま開けてみる。

　中身はいっぱいのスナック菓子だった。パッケージは新しくなっていたが、確かにいつも買っていたものだ。

「居留地の業者に製造再開させたそうで、黒田さんに持っていけって言われました」

あの小柄な老婆に、そんな事をさせる力があるとは思えなかった。それに、「プレゼント」を受けるいわれもない。呆然として袋を手にする様子を見て、少年が言い添える。

「言ってました。お婆さんは、こう。終わらせる役目を果たした者の、始まりへのはなむけだ、と」

居留地様のイントネーションになりながら、少年は老婆の言葉を伝えた。

吹き渡る風を感じた。遠く海からの風に乗り、その言葉はまっすぐに届いた。

◇

玄関を出て歩き出した黒田さんは、数歩進んで引き返し、上着を脱いで玄関に放り込んだ。

春がゆっくりと、それでも確実にやって来ようとしていた。

瀬川さんの家の前を通る。彼が亡くなってもう二ヶ月が過ぎていた。見知った人物の家が空き家になっているのを見るのは、やはり寂しいものだ。

だが今日は様子が違った。引っ越し業者のトラックが横付けされ、次々と荷物が運び込まれていた。

どうやら新しい住人らしい。一人の女性が、感慨深げな様子で真新しい表札を見つめている。

「ここに越して来たのかい？」

誰にでも臆することなく声をかける黒田さんは、ここでも遠慮をしなかった。長い髪を後ろで束ねた女性は、少し驚いた様子で眼を瞬かせた。

「はい、以前住んでいた方にお世話になっていて。庭も気に入っていたので」

几帳面な様子で、表札のわずかな傾きを正すように手を伸ばす。

「西山さんか」

「ええ、まだ呼ばれ慣れてませんけれど」

自分がその苗字になったことを確認するように、彼女は表札の文字をなぞる。トラックから降ろした荷物を抱えた男性が、彼女に声をかけた。

「これはどこに運ぼうか？　藤森さ……」

言いかけて、しまったというように顔をしかめる。

「いい加減に苗字で呼ぶのは止めてください、西山係……」

今度は女性の方が口を押さえた。

「そっちこそ、係長はそろそろ卒業してくれよ」

ぼやきながら男性は荷物を抱え直した。黒田さんの家にあるのと同じ、古いラジオだった。

二人のやりとりを背に、再び歩き出した。

かつての瀬川さんの家は、新たな住人を迎えて心なしか弾んでいるようだった。なくなってしまった廃屋を思い出して、柄に合わず感傷的な気分になる。だがそれも一瞬のことだった。

廃屋のあった場所に立つ。手にしたスナック菓子の袋を開けた。最初につかんだのはピーナッツだ。弾き飛ばそうとして思い直し、口に入れてみる。思ったよりも悪くない味だった。

春の訪れを告げる柔らかな風が吹き渡る。生まれたばかりの蝶が、風に翻弄されながら、それでも懸命に羽ばたいていた。この季節特有の、遠く大陸から届いた砂で霞《かすみ》のかかった空が広がる。向かう先には、保留地区の無人の高層ビル群が建ち並んでいた。

地下貯蔵プラント最下層は、異質化思念を内部に残したまま、厚さ十数メートルの分厚い隔壁で周囲を取り囲み、再び封鎖された。いつか沙弓さんの精神状態がもっと安定した頃に、新たな「E３０９６」が抽出される。その時には本当に、この事件を終了させることができるだろう。

すべて終われば、彼女の過去の記憶を封じた「ストッパー」も外すことができる。記憶を取り戻すことが、彼女にとって幸福なことなのかはわからない。もしかすると、新たな苦悩を背負うことになるかもしれない。だがたとえどんなつらい記憶であれ、他人に奪い続ける権利などありはしない。

異質化思念の開放と同時に、彼女の「継続観察」は終了する。だが黒田さんは彼女を、個人的に見守り続けることに決めていた。それが、真実を告げることができないせめてもの罪滅《つみほろ》ぼしだった。

ビルが建てられながら利用されることもなく、道もつながっていなかった保留地区は、「ひかりリバーサイドタウン」というありきたりな名前をつけられ、生まれ変わろうとしている。

「ひかりリバーサイドタウン、か」

言葉にしてもまだ言い慣れない。だがいずれその名前も場所も、街の人々と共に時を重ね、記憶に刻まれていくのだろう。

人の記憶。

道の記憶。

建物の記憶。

そして、街の記憶。

人が、過ぎ去った日々を「記憶」という形でとどめるように、道や建物は、そして街は、記憶を持っているだろうか。

あの事件は十年間、決して癒《い》えることのない傷のように、街の人々の記憶に刻まれてきた。だが、どんな深い傷もいつか消え去り、傷のあった場所さえ思い出せなくなる。

いずれ、すべては忘れられる。

それをさだめとしながらも、人は精一杯の記憶を、そして想いをつないでいくのだろう。季節をまたぐことができないとわかっていながら、それでも懸命に羽ばたき続ける蝶のように。

「黒田さん！」

弾んだ気持ちをそのままぶつけるように、明るい声が飛び込んでくる。梨田さんが、手を振って遠くから駆け寄って来た。ポニーテールが、軽やかに揺れている。

誰かに求められること。

その喜びを、黒田さんはずっと忘れていた。自分にそんな感情がよみがえることは、二度とないと思っていたのだ。

たった一人でも自分を理解し、求めてくれる人がいるならば、世界の輝きは違う。

「おう、今行くぞ！」

光に満ちた世界に、黒田さんは新たな一歩を踏み出した。

新たな序章

つながる道

歩き始めよう。

アタッシェケースを持ち直し、幡谷《はたや》さんはゆっくりと第一歩を印《しる》した。

未だ道の息吹は感じられない。だが焦ることもない。

動作の一つとしての歩行から、自らと道とを互いに反応させ合う「触媒《しょくばい》」としての歩行へと、少しずつ切り替えてゆく。

「二年ぶりか……」

駅前のオフィスビルを見上げて、一人呟いた。

歩くべき場所までは、駅から五キロほどあった。とはいえ、一日に数十キロを歩く幡谷さんにとって、それは苦となる距離ではなかった。むしろ「本番」までの足慣らしとしては程よい道のりだ。

幡谷さんは駅前の雑踏《ざっとう》を構成する一人となって、街に溶け込んだ。

駅裏の小さな公園を横切る。ひと通りの遊具や広場が整えられているが、オフィス街だからか、遊ぶ子どもの姿はない。取り留めなく並んだ遊具が、木漏れ日を受けて鈍く光っている。

ベンチの周囲では鳩たちが、餌を与える者の到来をあまり期待せずに待ち続けていた。群れというにはあまり統率の取れていない様子で、それぞれ違う方向を向いてうずくまっている。

鳩の集団の中をまっすぐに横切る。鳩たちは、幡谷さんの歩みから逃げようとはしない。どんなにすれすれを通り過ぎようとも。

その歩行は、風が吹き、雨が降るのと同様の、自然の営みの一つと化していた。

——そろそろだな——

一歩ごとに、道からの反応が湧き上がってくるようになる。

道が、幡谷さんの歩行を迎える。そう、まさに「迎える」のだ。その歩みは、長く働き続けた道を慰撫《いぶ》し、誇りを呼び覚まさせるのだから。

幡谷さんは、歩くことによって道を道として帰属させる、「歩行技師」だ。

◇

舗装の色が変わる。

未だゴムタイヤによる侵略を受けていない、真新しいアスファルトの輝きが初々《ういうい》しい。片側二車線の整備された道路が、緩やかなカーブを描いて延びていた。

ひかり大通り。

それがこの道の名前だ。正式な開通日を明日に控え、道は歩行者に開放されていた。車を気にせず新しい道をゆっくりと味わえる最初で最後の機会とあって、多くの街の人々が繰り出していた。沿道には軽食や飲み物を販売する屋台が並び、大道芸やパフォーマンスが、道行く人々を楽しませる。

「それじゃあ、始めようか」

幡谷さんは、足元のアスファルトに向けて話しかけた。知らぬ人が見れば、独り言を言っているように聞こえたかもしれない。

実際、幡谷さん自身にも、道の返事は聞こえなかった。生まれたての道は赤ん坊と同じだ。自分が「ひかり大通り」と名付けられたことはもちろん、「道」であることすらも認識できてはいないだろう。

――まあ、ゆっくりやろう――

幡谷さんは、ひかり大通りを新たな道として帰属させるため、この街にやってきたのだ。まっさらな道の意識を受け止めながら、更に道の奥へと意識を深めてゆく。

歩くのは今の道だけではない。アスファルトの下には、今は廃止され、忘れ去られてしまった道が眠りについている。失われた道に刻まれた記憶の上をも、幡谷さんは歩くのだ。

役目を果たした道の長きにわたる働きを讃《たた》え、安らかな眠りを与える。それも、歩行技師としての役目なのだから。

◇

歩くにつれ、失われた過去の道にとどめ置かれた記憶が呼び覚まされてゆく。形の定まらない「負」のイメージが襲いかかる。幡谷さんは、耳を澄まして音を聞き分けるように、歩く速度を落とし、道の思いを汲《く》み取る。踏みしめる足を通じて、風化させえぬ悲しみの記憶が立ち昇ってくる。

顔を上げ、道の向かう先を見通す。緩やかなカーブの先に、高層ビルが林立する一画があった。

ひかりリバーサイドタウン。かつて「開発保留地区」と呼ばれた場所。そして十二年前、三千人以上の人々が一瞬で失われた、「あの事件」が起きた場所だった。

高層ビルは、忌《い》まわしい記憶など過去に葬り去ったかのように揺るぎない姿で、陽光を鈍く反射させていた。

「だけど……」

ゆっくりと歩き、道の記憶を読み取る。

ここは事件前の面影がすべて消し去られた場所だ。道も例外ではない。使命を全《まっと》うすることなく寸断され、地下に埋められてしまった。

だが、刻まれた記憶まで消えてしまったわけではない。道は、場所と場所とをつなぐだけの存在ではない。その場所に刻まれた思いをもまた「つなぐ」ためにあるのだから。

アスファルトの下に隠された道は、事件のことを忘れようとせず、幼いひかり大通りに、記憶を継承しようとしていた。

幡谷さんは、新たな道に託された思いをしっかりと受け止めた。

◇

「おかしいな……」

首をひねりながら足を止めた。

道に刻まれた記憶に、まったく別の記憶が輻輳《ふくそう》している。それが似て非なる信号となって、幡谷さんの歩行を妨《さまた》げるのだ。

「これは、思念漏出か……」

地下に網の目のように張り巡らされている思念供給管には、住民に供給するために位相変換された気化思念が充満している。どうやら足元の供給管に損傷が生じ、漏出した思念が妨害しているようだった。

　供給管の不具合を発見した場合は、最寄りの供給センターに連絡しなければならない。携帯電話を取り出したところで手を止めた。電話するまでもない。すぐそこに供給センターの作業車が停まっていた。

　マンホールの蓋を開け、穴を挟むようにして男女二人がなにやら言い合っている。

「梨田ぁ、お前、ヘルメットも持ってこないって、どういうつもりだぁ？」

「だから、黒田さんが下りるって言ったんでしょう？」

「お前は年長者を立てようって気がないのか」

「黒田さんこそ女性を労《いたわ》ろうっていう気がないでしょう」

　男性が怒鳴るように言い放ち、女性が生真面目に言い返す。組む相手を間違えた漫才コンビのようでもあった。声は喧嘩腰だが、いがみ合っている風でもない。男性の抱えたスナック菓子の袋に交互に腕を突っ込み、男性はスナックだけを、女性はピーナッツだけを食べている。役割分担が決まっているかのように。

　二人は作業着の胸と背中に、自らの苗字らしきものを記していた。名札というにはあまりにも大きすぎるのが気になった。

「あの、すみません」

「ああ？」

話しかけると、「黒田」と名札をつけた男性が、ぎょろりとした眼《まなこ》を向けた。

「唐突に申し訳ありません。道の調査を行っている者です。供給管が損傷しているようですが」

「あんたは、確か……？」

男性は、他のことに気を取られたように幡谷さんの言葉を聞き流し、不精髭の生えた顔を無遠慮に近づけた。

「昔、会わなかったか？　ここに建ってた廃屋の前で」

確かに、今にも倒れそうな建物の前で、男性と会話した記憶がある。人の顔は覚えている方だが、男性には見覚えがなかった。

「覚えてねえんだろ？　まあ、仕方ないさ」

ぶっきらぼうだが、言葉には優しさが滲むようだ。瞳に宿された癒しえぬ悲しみに、否応なく触れてしまう。それは道の伝える記憶に相通じるものだった。

「もう、黒田さん！　初対面の相手に失礼でしょう？」

「梨田」と名札をつけたポニーテールの女性が、慌てて男性を押しのけて前に立った。

「歩行技師の方ですね。お察しの通り、地下埋設管に亀裂が生じているようなので、今から修復作業を行います。しばらくお待ちいただけますか？」

理知的な面差《おもざ》しに似つかわしく手際よく応対して、マンホールの入口に男性を押し込む。彼はぶつぶつ言いながらもようやく下りる準備を始めた。

「すみません。私たちの顔は覚えられないんで。気にしないでくださいね」

「覚えられない？」

まじまじと見つめてしまう。二人共、「覚えられない」ほど特徴がないわけでもなかった。

「おい、そんなに押すな。腹がつかえる」

「黒田さんのお腹がだぶついているのは、私のせいじゃありません」

男性がお腹をつかえさせながら、ようやく穴の中へと潜っていった。

その瞬間、言葉の意味が理解できた。姿が消えた途端、男性の顔が記憶から消え去ったのだ。

「これは……」

信じられない思いで眼をつぶる。視界が閉ざされると同時に、目の前の女性の顔が思い出せなくなる。失礼とはわかっていながら、何度も眼を閉じては開くを繰り返し、確かめずにいられなかった。

彼女は、男性と同様の悲しみの影を、一瞬だけ瞳に表した。

「どうしてこんなことに？」

男性の入った穴を見守りながら、彼女はいきさつを話してくれた。

十二年前の事件に絡んで、男性はこの症状に陥った。そして男性を救うために彼女もまた同じ道をたどったということだった。慎重に言葉を選ぶ様子から、詳しいことは話せない事情があると察せられた。

幡谷さんの属する国土保全省では、国際法による余剰思念利用基準から逸脱した研究を行う秘密の部署があると、消えては立ち昇る疑惑が取沙汰《とりざた》されていた。この街の事件にも何らかの形で関わっているという噂は、幡谷さんのもとにも漏れ聞こえてきている。もしかすると二人は、逃れようのない大きな動きの犠牲になったのかもしれなかった。

「迷いは、なかったんですか?」

「迷い……、ですか?」

「あの男性の顔が認識できる代わりに、彼以外のすべての人から記憶されなくなってしまう。そのことを躊躇する気持ちはなかったんですか?」

彼女は少し考えるように眼を伏せた。だがそれは、自らの心の内を覗くためのものではないようだった。

「あなたなら、どちらを選ばれますか?」

迷いもためらいも寄せつけようとしない澄んだ瞳が、幡谷さんに向けられる。その姿が、自分にとっての「たった一人の存在」と重なった。

「愚問でした」

幡谷さんの答えに、彼女は正解を出した生徒に対するように、満足げに頷いた。

「もうすぐこの名札、黒田に変わるんです」

胸につけた名札の「梨」の字の上を、「黒」のカタチになぞる。

「それは、おめでとうござ……」

「こらぁ梨田。くだらんことしゃべってないでサポートしろ！」

祝福の言葉を遮って、地面の下から怒鳴り声が上ってくる。彼女はやれやれというように肩をすくめて幡谷さんに笑いかけ、穴の中を覗き込む。ポニーテールの髪先が、彼女の心を表すように弾んだ。

マンホールの上と下でいつまでも続きそうな仲睦まじい掛け合いを背に、幡谷さんは再び歩き出した。もう二人の顔は思い出せない。それでもなお、幡谷さんは二人の姿をしっかりと胸に刻んだ。

◇

ひかり大通りの下には、地下鉄が通っている。事件以後工事が中断されていたが、明日、道路の開通と時を同じくして開通する予定だ。

新設された地下鉄駅の地上部分には、街の人々の交流センターが建設されていた。建物は、鮮やかな青が壁一面に配されている。幾何学《きかがく》的な模様に見えていたその青は、近づくにつれ、「個性」を持った小さな絵の集合であることがわかる。

「青い蝶……」

壁面は、蝶のタイル絵で覆われていた。いったいどれほどの数が描かれているのだろう？　建物の周りを一周してみる。由来らしきものは書かれていなかったが、片隅に「蝶―３０９５」と記された銘盤《めいばん》が据えられていた。

その数字には覚えがあった。事件で消えてしまった人々の数だ。二度と戻ることのない人々への想いが、蝶の姿に託されているのかもしれない。

一つ一つタッチが違うのは、街の人々が一枚ずつ描いたからなのだろう。中には稚拙《ちせつ》な絵もある。だがどれもが、どこまでも高く飛び続けようとする意志を持つように、精一杯に羽ばたいていた。

交流センターの中には、街の出張所と市民ホール、そして図書センターが入居している。入口横には、カフェが併設されていた。カフェらしからぬ「第五分館」という名前に惹かれて、店内を覗いてみる。

居留地との交易が盛んな街らしく、カウンターにはさまざまな種類の茶葉が瓶《びん》に入れて並べられていた。準備中の札がかけられ、客は誰もいなかった。店員らしき姿もない。

ふっと喧騒が遠ざかる。目の前の無人の風景が、「いるべきはずの人がいない風景」と二重映しになる。それはきっと、この場所で昔起きた事件の記憶に重なるものだろう。

　歩行作業時に特有のフラッシュバックだった。

　頭を振って気分を切り替えていると、一人の男性が現れた。荷物を抱えたまま立ち止まり、幡谷さんのアタッシェケースの「国土保全省」の文字をしげしげと眺めた。

「もしかして……」

「どうしました？」

　初対面の相手だった。先ほどの二人のように、記憶に刻めない相手がそれほど多くいるとも思えない。男性は荷物を下ろし、カウンターについた。どうやら彼が店主らしい。

「良かったら、お茶を飲んでいかれませんか？」

「まだ開店前なのでは？」

　親しみやすい店主につられて腰を落ち着けそうになってしまい、慌てて周囲を見渡す。

「特別ですよ」

「じゃあ、お言葉に甘えて。何かお勧めを適茶《ブレンド》してもらえますか？」

　店主は愛想よく笑って頷いた。打って変わって真顔になり、茶葉の瓶を手にする。慣れた手際で茶葉を調合し、真剣なまなざしでお湯を注ぐ。

「変わった名前のお店ですね」

「ええ、以前この場所にあった図書館がそう呼ばれていたんですよ。私は昔、そこに勤めていたんで」

事件によって失われた場所、ということなのだろう。先ほどのフラッシュバックの理由が判明する。事件に深く関わった名前の場所だったからだ。

蟠谷さんの前に、温かな湯気のたつ磁杯が置かれた。

「春摘みの煉《れん》茶と、相性のいい三年ものの風曹茶《ふうそう》を適茶《ブレンド》したものです」

一口含んで、不思議な気分にとらわれる。まるでいきつけの店で、「いつもの」と頼んで出されたお茶のように、蟠谷さんになじんでいた。「癒し」という単純なものではない。蟠谷さんを受け入れ、鼓舞し、気力を漲《みなぎ》らせる。そんな力を備えたお茶だった。

「どうしてこんなに、私にぴったりのお茶がわかるんですか？」

ため息混じりの賞賛《しょうさん》に、店主はまんざらでもなさそうに頭をかいた。

「私はずっと、人の想いをつなげる役割を担《にな》ってきましたからね。その人に必要なものが、なんとなくわかるんですよ」

「私には、何が必要と？」

「そうですね……。歩き続ける勇気、でしょうか」

店主は蟠谷さんを見守るように、柔和な笑みを浮かべていた。淹《い》れたお茶と同様、歩き続けた蟠谷さんを労るように優しく。

店主が店の前の札を「準備中」から「ＯＰＥＮ」に裏返すと、客が次々とやってきた。

なぜか「担当者さん」と呼ばれる店主は、街の人々からも親しまれているようだ。お茶を飲みにくるというより、話をしたくてやってくる客もいるようで、店内は賑わっていた。

店主自身は、積極的に悩みを引き出すでも、解決の糸口を与えるでもない。人生の舵取《かじと》りはそれぞれに任せながら、この場所で人々をじっと見守ろうとするかのようだ。

客も増え、一人で切り盛りするのは大変そうだ。見かねて幡谷さんは「何か手伝いましょうか」と腰を浮かしかけた。店主は忙しく立ち働きながら、とんでもないと首を振る。

「働いてくれる人はいるんだけどね。今日はどうしても休まなきゃいけないって言って。彼女がいてくれりゃ鬼に金棒なんだけど」

口ぶりから、女性への信頼ぶりが伝わってくるようだ。

「ラジオ局でパーソナリティやってたりしてた、しっかりした女性なんですよ。妻とも友人だし」

含みを持たせる風に言って、店主は背後の棚を見上げた。役目を終えたらしい古いラジオが、静かな眠りについていた。

◇

一人の少女が店にやってきた。緊張した様子が伝わってくる。店主も察したようだ。

「もうすぐだね、若菜ちゃん。喉にいいお茶を作ってあげようか」

「わっ！　ありがとうございます」

弾んだ声で、少女は幡谷さんの横に座った。

「宏至君はどうしてる？」

調合しながら店主が尋ねると、少女は大人びた仕種で肩をすくめた。

「相変わらず。難しい顔してむっつりしてる。奏《や》る前っていっつもそうなんだから」

膨らませた頬が、打って変わってあどけない。未だ定まらない「自分」を持て余しながら、それでも迷いなく次の一歩を踏み出そうとしている姿が、奇妙に心地良い。

店主もまた、少女の成長を見守るように眼を細めた。

「宏至君は、自分の弱さがよく分かっているんだよ。弱さを隠して抗い続けることで、気持ちの均衡を保っているような所があるからね」

「弱さか……」

何かを思い起こすような深い部分からの響きがあった。痛みをこらえるように眼を伏せる。だがそれも一瞬のこと。すぐに少女は瞳に力を取り戻した。

「大丈夫です。わたしがしっかり引っ張っていくから」

店主は頼もしげに頷き、少女の前に磁杯を置いた。

「三年熟成の削茶《そぎちゃ》だよ。喉に負担をかけないように、ぬるめにしておいたよ」

彼女は両手で大事そうに受け取ると、景気づけの酒でもあおるように一息に飲み干した。

「よし、いっちょうやるか！」

少女らしからぬセリフで自らを勇気づけ、少女は立ち上がった。

「随分強くなったもんだ」

後姿を見送り、店主が感慨深げに呟く。

「あの娘は今から何をするんですか？」

店主は少し考える風に顎に手をあてた。

「よかったら、見ていってあげてくれませんか。奇跡ってやつを信じたくなるような、そんな組み合わせですから。二人のつくり出したものは、この街になくてはならないし、受け継がれていくべきものだと思うんですよ」

少女もまた、あの事件で深い傷を負った一人だという。事件の日、たまたま学校を休んでいた彼女は難を逃れた。だが、そのことで周囲から「卑怯者」呼ばわりされ、長く不登校が続いていたそうだ。

彼女の瞳が一瞬宿した弱さの意味がわかる。

「以前のあの子は、宏至君の強さに憧れ、後に従うばっかりだった。それなのに最近は、むしろ彼女が宏至君の弱さを理解して、引っ張ろうとしている」

とだそうだ。

宏至とは、店主がこの店を開くための準備をしていた時に、一緒に働いていた男性のことだそうだ。

「係長、来賓の方にお茶をお願いできますか?」

図書館のエプロンをつけた女性が、忙しそうにやってきた。言い終えてから、失敗したというように口を押さえる。カフェのカウンターに立つ人物には相応《ふさわ》しくない呼称だ。

「いろいろな呼ばれ方をするんですね」

店主は、「相変わらず昔の癖が抜けないんだから……」とぼやきながら、女性を「妻です」と紹介してくれた。店主に何かを耳打ちされ、彼女は驚いたように眼を見開いて、幡谷さんの姿をまじまじと見つめた。

「どうしました?」

初めて会う相手にいろいろな反応をされる日だった。女性はエプロンを律儀に外して幡谷さんの前に立ち、慎《つつし》み深く一礼した。

「今後とも、どうぞよろしくお願いします」

◇

交流センターの前には、芝生の広場が広がっていた。集まった人々が、一つの方向を向いて腰を下ろしている。見つめる先に、先ほどの少女と、奏琴を構えた青年が立っていた。

喉に大きな傷のある青年は、調弦を終え、喉を押さえながら観客を見渡した。

「覚えていますか？　青い蝶のことを」

少しくぐもった声なのは、傷のせいなのだろう。観客もそのことは知っているらしく、ざわめきが静まる。

「港の崩れかけた倉庫の壁に、遠羽川にかかる橋の欄干《らんかん》に、今はもうない古いバスターミナルの柱に……。昔、この街のさまざまな場所に、青い蝶の姿が描かれていました」

人々は、それぞれに蝶の姿を思い出すように頷いた。少女が、後を受けて語りかける。

「皆さん、それぞれ自分にとっての蝶がいたことと思います。今日は、その姿を思い浮かべながら聴いてください」

青年がリズムを取るように奏琴の胴を叩き、弦に指を滑らせる。

決して流麗ではない、荒削りなその音は、音楽のことを知らぬ幡谷さんにも、きちんとした音楽的な教育を受けてのものではないことがわかる。

そして少女の歌声も、伸びやかで凛《りん》とした響きを持っていたが、時折つたなさを感じる。

それなのに、二つが溶け合うことで、まったく別のものが立ち現れてくる。奏琴の音色と歌声が、織物の縦糸と横糸のように、決して離れえない一つの世界を形作る。

その織色は、まさしく群れ飛ぶ青い蝶だ。目の前に、その姿をありありと思い描くことができる。遠く、高く飛び続ける蝶は、どんな隔ても悲しみも超えてつながる希望を象徴するかのようだ。

周囲の人々にも自分と同じ世界が見えていることが、はっきりと確信できる。二人は、それだけの力を備えていた。

「彼らは、確か……」

噂に聞いたことがあった。この街のローカルラジオ局で放送されたことから口コミで話題となり、知られるようになった二人だ。一年以上経つが、二人の曲は一向にディスク化も配信もされる気配がない。それでもなお、今もこうして新鮮な思いで、街の人々に聴き継がれているようだ。

幡谷さんは、二人の曲が流通経路に乗らない理由が理解できた。

この街に来て、この場で聞かなければ意味がないものだったからだ。この場でしか届かないもの、そして出逢うことが運命づけられていた二人。店主の言うとおり、奇跡の組み合わせだった。

ふと、二人の強固な縁《えにし》の背後にあるものを感じた。それは、この国のさまざまな場所で感じてきた強い「つながり」の記憶だ。周囲を見渡す。見守るように、建物の陰から視線を注ぐ女性がいた。

「もっと近くで聴かれないんですか？」

思わず話しかける。女性は青年と同じ青い奏琴を手にしていた。

「いえ、いいんです、ここで。私の役目は終わったから」

見守るだけではなく、使命を託すかのような厳しさをも備えた口振りだった。

「出逢わなければならなかった二人。私は二人を結びつける役目を果たした。それだけ」

いっそさばさばとした様子で、奏琴を担ぎ直す。寂しげでもあり、満足そうにも見える。

「やはり、あなたが関わっていたのですね。予兆《よちょう》さん」

「ううん、この街での私の名前は、蝶、かな」

彼女は首を振って、自らにつけられた「名前」を否定した。

彼女の名は予兆。幡谷さんと同じく、この国をずっと旅している。

その歌声は人を導き、歩むべき道を指し示す。違う言い方をすれば、人を従わせ、逃れられぬ道へと否応なしに向かわせる力を有する。彼女を利用しようとする政治や裏社会での動きも数知れず、常に追われている身でもある。

それを自覚する故、伝説の歌い手でありながら、予兆の歌声はほとんど残されていない。唯一、偶然残されたという録音テープからさらにダビングされた雑音混じりの歌声が数曲だけ、世間に出回っている。

歌を残さぬ歌姫、それが予兆だ。時を経て受け継がれゆくとされるその名を、今は彼女が名乗っている。

道を歩いていて、歴代の「予兆」の息吹を強く感じる場所も数多《あまた》ある。その名を受け継ぐ者が果たさねばならない使命は、皤谷さんには知る由もない。それが誰によって下されたものかも。

「私は今も迷ってる。あの二人を結びつけてしまったことを」

「どうしてですか？」

この街になくてはならない組み合わせ。それを生み出したことを躊躇する理由はないはずだ。

「彼らはこれからも背負い続けなければならない。あの事件を風化させないために。そんな役割を背負わせてしまったのは私」

言葉の厳しさは、誰にも阻《はば》むことのできない道を、彼女自身が歩み続けていることを示していた。

「だけど、事件を風化させるわけにはいかない。たとえ真実は隠されたままでも、誰かがつなげていく役目を担わなければならない」

時を超えて見定める役割を持つ者に特有の、深淵をつかませぬ静けさを湛《たた》えたまなざしが、二人に向けられる。

予兆の姿を見送り、幡谷さんは彼女と逆方向に歩き出した。

道もまた、二人の曲を聴いていた。役目を担った二人の奏楽と歌声は、いっそ幡谷さんを突き放そうとするかのように、孤高に響いた。

◇

封鎖された道。

捨てられた道。

そして、忘れられた道。

さまざまな道を幡谷さんは歩いてきた。

歩き続ける日々は、単調ではあるが、単純ではない。

道をたどるとはすなわち、道に刻まれた人々の思いを受け止める行為でもある。つなげることのできなかった思いもまた、感じ続けなければならないのだ。

「道守《みちもり》か……」

海を渡った国では、歩行技師はそう呼ばれている。その名の重さと、自分ができることのギャップに、思わずため息が漏れる。予兆が道に刻んだ、人の結びつきを感じるたびに、無力さを思い知らされてきた。歩行技師にできるのは、ただ愚直に、ひたすらに、歩くことだけなのだ。

国土保全省の中でも、歩行技師の地位は高くない。「歩くぐらい、誰にでもできる」と、あからさまな蔑《さげす》みの言葉を向ける者もいる。同僚でさえそうなのだから、一般の人々は尚更だ。第一、歩行技師という仕事すら知る者はほとんどいない。

だが二年前、この街で彼女に出逢った。

幡谷さんの仕事を理解し、道の思いをたどることを尊《とうと》んでくれた女性と。

彼女は今も、自分のことを想い続けてくれているだろうか。この街で生き、新たな出会いを繰り返すうちに、幡谷さんのことなど忘れてしまっているかもしれない。

前へ前へと進み続けた足が止まりそうになる。

◇

クラクションを鳴らされて、我に返った。

気付けば、道の真ん中に立ち尽くしていた。だが今日は歩行者天国のはずだ。振り向くと、路線バスが背後に迫っていた。

「すみませーん。ちょっと通してくださーい」

運転席から身を乗り出した女性が、白い手袋をした手を振った。慌てて脇に避けると、バスはすぐ先の停留所に停まった。

——野分浜経由、ひかりリバーサイドタウン行き——

行き先表示には、そう記されていた。

どうやら、新たに運行されるバス路線のPRのためにやってきたようだ。運転士が扉を開け、「無料休憩所」の看板を出すと、めざとく見つけた子どもたちが中に駆け込んだ。幡谷さんも後に続く。

「バスの中で走っちゃいけませーん！」

運転士が走りまわる子どもたちを叱る。顔は笑っているので、効果の程は言わずもがなだ。子どもたちが車体を揺らして降りてしまうと、車内は幡谷さんと運転士の二人になった。

「明日から、このバスが新しい道を走るんですか？」

「ええ、一年半ぶりに」

思いがけない言葉だった。

「この道はつい最近通じたばかりのはずですが？」

ひかり大通りの開通前は、昔ながらの入り組んだ路地しかなく、バスが通れるような道はなかった。それは歩行技師である幡谷さんが一番よくわかっていた。

「ええ、それでもバスは走ったんです。たった一度だけ、バスターミナルの12番乗り場から」

不思議なことを不思議と感じさせない口ぶりだった。

「そのバスはもしかすると、あの事件に関わっていたのですか？」

「ええ、消えてしまった人たちと、街の人たちとの心をつなぐためのバスでした」

女性運転士は慈《いつく》しむようにハンドルに左手を添えた。

「私の夫が、運転していたんです」

「そうでしたか……」

彼女の夫も、事件の巻き添えとなったのだろう。だが言葉に湿《しめ》り気はなく、悲しみは既に昇華《しょうか》されているようだった。

運転席の片隅に、不思議なものが下げられていた。

「これは、紙ひこうきですか？」

大きさの違ういくつもの紙ひこうきが、一本の糸で吊るされていた。彼女は恥ずかしげに頷いて、一つを指でつついた。白い機体がモビールのように揺れる。

「今の私を支えてくれる、離れている人に、想いが届きますようにっていう、おまじないです」

「支えあえる人がいるんですね？」

彼女は頷き、男性のことを話してくれた。難病の再発を恐れ、心を閉ざして生きてきた彼女の恋人は、今は居留地に住み、この街とを行き来しているそうだ。

二人を結びつけたのもまた、12番乗り場からのバスなのだという。

「この道が、つないでくれたんです」

もちろん彼女は、幡谷さんが歩行技師であることを知らない。だがその言葉は、どんな慰めや励ましよりも心を強くしてくれた。

「明日からの定期運行、私がバスを走らせるんです。支えてくれた二人の人につながるこの道を、これから毎日運転します」

離れて暮らすことを苦にもしていない姿が、幡谷さんを勇気づける。

「想いは、届くでしょうか？」

「ええ、きっと」

彼女は何のためらいもなく頷いた。自らの乗り越えてきたものを振り返ろうともせず、広がる世界のずっと先を見つめるように。

「一つ、持っていかれませんか？」

まだ吊るしていない、折ったばかりの紙ひこうきが差し出される。

「あなたの想いが、大切な誰かに届くように」

「……ありがとうございます」

礼を言って、紙ひこうきを受け取る。

「いってらっしゃい。お気をつけて」

彼女は運転士の帽子に手を添えて、幡谷さんを見送った。

バスを降りると、青空に飛行機の爆音が響く。空港が近いのだ。幡谷さんは日差しに手をかざし、空を見上げた。赤い翼が印象的な、居留地行きの飛行機だ。離れた誰かへの想いを伝えようとするように、まっすぐに上昇していった。

◇

煉瓦造りの、教会を模した建物が道沿いに建っている。

あの建物は、二年前に訪れた時にもあった。本来なら鐘でも据えられていそうな尖塔には、ぽっかりと空間が空いたままだ。

「ああ、ちょっとお兄さん。ちょうど良かった！」

白衣を着た女性が、返事をする暇《いとま》も与えずに幡谷さんの腕を取って歩き出した。

「な、なんですか？」

「うん、思ったより重くってね。お兄さん筋肉ついてる？」

「まあ、人並みには……」

「まいっちゃったね。クレーンの到着が遅れるってのに、トラックはすぐに返してくれってレンタカー会社に言われちゃってさ」

微妙に嚙み合わない会話に面食らったが、目の前のトラックを見て、事情は吞み込めた。

幡谷さん以外に既に五人の男性が車を取り巻き、荷台の巨大な木箱を見上げていた。荷物を降ろそうとしているらしい。

「よし、これで人数揃った。お兄さんはそっちの角を持ってね」

そう言って、女性はトラックの運転席に乗り込んだ。

「すみません、お願いします」

作業に加わった他の男性のうち、一番年嵩《としかさ》の男性と若い青年が、女性の分まで恐縮を表そうとするように、頭を下げた。

六人でタイミングを合わせて持ち上げ、その隙に女性がトラックを前進させる。バランスを取りながら、ゆっくりと芝生の上に木箱を下ろした。

「ありがとうございました」

再び年嵩の男性と青年が頭を下げる。他の三人は、幡谷さん同様、白衣の女性に無理やり連れてこられた通行人だったようで、納得いかない顔で去っていった。

「すごい重さですね」

持ち重りのした荷物に興味が湧いて、幡谷さんはその場に残った。年嵩の男性が木箱の蓋を開けると、中からは大きな鐘が現れた。

「あの尖塔に据える鐘です。ひかり大通りの開通に合わせて、今日初めて鳴らされるんです」

この場所で消えた人々を鎮魂《ちんこん》するための鐘なのだという。

軍手をはずした男性の手は、宿命的に汚れていた。ものをつくることを生業《なりわい》とした男の、実直で無骨《ぶこつ》な手は、ある意味とても美しく思えた。

「あなたが造られたのですか？」

彼の上着には、「谷本鋳物工房」と記されていた。

「ええ、私と彼、駿君の二人で造りました」

「そんな。僕は手伝っただけだから……」

謙遜《けんそん》するように青年が首を振る。鋳物工の男性は彼の肩にそっと手を置いた。

「君と、鈴《リン》ちゃんに出逢わなければ、この鐘を造ることはなかったんだから」

はにかんで頷いた青年は、「うまく鳴るのかな」と呟き、尖塔を見上げる。期待と不安とが相半ばした表情だ。

「鳴らしてみるまではわからないよ」

鋳物工の男性は腕組みをして鐘を見つめる。自らの造り続けた世界への誇りに満ちたまなざしで。

「人と人の出逢いと一緒だよ、出逢ってみないとわからない。だからこそ難しいし、面白いんじゃないかな」

幡谷さんにとっては、まるで自分に向けて言ってくれているように思える言葉だった。

「谷本さんが、母と出逢ったみたいに、ですか？」

青年は鋳物工の男性をくすぐったそうに見つめる。

「こら、駿。自分の父親になった人をそんな風に茶化すんじゃないよ」

トラックの女性がたしなめる。どうやら三人は、「家族」として踏み出したばかりのようだ。

「それに、君も人のこと言えないでしょ？」

含みを持たせた言葉を残し、女性はトラックを運転して行ってしまった。

駿と呼ばれた青年に向かって、まっすぐに歩いてくる少女がいた。見慣れない服装は、どうやら居留地の民族服のようだ。

透き通るような瞳が印象的な、美しい少女だ。息を弾ませて駆け寄った少女を、青年は流暢な居留地の言葉で迎えた。互いに向け合う想いの確かさが、見る者にすら心地良い風を与えるようだ。

「特別な出逢い、だったみたいだね」

少女が鋳物工の男性のもとに駆け寄ったのを機に、青年に話しかけてみる。

「はい。事件で失われた鐘の音が、僕たち四人を結びつけたんです」

「君も、あの事件で誰かを？」

どんな思いで彼が鐘造りを手伝ったのかを知りたくなった。

「僕は父を失いました。とは言っても六歳の頃のことで、僕自身にとっては、大きな位置づけを持つ出来事ではなかったんです。だけど……」

聴こえるはずのない鐘の音《ね》に導かれるようにして、少女や、今は父親となった鋳物工の男性と出逢ったのだという。

「事件の記憶は、いつか消えていく運命にあるのかもしれません。それでも、次の時代に鐘の音をつなげる役割を担った僕にも、受け継ぎ、語り継ぐべきストーリーがあるんだと思います」

青年には使命感も気負いもなかった。だがそれ故の、遠くから吹き渡る風を思わせる力強さがあった。

「居留地まで、聴こえるかな」

青年が呟く。交易港として開けたこの街からは、居留地はこの国の首都よりもずっと近い。とはいえ、鐘の音が聴こえるほどの距離でもない。

「この春から、居留地の大学に進学するんです。この街で最後にやり残したのが、鐘を造ることでした。異国の地で不安もありますが、鐘の音が聞こえたら勇気づけられる気がして」

旅立ちへの迷いも不安も抱え、それでもあるがままに受け止め、青年は遠く羽ばたこうとしていた。

「聴こえるよ。きっとね」

海を隔てても、どんなに距離が遠くとも、聴こえるものはある。届くものはある。幡谷さんは心からそう願った。

少女の黒目がちの瞳が、幡谷さんを捉《とら》える。異国の言葉で、幡谷さんに向けて何かを告げた。

「彼女は、何て言ったんだい？」

「居留地の古い言葉みたいで、訳すのが難しいんですけど……」

青年は、しばらく頭の中で言葉を組み立てたのち、幡谷さんに伝えた。

「隔たりし故に、人は想いを響かせあう……。想いをつなげし道守に祝福あれ、って」

海を隔てた国に古《いにしえ》から伝わる、道守を讃える言葉だった。

「私は、道守の役目を果たすことができたのでしょうか？」

思わず尋ねる。言葉が通じるはずもない。少女は、船出を見送るように大きく手を振った。

「ガ・ン・バ・レ!」

発音もイントネーションも違う。それでも確かに「頑張れ」だった。

◇

さまざまな街の道を歩いてきた。

旅の続く仕事であることを知ると、人々は決まって尋ねる。どの街が印象に残っているかと。幡谷さんはいつも笑って答えない。どうしてもと請《こ》われれば、「あまりにも多すぎて、わからなくなりました」と応じることにしていた。

しかしそれは本心ではなかった。敢えてどの街も心にとどめてこなかったのだ。すべての街の道を、感情を揺らすことなく、過剰な思い入れを持つことなく歩く。それこそが仕事の鉄則だった。誰とも親しくならず、一つの街を歩き終えれば、見送る者もなくまた次の街へと……。

自らを律し続ける日々の孤独は、一つの道を究《きわ》めようとする者に付きまとうものだ。そう思い続けてきた。

そんな幡谷さんが、この街で沙弓さんと出逢った。

事件の「たった一人の消え残り」だった彼女は、失った記憶を取り戻すために、共にこの街を歩くことを選択した。彼女が歩くことで変わろうとしたように、幡谷さんにとっても、一緒に歩くことは大きな変化につながっていた。

一人の人を想うことで、幡谷さんの歩行は、明らかに変わった。

自分を縛り続けた日々よりもずっと自由に、より深く、豊潤《ほうじゅん》な道の記憶を受け止めることができるようになったのだ。歩行技師としての「新たな一歩」だった。

この街は、幡谷さんにとって初めての、「特別な街」となった。

今日巡り合った街の人々を思い返す。事件を乗り越え、それぞれの出逢いによって新たな一歩を踏み出し始めた姿を。

彼らの想いをつなげるために、自分の歩行がどれほど役に立ったのだろう。結果を窺い知ることはできない。だが、わずかでも手助けができたと信じたかった。

生まれたばかりのひかり大通りは、まだ道としての使命感もなく、存在理由もわかっていない。しかしきっと、人々の想いがこの道を育てるだろう。やがてかけがえのない想いをつなぐ道として、受け入れられていくに違いない。

胸ポケットから紙ひこうきを取り出した。

「離れている人に、想いが届きますように……」

運転士の言葉を繰り返してみる。

「あなたが歩き続けるように、私はこの街で、自分の人生を歩き続けます」

二年前の別れの日、沙弓さんはそう言った。待つのではなく、離れていても一緒に歩き続けるのだと。

だからこそ、二人は何の連絡も取り合わなかった。

道は人の想いをつなげ、願いを近づける。道守である幡谷さんが、それを信じないわけにはいかなかったからだ。

彼女にとって、失った記憶を取り戻すための日々は、事件の恐怖を克服する日々でもあった。だからこそ、中途半端な干渉をすべきではないと感じたのだ。

今も彼女は、この街に暮らしているだろうか。その歩みを、一歩ごとに確かなものにできただろうか？

彼女には、今日の日付だけを書いた手紙を送っていた。

◇

道の終わる場所が近づく。

終わりを告げるように、鐘の音が響いた。時や場所の隔てすら超えて、どこまでも響き渡るように、厳《おごそ》かで、そして軽やかな音だった。

幡谷さんは鐘の音を、耳と、そして歩く足元からと、それぞれに感じた。道としての使命に目覚め始めたひかり大通りが、鐘の音を記憶に刻もうとしているのだ。

大通りの下に隠された過去の道は、失われた鐘の音を記憶していた。新しい鐘が音色を継承することを認めるかのように、かつての鐘の音の記憶を共鳴させる。

鐘の音が継承され、道の記憶も新しい道へと受け継がれていく。

「道は、想いをつなげる……」

歩行技師として歩き続ける日々、幡谷さんは歩くことによって、人々の想いをつなげ続けてきた。それなのに、いざ自分の番になると、まったく自信が持てなかった。

春まだ浅い大気の暖かさを、冷たい風がかき消そうとする。風に逆らって顔を上げると、高層ビル群はもう間近に迫っていた。最後のカーブを曲がり、ビルの下まで歩けば、幡谷さんの仕事は終わる。

終わりの時を早めることを躊躇して、足が止まりそうになる。

目の前を、小さな姿がよぎった。

「蝶か……」

季節は春、蝶の姿は珍しくない。けれどもその蝶は、いくつもの季節を越えて飛び続けているかのように羽はぼろぼろだった。自らの潰《つい》える運命はわかっているのだろう。だが、それ故の力強さが感じられた。

幡谷さんは知っていた。自分には何もできないことを。できるのはただ、歩くことだけだ。自分の弱さも無力さも受け入れ、それでも精一杯に。季節を越えられぬ小さな蝶のように。

この道の終わる場所で、彼女は待っていてくれるだろうか。

終わりはまた、新たな始まりでもある。今はそれを信じるしかない。

歩き続けよう。

アタッシェケースを持ち直し、ゆっくりと、新たな一歩を印した。

A story of the other side

野分浜

「暑いな。梨田、日傘貸してよ」

照り返しの厳しいアスファルトに音を上げ、泉川さんは隣を歩く梨田さんに向けて腕を突き出した。

「ええ？　勘弁してくださいよぉ」

梨田さんは取られまいとして傘を持ち替え、大げさに一歩離れた。童顔も相まって、そんな動作がいちいち子どもっぽい。

「私、オペレーション5に関わっていながら、あんまり野分浜って来たことなかったんですよね」

梨田さんは日傘を傾《かたむ》け、物珍しそうに周囲を見渡した。

とはいえ、野分浜自体に「物珍しい」景色があるわけではない。

新しいマンションや新建材の住宅が、ゆとりを持った造りの古くからの建物をゆっくりと蹂躙《じゅうりん》しようとしている。街を構成する雑多な要素がせめぎあい、融和《ゆうわ》し合う。都市近郊には珍しくもない普通の街並みだった。

「ここが五十年前は海の底だったなんて……」

泉川さんは、強い日差しに対峙《たいじ》するように、道の真ん中に仁王立ちして立ち止まる。

「かなり強引だよね」

民家の板塀の奥から、幹《みき》の太い木々が道路に向けて枝を伸ばす。幹に刻まれた年輪が、偽《いつわ》りの歴史を与えられたことに無言の抗議をしているかのようだ。梨田さんは、まるで自分が「強引」と評価されたように、神妙な顔になる。

「だけど、他の四ヶ所よりも、この場所は海に一番近いんですよ」

マンションの背後に、この街を城壁のように取り囲む都市高速道路の橋脚が小さく見える。その向こうには、本物の海が広がっている。

「歴史的要因と地理的要因、どちらがより歴史改竄《かいざん》を阻害《そがい》するか、というのも、実証実験テーマの一つですから」

「人の記憶との戦い、か……」

泉川さんは、どこにでもある街の風景の中に、眼に見えない「何か」のせめぎあいを見極めようとして、街並みに目を凝《こ》らした。

裏通りの一画で、昔からあるらしい駄菓子《だがし》屋が営業していた。学校帰りの小学生が、お小遣《こづか》いと相談しながら真剣に駄菓子を吟味《ぎんみ》している。どうやらこのあたりはまだ、下町情緒が残っているようだ。

「今は暑さとの戦いの方が先決。ねえ梨田、アイス食べていこうよ」

返事も待たずに店に入り、小学生に混じってアイスを選びだす。慌てて日傘を畳んで後を追った梨田さんは、アイスを両手に真剣に悩む泉川さんの姿に、こわばった笑いを浮かべていた。

周囲の小学生に急かされてようやく選んだ泉川さんは、晴れやかな顔でレジに向かった。

「このあたりは野分浜って地名みたいですけど、昔は海があったんですか？」

お金を払いながら、人の好さそうな店の女主人に話しかけてみる。

「ええ、そうなんですよ。私の母の代に埋め立てが始まったらしくって。昔はきれいな砂浜が広がってたそうですけどねえ」

女主人は、昔を懐かしむような遠い表情になる。

「ぼくも知ってるよ、昔は海だったって」

さっきまで泉川さんとアイスを取り合っていた男の子が、会話に割り込んでくる。泉川さんはしゃがみこんで、男の子の頭を撫《な》でた。

「ぼく、よく知ってるね」

「だって、学校で習ったもーん！」

男の子が得意げに胸を反らせるので、短いTシャツからおへそが覗いた。すかさず突っつくと、男の子は笑いながら店を飛び出して行った。

アイスクリームを片手に、二人は再び歩き出す。

「住民意識への刷り込みも、順調みたいだね」

アイスをかじりながらなので、泉川さんの口調はもごもごとしたものになる。

「ええ、改竄工程も多岐《たき》にわたりますから」

右手にアイス、左手に資料の詰まった鞄《かばん》と日傘とを持ち、梨田さんはバランスに苦慮しながらアイスを口に運んでいた。

――人の記憶との戦い……

泉川さんは、心の中でそう呟いた。

野分浜。

かつて海の底にあったといわれる場所。

そして、海の底にあった歴史など、存在しない場所だ。

この国の計五ケ所で、同じ実験が行われている。

海からの遠さや、歴史の古さ、人口の多寡《たか》……。様々な要因を乗り越えて、いかにその地を「かつて海の底にあった」という偽りの史実で塗り替えることができるか。どれだけ、ひとつの場所の歴史を、そこに住む人々の記憶もろとも、そっくり置き換えることができるか?

それが、「野分浜プロジェクト」の意図するものだ。

プロジェクトは、何十年も前から段階を経て実施されている。

第一段階は、単なる地名変更。通常の地番表示から街区表示への切り替えの際に、この地は従来の地名とはまったく違う「野分浜一丁目」から「野分浜五丁目」へと名称変更された。

野分浜という地名が充分に浸透《しんとう》した頃を見計らい、第二段階である、地名の「消去」作業が進められた。それは、具体的に痕跡《こんせき》を「消す」作業でもあり、同時に人々の記憶から「消す」作業でもあった。

長い年月をかけて、古文書や古地図、歴史書が密かに改竄され、第三段階として、学校教育において偽りの歴史の刷り込みがなされた。野分浜プロジェクトの、他の省庁、行政機関の事業への波及事項は、実に五千項目以上に及ぶという。

こうして野分浜は、「五十年前には海の底だった」という歴史を背負わされた地となった。

この地には、数百年は樹齢を重ねていそうな神社の古木や、開発から取り残された古民家も散見される。それでもなお、人々はその矛盾すら矛盾として自身に認識させることなく、半世紀前の「海の記憶」を懐かしく語るのだ。

人の記憶は、確固としているようでいてあやふやで、外的な影響を受けやすい。偽りの歴史を刷り込まれることによって、都合のいいように、自身の記憶をねじ曲げてしまうことすらある。

　生まれた時からこの街に住み、「秘密」を知る立場にある泉川さんですら、ふとした折には、野分浜がかつて海だったのだと「錯覚」してしまうのだから。

　日差しで焼き付けられたかと思うほど濃い影が、アスファルトの上に落ちる。泉川さんはその下を見通そうとするように凝視した。

「もしかして、思念供給管も二本？」

「ええ、工事の際に秘密裏に平行管が作られています。公開図面にはもちろん記載されていませんけれど」

「それじゃあ、歩行技師までだまされるわけだ」

　泉川さんは、憤《いきどお》りを込めて地面を蹴《け》った。

「だます、は聞こえが悪いですね」

　溶けて垂れてきそうなアイスに気を取られつつも、梨田さんはきちんと反論することを忘れなかった。

「じゃあ、どう言うの？」

「記憶改竄の順化を受けた、と言っていただければ……」

　その言葉は、どことなく言い訳じみていた。

「同じことなんだけどね」

泉川さんは、やるせなく肩をすくめた。

同調して頷きそうになったのをごまかすように、梨田さんは日傘をくるくると回した。

「あ、このマンションです」

◇

入口を封鎖していた官憲に許可証を示し、エントランスからマンションに入る。

「発見は三日前。今は思念供給管に異常が発生した、という名目で住民も立入禁止に……」

「梨田、傘」

泉川さんは、梨田さんの説明を遮《さえぎ》った。

「え？　あ、そうか」

建物内に入っても日傘を差したままだった彼女は、慌てて傘を畳んだ。国内最高学府を優秀な成績で卒業した才女のはずだが、時折そんな風に行動がとんちんかんなところがあった。

乗り込んだエレベーターは、唸《うな》り声のようなくぐもった音を立て、一瞬、上るか下るかはっきりしない動揺を示した後、五階に向けて上昇し始めた。

「どうかしましたか?」

泉川さんが胡散臭《うさんくさ》げに狭い空間を見渡すので、梨田さんは、何かの「異変」かと、表情に緊張を走らせる。

「ううん、なんだか人間臭い動きのエレベーターだなって思って」

まるで、咳《せき》ばらいして大儀そうに動き出し、「あんたら、見ない顔だね」と言ったように感じてしまったのだ。

「そうですかぁ?」

梨田さんが納得できないという顔をしているうちに、エレベーターは五階に着いた。

「504号室です」

「KEEP OUT」のテープによる封鎖を潜《くぐ》って、梨田さんが先導する。

504号室の扉には、小さな文字が記されていた。

「抹消地名……」

泉川さんは低く呟く。人々の記憶から消されたはずの、野分浜の昔の地名だった。

「マンション管理会社の防犯カメラは解析しました。抵抗勢力の侵入は確認できていません」

「神の眼は?」

梨田さんは、言わずもがなというように首を振った。

野分浜は、防犯モデル地区に指定され、地区内に公表数では三百の監視カメラが設置されている。実際は、プロジェクト遂行《すいこう》のための住民監視態勢の一環として設置されているもので、「防犯モデル地区」は口実にすぎない。カメラも実数では五千以上にのぼり、まさに蟻《あり》の子一匹見逃されることはない。

「神の眼」とは、その監視態勢を皮肉った呼称だった。

「文字の分析結果は?」

梨田さんは、鞄の中から資料を取り出した。

「すべての塗料《とりょう》情報に該当ありません。消去テスト、剥離《はくり》テスト、共に五回の試行で効果なし」

「じゃあやっぱり、思念投影?」

「その可能性が高いです」

「やっかいだね」

泉川さんは、ため息をついて文字に指をあてた。それを「記した」人物の強固な意志を示すように、指先がかすかに痺《しび》れたのは気のせいだろうか。

思念投影による文字であれば、どんな溶剤を使っても消えることはないし、塗装を塗り替えても再び文字は現れる。極端な話、扉をそっくり代えてもなお、同じ場所に文字が浮かび上がってくる場合もあるのだ。文字がいつ消えるかは、投影者の「能力」の強さと、

「消えるべき時」との判断だけにかかっている。

あの事件から十年間、この街のさまざまな場所で見られた青い蝶も、強力な能力者による思念投影の結果であると結論づけられていた。

「抵抗勢力……。久しぶりに表立った活動を始めたか」

オペレーション5は、国民の思念と記憶とを総合的に管理する、国家的なプロジェクトだ。思念供給管の全国敷設網を利用した国民思念標準化計画と、余剰《よじょう》思念の蓄積《ちくせき》による高純度強化誘引剤《ハイ・ポジション》の精製・国家利用計画を、活動の二本柱としている。「野分浜プロジェクト」は、国家の大計である二大計画遂行のための、実証実験の一つにすぎないのだ。

泉川さんと梨田さんは、国土保全省内のオペレーション5の実行組織に所属し、出向という形でそれぞれ、消滅管理局生体反応研究所と、思念供給管理公社の西部分局に勤務している。

抵抗勢力は、国家の敷いた国民管理プロセスに楔《くさび》を打ち込もうとする存在だ。彼らもまた、人の思念と記憶とを強力な力で操《あやつ》り、人々を意のままに動かそうとする。

この文字は、抵抗勢力の「能力者」によって、監視態勢をかい潜って記されたのだ。

もちろん、小さな「落書き」にすぎない。しかしそれは、体制に向けて打ち込まれた弾丸であり、同時に、巨大なダムすらをも打ち崩す可能性を秘めた、小さくも深い亀裂《きれつ》だった。

「何をしようとしているんでしょうか？」

思念投影による文字は、ここ数年発生していなかった。梨田さんにとってはオペレーション5に従事して初めての経験だけに、不安を隠しきれていない。

抵抗勢力には、今までも思ってもいない形で計画遂行を頓挫《とんざ》させられてきた。三千九十五人が失われた十三年前の「あの事件」によって、高純度強化誘引剤《ハイ・ポジション》の利用計画には二十年以上の遅れが生じている。

「宣戦布告なのか。それとも……」

泉川さんは、かつての抵抗勢力との戦いの最前線にいた日々の、自身の心の揺らぎを思い返していた。

国家による国民思念管理については、従事する者もそれぞれに、苦悩や葛藤《かっとう》を抱えている。もちろん泉川さんや梨田さんも例外ではない。

百年単位の国家プロジェクトに携《たずさ》わる者は、通常の事業遂行とは一線を画した思考が求められる。

百の成果を導き出すためには、敢えて十の犠牲には目をつぶる覚悟が必要であること。

長期的な視点で大きな歯車を正の方向へと動かすためには、短期的に見れば負の動きにしか見えないことでも躊躇せずに行動しなければならないこと。

倫理的な矛盾を多く抱えながらも、オペレーション5の導く未来が明るいものになることを、泉川さんも梨田さんも信じていた。

理念は理解している。だがそれによって、わだかまりが消えるわけではなかった。

◇

マンションを離れ、大通りに戻る。

「分局までどうやって戻ります？　車を拾いましょうか」

そう言いながら、梨田さんの視線はすでに空車のタクシーを探していた。車道にはみ出して車に轢《ひ》かれそうになる彼女を、泉川さんは慌てて引っ張り戻した。

「いいよ、すぐバスが来るでしょ」

そこは、「野分浜」のバス停の前だった。

ちょうどやってきた、「野分浜経由ひかりリバーサイドタウン行き」のバスが停まった。

女性運転士は、二人が一番後ろの座席に座ったのを確認して「発車します」と丁寧な声で告げた。

「お客、私たちだけですね」

ようやく冷房にありつけて、梨田さんは白衣の胸元に風を送りながら、車内を見渡した。

「まあ、こんな遠回りのバスじゃあね」

この街には、「野分浜経由」のバスが異様に多い。

野分浜は、特段交通の要所というわけでもなく、むしろ市内中心部からひかりリバーサイドタウンに行く経由地としては随分遠回りだ。それでもバス会社は、まるでその地名を人々に刷り込もうとするかのように不自然な大回りをしてまで、「野分浜経由」という路線のバスを数多く走らせている。

それも、野分浜プロジェクトの水面下での意を受けた、運輸局の路線認可の結果だった。

この大がかりで、そして何も生み出さない実験は、未だ終結を見てはいない。そもそも、終わりがあるのかどうかすらわからない。だが、野分浜で試みられた手法は、様々な場面で演繹《えんえき》的に適用されている。

政治家の失言を、いかに「なかったこと」にしてしまうか。過去の政治的汚点を、いかに政府にとって都合の良い方向に捻《ね》じ曲げてしまうか。「失われた町」の地名を、いかに人々から忘却させるか……。

ひとつの場所の歴史をすっかり作り変えてしまうこと。その最終的な目的が何なのかは、関わっていた梨田さんでさえ知らされていない。もしかしたら、オペレーション5に関わる者は、誰もそれを知らないのではないかという、まことしやかな、笑うことのできない冗談さえ生まれたほどだ。

だが、そんなものなのかもしれない。

一度転がり始めた石は、自らの重さによって余計に回転を増し、転がり続けるしかないのだ。止めることのできる者がいない限り。

――国益、か……

国民を謀《たばか》り続けることによって生じる「国益」とは、何なのだろうか？　実体のあるようでないものが、泉川さんや梨田さんの生活を、そして心を縛り続けている。

◇

「ひかりリバーサイドタウン、終点です。ご乗車ありがとうございました」

運転士の女性が丁寧に告げて、バスを停めた。降車する二人に会釈する彼女のハンドルの脇には、吊るされた紙ひこうきが揺れていた。

夏の午後のまだまだ強い陽光が、高層ビルのガラスの壁面に反射し、いくつもの太陽光を浴びせる。二人は一様に額に手をかざし、ビルを見上げた。

逆光に色を失った高層ビル群は、巨大な墓標《ぼひょう》のようにも、街を蹂躙し尽くして去りゆく破壊神の後姿にも見えた。

「一棟なくなっちゃうと、ずいぶん景色も変わるもんだね」

今年の春から行われていた高層ビルのうちの一棟、D棟の撤去工事も完了し、見慣れたシルエットにもどこか櫛《くし》の歯が欠けたような違和感が残る。

「まあ、一棟、というより、一本、でしたけどね」

含みのある言い方で、梨田さんは泉川さんの言葉を微妙に訂正する。

「ああ、擬装《ぎそう》エントツだったからね」

泉川さんは、周囲に誰もいないのを幸い、大きな声で「レベル１」の秘密を口にした。

撤去されたD棟は、ビルを模した外壁に覆《おお》われていたが、その実は、地下秘密プラントの巨大な排気塔として機能していた。周囲の高層ビル自体が、その存在を目立たせぬためだけに建造されたのだ。

「表向きは、耐震強度不足による取り壊しってことになってますけど」

梨田さんは、今は何もないビルの谷間の空に、自らの関わった事業の終焉を見定めるようだ。

D棟の撤去は、地下プラントの最終開放が完了したことを意味していた。つまりは、「継続観察対象者《3096》」からの「安定剤」の抽出が成功したということだ。

昨年の春以降、彼女から抽出した「E３０９６」は劇的に安定化していった。それをもって、地下プラント最終層に沈殿していた異質化思念の無害化、開放に成功したのだ。

「そういえば黒田さん、継続観察対象者にだいぶご執心みたいだけど、大丈夫なの？」

黒田さんが、市民交流センター内の「第五分館」というカフェに通っていることは聞き及んでいた。継続観察対象者は、そこで働いているそうだ。

その言葉が、ありきたりな「男女の仲」を心配してのものではないのは、梨田さんもわかっている。

「沙弓さんですか？　ええ、何も言ってはくれませんけど、多分、真実を告げられないぶん、見守ってあげたいんだと思います」

足元を見つめながら、梨田さんは答えた。自分を納得させようとするニュアンスも含まれているようだ。

「まあ、黒田さんらしいけどね」

「そうですよね」

わだかまりを追いやろうとしてか、梨田さんは道端の小石を蹴った。二人とも、普段の黒田さんの豪放《ごうほう》で傍若無人《ぼうじゃくぶじん》な態度が、かりそめのものでしかないことを知っている。その下に、慈愛《じあい》と優しさに満ちた素顔が隠されていることも。

だからこそ、「話せない」ということに、二人とも言葉にならぬ憤りを覚えてしまう。

黒田さんは知らないままだ。沙弓さんが記憶を取り戻すための枷となるストッパーは、地下プラントの最終開放後も、一生外すことができないということを。彼女は、三千九十五人が失われた十三年前の事件の真相に、深く関わっているのだから。

オペレーション5に関わるセキュリティレベルの違いから、知りうる機密のレベルも異なっている。この二人では話せることも、黒田さんの前では口にできない場合がある。

一生を連れ添う相手にも語ることのできない真実を抱えた生活を、梨田さんは乗り越えることができるのだろうか？

そう考えて、泉川さんは首を振った。

――それは、私も一緒か……。

息子に自分の職業を告げられないまま、研究所での仕事を続けていること。父親の死の真相を告げられないこと。そして、素知らぬふりをして、日々の生活で接していかなければならないということ。そのつらさは一番良くわかっている。

だからこそ息子である駿には、抱え込んでしまうような秘密を持つことなく、伸びやかに育ってほしいと思う。

「どうかしましたか？」

思いに沈む泉川さんを慮《おもんぱか》るように、梨田さんは顔を覗き込んだ。

「ううん、梨田のこと、そろそろ新しい苗字で呼んだ方がいいかなって思ってね」

泉川さんは、梨田さんの白衣の胸元に眼をやった。そこには不自然なほどに大きく、「黒田」と記された名札がついている。

「自分だって泉川のまま呼ばせてるじゃないですかぁ。これからも泉川さんにだけは、梨田って呼んでほしいんで、そのままで」

日傘を傾けて、彼女は無邪気に笑った。

今この瞬間だけしか認識できない、眼を閉じれば消えてしまう梨田さんの笑顔。わかっていながら、それでも泉川さんは、その笑顔をしっかりと記憶に刻みたかった。

彼女が、黒田さん以外の誰からも顔を記憶されないという選択をしてまで望んだ道だ。たとえ平坦ではなくとも、どこかへつながる道であってほしいと思う。

「さて、黒田さんの所でお茶でも飲んでいこうかな」

「またビーカーでお茶出すと思いますけど……、すみません」

梨田さんが、妻の顔になって、申し訳なさそうに頭を下げた。

「いいよ、ちゃんと煮沸《しゃふつ》消毒してるんだから」

梨田さんの背をたたき、分局に向けて歩き出す。

明日は誰にもわからない。それでも、この踏み出す一歩が新しい明日につながるものだと信じて、歩くしかないのだ。

たとえそれが、記憶に刻まれない明日であるとしても。

（この作品『刻まれない明日』は平成二十一年七月、小社より四六判で刊行されたものです。

「A story of the other side 野分浜」は「Feel Love」vol.7に掲載された作品です）

刻まれない明日

一〇〇字書評

切・り・取・り・線

購買動機（新聞、雑誌名を記入するか、あるいは○をつけてください）

□（　　　　　　　　　　　　　　）の広告を見て
□（　　　　　　　　　　　　　　）の書評を見て
□ 知人のすすめで　　　　　　□ タイトルに惹かれて
□ カバーが良かったから　　　□ 内容が面白そうだから
□ 好きな作家だから　　　　　□ 好きな分野の本だから

・最近、最も感銘を受けた作品名をお書き下さい

・あなたのお好きな作家名をお書き下さい

・その他、ご要望がありましたらお書き下さい

住所	〒				
氏名		職業		年齢	
Eメール	※携帯には配信できません	新刊情報等のメール配信を 希望する・しない			

この本の感想を、編集部までお寄せいただけたらありがたく存じます。今後の企画の参考にさせていただきます。Eメールでも結構です。

いただいた「一〇〇字書評」は、新聞・雑誌等に紹介させていただくことがあります。その場合はお礼として特製図書カードを差し上げます。

前ページの原稿用紙に書評をお書きの上、切り取り、左記までお送り下さい。宛先の住所は不要です。

なお、ご記入いただいたお名前、ご住所等は、書評紹介の事前了解、謝礼のお届けのためだけに利用し、そのほかの目的のために利用することはありません。

〒一〇一‐八七〇一
祥伝社文庫編集長　坂口芳和
電話　〇三（三二六五）二〇八〇

祥伝社ホームページの「ブックレビュー」からも、書き込めます。
http://www.shodensha.co.jp/bookreview/

祥伝社文庫

刻《きざ》まれない明日《あす》

平成25年3月20日　初版第1刷発行

著　者　三崎亜記《みさきあき》

発行者　竹内和芳

発行所　祥伝社《しょうでんしゃ》
東京都千代田区神田神保町3-3
〒101-8701
電話　03（3265）2081（販売部）
電話　03（3265）2080（編集部）
電話　03（3265）3622（業務部）
http://www.shodensha.co.jp/

印刷所　萩原印刷
製本所　ナショナル製本
カバーフォーマットデザイン　芥 陽子

Printed in Japan ©2013, Aki Misaki ISBN978-4-396-33821-3 C0193

祥伝社文庫の好評既刊

伊坂幸太郎　陽気なギャングが地球を回す

史上最強の天才強盗四人組大奮戦！映画化されたロマンチック・エンターテインメント原作。

伊坂幸太郎　陽気なギャングの日常と襲撃

天才強盗四人組が巻き込まれた四つの奇妙な事件。知的で小粋で贅沢な軽快サスペンス第二弾！

江國香織ほか　LOVERS

江國香織・川上弘美・谷村志穂・安達千夏・島村洋子・下川香苗・倉本由布・横森理香・唯川恵

江國香織ほか　Friends

江國香織・谷村志穂・島村洋子・下川香苗・前川麻子・安達千夏・倉本由布・横森理香・唯川恵

本多孝好ほか　I LOVE YOU

伊坂幸太郎・石田衣良・市川拓司・中田永一・中村航・本多孝好

石田衣良、本多孝好ほか　LOVE or LIKE

この「好き」はどっち？　石田衣良・中田永一・中村航・本多孝好・真伏修三・山本幸久…恋愛アンソロジー